10|18
12, avenue d'Italie — Paris XIIIe

DU MÊME AUTEUR
DANS LA COLLECTION 10/18

Les enquêtes de Frère Cadfael

TRAFIC DE RELIQUES, nº 1194
UN CADAVRE DE TROP, nº 1963
LE CAPUCHON DU MOINE, nº 1993
LA FOIRE DE SAINT-PIERRE, nº 2043
LE LÉPREUX DE SAINT-GILLES, nº 2044
LA VIERGE DANS LA GLACE, nº 2086
LE MOINEAU DU SANCTUAIRE, nº 2087
L'APPRENTI DU DIABLE, nº 2136
LA RANÇON DU MORT, nº 2152
LE PÈLERIN DE LA HAINE, nº 2177
UN INSONDABLE MYSTÈRE, nº 2203
LES AILES DU CORBEAU, nº 2230
UNE ROSE POUR LOYER, nº 2256
L'ERMITE DE LA FORÊT D'EYTON, nº 2290
LA CONFESSION DE FRÈRE HALUIN, nº 2305
L'HÉRÉTIQUE ET SON COMMIS, nº 2333
LE CHAMP DU POTIER, nº 2386
L'ÉTÉ DES DANOIS, nº 2417
LE VOLEUR DE DIEU, nº 2459
UN BÉNÉDICTIN PAS ORDINAIRE, nº 2515
FRÈRE CADFAEL FAIT PÉNITENCE, nº 2619

Les enquêtes de l'inspecteur Felse

UNE MORT JOYEUSE, nº 2546
LA COLLINE SECRÈTE, nº 2641
PRIS AU PIÈGE, nº 2683

NE TOUCHEZ PAS AUX ÉPITAPHES

PAR

ELLIS PETERS

Traduit de l'anglais
par Michel DEUTSCH

10|18

INÉDIT

« Grands Détectives »
dirigé par Jean-Claude Zylberstein

Titre original :
A Nice Derangement of Epitaphs

ISBN 2-264-02288-4

1

MERCREDI

Dominic comprit dès qu'il l'aperçut que le garçon était en difficulté. Seul un phoque aurait pu nager au-delà de la Tête du Dragon avec cette marée. Les lames se ruaient sur lui à la vitesse d'un train express, martelant les rochers déchiquetés, projetant dans tous les azimuts des paquets d'écume blancs comme des ossements, labourant la plage de profondes griffures avec des sifflements évoquant le serpent des vieilles légendes qui manque de justesse la proie qu'il assaille. Là-bas, à quinze cents mètres de la pointe, la mer d'un vert d'émeraude était en ébullition. Une personne douée d'un minimum de bon sens n'aurait jamais eu l'idée de se baigner à l'heure du jusant.

Mettant les mains en porte-voix devant sa bouche, Dominic lança un appel à pleins poumons. La tête qui ballottait au milieu des flots, bouchon perdu dans un chaudron écumant, se dégagea un bref instant des embruns qui s'acharnaient sur elle, et la tache claire d'un visage se tourna vers lui. Il s'égosilla à nouveau et, d'un geste impératif, fit signe au nageur de regagner la terre ferme. Le grondement des éléments déchaînés ne permettait pas à sa voix de porter aussi loin, mais le nageur vit son geste. Sa tête disparut un instant dans l'écume pour en émerger presque aussitôt et elle continua obstinément à s'éloigner en direction du large.

Dominic jeta un coup d'œil affolé autour de lui dans l'espoir qu'il y aurait peut-être quelqu'un pour prendre l'initiative, mais c'était le désert. Du côté de Maymouth, ce n'était sans doute pas le monde qui manquait, mais là sur la baie de Pentarno, au nord du Dragon, il n'y avait pas un chat. Il faisait beau malgré le vent, mais c'était l'heure du thé et personne n'aurait eu l'idée de venir se promener sur ces étendues désolées. A droite, des kilomètres et des kilomètres de sable que le vent soulevait en tourbillons et, vers l'intérieur, au-delà des dunes en rangs serrés, rien que la tache verte d'une prairie et l'or brunâtre du chaume. A gauche, les pitons escarpés de la Tête du Dragon, des rocailles qui plongeaient dans la mer. Au-dessus, les entrelacs des sentiers montant à l'assaut de la falaise. En bas, la demi-lune de la caillasse.

Pas un seul autochtone qui aurait pu prendre la décision à la place de Dominic. Et s'il ne la prenait pas rapidement, il serait peut-être trop tard. Mieux valait passer pour un imbécile que laisser un autre imbécile se noyer sous ses yeux.

Bon Dieu ! Tant pis, quand faut y aller, faut y aller...

Quittant le sentier, Dominic dégringola le long de la paroi à pic dont un mince tapis d'herbes clairsemées recouvrait la surface schisteuse. Il acheva sa course, debout mais titubant sur ses jambes, sur l'ultime banc de cailloux gris à la base de la falaise, battu par les vagues grondantes. Ce n'était pas le plongeoir idéal, mais il n'avait pas le choix. Il ôta sa chemise et son pantalon, expédia au loin ses sandales et entra dans l'eau qui reculait devant lui. La dernière lame moutonnante qui battait en retraite lui lécha à peine les orteils. Il allongea le pas pour la rattraper aussi vite qu'il l'osait. Le haut-fond dangereusement glissant s'arrêtait abruptement. Après un dernier coup d'œil, il plongea la tête la première et nagea puissamment en direction du garçon imprudent.

Au début, ce ne fut pas difficile. Il connaissait ses possibilités et se sentait sûr de lui, même dans cette mer agitée, bien qu'il ait acquis son expérience en matière de natation dans des rivières. Mais personne ne pouvait s'aventurer d'un cœur léger dans le déferlement des remous de la marée descendante, et les récifs déchiquetés sur lesquels se brisaient les lames étaient sa hantise de tous les instants. Un kilomètre plus au nord, les longs rouleaux apaisés qui venaient innocemment mourir sur la grève étaient aussi inoffensifs que le clapotis qui agite l'eau de la baignoire d'un bébé. Mais, ici, c'était une lutte à mort.

La tête rentrée dans les épaules, il devait à chaque brasse éviter les rochers. Au bout de quelques minutes, il se haussa pour voir où il en était. La brève vision d'un bras qui sortait de l'eau lui permit de repérer le nageur. Celui-ci était plus près qu'il ne l'avait pensé. Peut-être était-il encore hors de portée des remous perfides que se renvoyaient les récifs. Au fond, peut-être qu'il savait ce qu'il faisait. Peut-être que c'était le fils d'un pêcheur qui nageait comme un poisson dans l'eau et s'aventurait au large par pur plaisir.

Non, c'était impossible. Jamais les gosses des pêcheurs n'iraient s'amuser à faire trempette au large de la pointe. Ils avaient trop de bon sens pour jouer à ce petit jeu. Ceux qui peuvent faire presque n'importe quoi ne vont jamais jusqu'à l'extrême limite de leurs capacités. Pour la bonne raison qu'ils n'ont rien à prouver, et ils le savent bien.

Eh bien, même si celui-ci était le meilleur nageur de Cornouailles, il allait regagner la terre ferme vite fait ! Même si Dominic devait l'assommer pour le ramener.

Finalement, un tourbillon les fit presque entrer en collision. Deux visages stupéfaits, bouche béante et cheveux dégoulinants, séparés par seulement quinze centimètres de furie liquide et glauque, se regardaient avec indignation. Dominic empoigna un bras fluet et fit virevolter le garçon pour le coller contre lui. L'autre ouvrit la bouche pour crier, avala de l'eau et resta quelques instants à suffoquer, inerte. Quand Dominic le prit sans ménagement en remorque et l'entraîna vers le rivage, le gamin se laissa faire passivement comme si le fait d'être soumis à pareil affront l'avait privé de toute réaction. Mais il retrouva rapidement ses moyens et la fureur s'empara de lui d'un seul coup. D'une secousse, il s'arracha à l'étreinte de Dominic et essaya de plonger sous lui. Mais l'acharnement de son sauveteur était égal au sien. Dominic sortit sa tête de l'eau en le tirant rudement par les cheveux et lui tordit violemment l'oreille pour faire bonne mesure. Le rugissement des éléments étouffa le cri de rage du môme. Dominic raffermit sa prise et l'entraîna à nouveau vers le lointain rivage.

Pendant la première partie du voyage de retour, finalement plus pénible et plus fatigant que risqué, le gosse se contenta d'être un poids mort. Mais au bout de quelques minutes, Dominic s'aperçut qu'il participait et que son talent de nageur était considérable. Ses brasses étaient d'une redoutable efficacité. Maintenant, il avait renoncé à toute résistance et s'était résigné à être ramené à terre *manu militari*. Et il avait suffisamment de bon sens pour comprendre que, les choses ayant pris la tournure qu'elles avaient prise, autant valait que le retour ait lieu le plus rapidement et le plus confortablement possible. C'est ainsi que, unissant leurs efforts pour lutter contre les courants de fond, ils atteignirent les eaux apaisées du bord de mer miroitant au soleil. Enfin, rompus, ils purent regagner en pataugeant la grève, dont le sable était doux sous leurs pieds.

Ils étaient à tel point exténués qu'ils en tremblaient, et ils s'écroulèrent, face contre terre, haletant, toussant et recrachant de l'eau salée. Mais le soleil de la fin d'après-midi était comme une main chaude qui leur tapotait amicalement le dos. Les vagues presque silencieuses léchaient innocemment la plage qui s'étirait sur plus de trois kilomètres à partir de Pentarno.

Au bout d'un moment, Dominic se redressa laborieusement et, s'appuyant sur les coudes, considéra sa proie avec un sentiment qui tenait de l'orgueil du propriétaire et de l'exaspération d'un gardien de prison. Svelte, la peau bronzée, il devait avoir quatorze ou quinze ans. Il portait un maillot de bain noir. L'eau s'égouttait de ses cheveux châtain clair — qui devaient sûrement être blond pâle quand ils étaient secs. Il était allongé sur ses bras croisés et ses côtes palpitaient sous l'effort frénétique qu'il faisait pour respirer. On aurait dit les ailes battantes d'un oiseau pris au piège. Se mettant à genoux, Dominic lui passa les bras autour de la taille et, soulevant son corps inerte, le força à régurgiter l'eau qui restait encore dans ses poumons.

Alors, le garçon se dégagea et fila à quatre pattes avec la vivacité d'une anguille. Sous la mèche qui les cachait presque, ses yeux bleus luisant de fureur avaient un éclat d'acier.

— Mais qu'est-ce qui t'a pris... nom de Dieu de nom de... ?

Il ne put poursuivre. Il s'étranglait et n'arrivait plus à respirer.

Dominic s'assit sur ses talons et le gratifia d'un regard tout aussi furibond.

— Tu ferais mieux de te demander ce qui t'a pris à toi de t'aventurer au large quand la mer se retire, espèce de petit con ! Tu ne sais pas qu'il est affreusement dangereux de se baigner à la pointe ? C'est la noyade assurée. Surtout en pleine marée descendante. Il y a pourtant des panneaux qui indiquent tous les endroits où on peut piquer une tête en toute sécurité. Tu aurais peut-être pu en tenir compte, non ? Et arrête de me fusiller du regard. Heureusement que j'étais dans les parages, tu peux remercier le Bon Dieu. Autrement, tu te serais retrouvé dans un sacré merdier.

— Qu'est-ce que c'est que ces conneries ! Tout se passait impec...

Pour la première fois, le garçon parut se troubler. Il avait apparemment horreur de raconter des histoires, même sous le coup de la colère.

— Enfin, n'importe comment, je m'en serais sorti. Sûr que les mouvements des marées dans le coin, je les connais un peu plus que toi.

Il avait immédiatement reconnu son interlocuteur pour ce qu'il était : un estivant.

— C'est que je vis ici, merde !

— Alors, ton père devrait flanquer une bonne rouste à son taré de fils pour lui apprendre à ne pas prendre de risques absurdes.

— Mais je n'ai pas pris de risques. Pas inutilement, en tout cas.

Le garçon respira profondément et rejeta en arrière les cheveux collés sur son front.

— Je n'en prendrais pas sans une bonne raison, et mon père, il le sait. Si je me suis flanqué dans la flotte, c'est parce que j'avais vu un homme.

Dominic bondit sur ses pieds.

— Un homme ? Un homme à la mer ? Où ça ?

— Au large de la pointe, tiens ! Là où j'étais. En tout cas, il y avait quelque chose qui dérivait par là et je suis presque sûr que c'était un homme. Si je me suis foutu à la baille, c'était pour essayer de le sauver, conclut-il avec l'amère satisfaction de pouvoir rejeter le poids de sa frustration sur d'autres épaules que les siennes. Seulement, tu es venu me repêcher. Alors, maintenant, si ce type s'est noyé, à qui la faute, hein ?

Sans un mot, Dominic fit volte-face et s'élança en courant en direction du rivage bien que la fatigue lui raidît encore un peu les genoux. Mais à peine avait-il parcouru quelques mètres qu'un cri d'appel venant des dunes le fit s'arrêter et se retourner. Ici, la route côtière reliant Maymouth à Pentarno, qui passait par le sommet de la Tête du Dragon, faisait un crochet et longeait la plage, et un homme qui venait de la quitter était en train de dégringoler le versant abrupt de la falaise. Il devait venir de Maymouth à en juger par sa trajectoire. Il progressait avec agilité, glissant sur le sable sec comme un skieur sur la poudreuse et, une fois arrivé en bas, il se mit à courir avec l'élégance d'un lévrier et l'ingénuité d'un enfant. Il s'arrêta en plein élan, fit deux pas et se baissa pour relever le garçon agenouillé et, après un rapide coup d'œil, poussa un soupir qui était visiblement un soupir de soulagement.

— Qu'est-ce qui t'est arrivé, Paddy ? Ça va ?

Il décocha brusquement un sourire à Dominic.

— Qu'est-ce qu'il a encore fait ? Vous avez dû le repêcher, ou quoi ? Pourtant, il nage comme un poisson.

— J'ai rien fait, oncle Simon. Parole !

La stridente protestation ulcérée de Paddy dérapa pour s'achever sur un mode baryton plus modéré.

Dominic avait pensé — et espéré — que ce monsieur était le père, mais un oncle ferait très bien l'affaire. Surtout un oncle qui avait l'air aussi décidé. Et ce fut d'un cœur plus léger qu'il s'empressa de le mettre au courant de l'essentiel :

— Il dit avoir vu un homme emporté par le courant au large de la pointe. C'est pour ça qu'il est allé aussi loin. Possible qu'il ait eu raison, mais j'étais sur le sentier et je n'ai vu personne en dehors de lui, et j'ai pensé qu'il était de mon devoir d'aller le récupérer.

— Vous avez eu parfaitement raison et je vous suis reconnaissant d'avoir pris cette décision. Même s'il ne partage pas mon avis, ajouta l'oncle Simon avec l'ébauche d'un sourire.

Il prit Paddy par les épaules et le secoua.

— Alors, qu'as-tu vu exactement ? Quelqu'un qui agitait les bras ? Qui appelait au secours ? Explique.

— Non, il ne faisait rien. Rien du tout. Il ne nageait même pas. C'était juste une tête qui apparaissait par moments et qui disparaissait aussitôt. Et il y avait des remous par en dessous comme ceux qui accompagnent un morceau de bois ou un paquet de vieux chiffons flottant à la dérive.

— Ce pouvait être précisément ça, tu ne crois pas ?

— Oui, ce n'est pas impossible. Seulement, je ne le crois pas.

— Bon. Je suppose qu'il serait préférable d'aller faire une petite reconnaissance pour en avoir le cœur net.

L'oncle Simon ôta sa veste et sa chemise qu'il posa à côté de Paddy.

— Toi, ne bouge pas, je te confie mes affaires.

— Je viens avec vous, dit Dominic.

— D'accord, mais vous resterez côté plage. Et vous regagnerez la terre quand vous en aurez assez. Je connais cette côte, mais pas vous, et vous avez déjà usé et abusé de vos forces.

Simon se débarrassa de ses sandales.

— Tu peux te rendre utile, toi aussi, Paddy. Tu vas grimper jusqu'au sentier et, si tu vois quelque chose, tu crieras pour nous avertir.

Il traversa la grève en courant et entra dans l'eau, Dominic sur ses talons. Le hâle estival de Paddy n'était guère plus que de l'ivoire foncé comparé à l'or fauve du dos musclé de l'oncle Simon, de ses bras et de ses jambes finement découpés, qui fendaient l'eau sans provoquer d'éclaboussures. Ses cheveux étaient à peine plus foncés. Une fois en eau profonde, il nageait comme un dauphin. Dominic accepta avec une humilité qui ne lui était pas coutumière de jouer les seconds rôles et s'en tint docilement à la consigne : ne pas aller trop loin. Un homme capable d'affronter avec autant d'assurance et de confiance cette côte traîtresse parsemée de récifs était en droit de diriger la manœuvre.

Quand il sentit que la fatigue était la plus forte, il se résigna à sortir de l'eau et, longeant les brisants, se dirigea vers la Tête du Dragon sans quitter des yeux Simon, qui plongeait, refaisait surface et plongeait à nouveau, défiant les récifs dangereusement proches. Mais le plus dur était fait maintenant et les eaux étaient un peu moins tumultueuses. Simon nageait méthodiquement en direction du large en suivant la ligne frontière du jusant. Il revint avec précaution vers les écueils autour desquels le bouillonnement des courants s'était calmé et s'y accrocha pour se reposer. Dominic remarqua que du sang suintait de sa main qui s'accrochait à une aspérité rocheuse. Il s'était égratigné les phalanges.

— Tu as vu quelque chose, Paddy ? cria-t-il au garçon en levant la tête.

— Non, rien.

Il y avait de l'anxiété dans la voix un tantinet bourrue du garçon.

— Tu ne crois pas que tu ferais mieux de revenir ?

L'oncle Simon lui-même n'était pas totalement à l'abri de l'épuisement et Paddy ne voulait pas qu'il prenne des risques exagérés.

— N'importe comment, il n'y a plus rien à faire, maintenant. A supposer qu'il y ait vraiment eu quelqu'un.

— Oui, tu as raison. Je reviens.

Simon, préférant ne pas faire la lente ascension des rochers, se laissa glisser avec précaution dans l'eau et rejoignit le rivage à la nage. Les deux garçons se précipitèrent à sa rencontre, Dominic serrant ses vêtements roulés en boule sous le bras.

Une fois au sec, Simon essora ses cheveux ruisselants. Il frissonnait légèrement. On était début septembre et les fins de journée commençaient à être fraîches. Tout le monde se rhabilla tant bien que mal, ce qui, quand on est trempé comme une soupe, n'est pas le comble du confort et ne va pas sans effets sur le moral.

— Je n'ai vu personne, laissa tomber Simon.

— C'est peut-être qu'il n'y avait personne, dit Paddy de mauvaise grâce. Mais, franchement, je continue de penser qu'il y avait bien quelqu'un.

— N'importe comment, tu n'aurais pas pu faire plus que tu as fait. Je préviendrai à tout hasard les gardes-côtes si cela peut te tranquilliser, mais je ne vois pas ce qu'on peut faire de plus. Ce dont nous avons maintenant besoin tous les trois, c'est d'une bonne tasse de thé. Peut-être agrémentée d'une goutte de rhum. Et de serviettes. Accompagnez-nous... euh... excusez-moi, je ne connais pas votre nom.

— Dominic Felse. Je suis en vacances à l'*Hôtel du Dragon* avec mes parents.

— Eh bien, Dominic, vous allez venir avec nous vous réchauffer et vous sécher à la ferme. Il n'est pas question de nous séparer tant que je ne vous ai pas remercié comme il convient.

Dominic hésita. Peut-être que le moment était venu pour lui de se retirer, mais il n'avait aucune envie de prendre la tangente s'il pouvait rester avec Paddy et son oncle sans manquer pour autant à la courtoisie. A dix-huit ans et une semaine, il pensait avec l'optimisme de la jeunesse qu'on ne connaît jamais trop de gens et qu'on n'a jamais trop d'amis. Et que la réussite de ses vacances dépend de ce que l'on trouve sur le terrain, pas de ce qu'on y apporte.

— C'est que je ne voudrais pas vous gêner... Je veux dire que Paddy n'apprécierait peut-être pas tellement d'être ramené chez lui sous la houlette d'un maître nageur. Est-ce que ses parents... ?

Il y avait belle lurette que Dominic avait dépassé l'âge de Paddy, mais il faisait un héroïque effort d'imagination pour se mettre à sa place.

— Je rends hommage à votre délicatesse, mais,

croyez-moi, Dominic, ce gamin n'a nul besoin qu'on soit aux petits soins pour lui, ni vous ni personne.

Empoignant son neveu par la nuque, Simon le propulsa sans ménagements en direction du sentier qui montait à l'assaut des dunes.

— Allez ! En avant, et pas de discussion !

Emprisonnant de son autre main le cou de Dominic, qui, bien que pris par surprise, se laissa docilement faire avec une confiance sans réserve, il entraîna les deux garçons au petit trot. Cet homme-là pouvait se permettre de mener les gens tambour battant : non seulement ceux qui étaient victimes de son autorité ne lui en tenaient pas rigueur, mais, en outre, ils en éprouvaient de la gratitude, alors qu'un autre, moins adroit, aurait instantanément provoqué une réaction de rejet.

— Mais où sont les vêtements de Paddy ?

— Oh ! Il vient toujours ici en caleçon de bain. Tous les matins et tous les après-midi. Je vous l'ai dit : c'est un véritable hareng que ses parents ont mis au monde. Allez ! Hop ! Et plus vite que ça !

Et ce fut au pas de course, heureux de cet exercice qui les réchauffait, qu'ils parcoururent la route sinueuse de Pentarno, puis le sentier creux conduisant à la ferme. Un superbe berceau d'arbres étrangement luxuriants dans ce paysage sauvage battu par les flots dissimulait la massive demeure de pierres grises et les bâtiments d'exploitation modernes.

— Je n'habite pas ici, dit Simon en poussant le portail. Je ne suis, depuis l'époque où nous allions à l'école, Tim et moi, que l'éternel fléau qui fait par intermittence son retour aux sources.

Le vestibule dallé, tout en longueur et bas de plafond, était cerné de portes. L'une d'elles s'ouvrit, et Philippa Rossall, un tablier plissé sur un pantalon de travail et de la farine jusqu'aux coudes, jeta un coup d'œil dans l'entrée.

— Eh bien, il était temps ! s'exclama-t-elle. Je commençais à me demander si je ne devrais pas téléphoner à tous les hôpitaux. Quand vous ne rentrez pas à l'heure des repas...

Elle s'interrompit net et ses yeux gris s'écarquillèrent quand elle s'aperçut que Simon et Paddy n'étaient pas seuls. C'était une femme de taille moyenne, de beauté moyenne — moyenne à peu près sur tous les plans, en fait, à ce détail près que tout son visage était fait pour le rire. Elle avait une opulente chevelure noire, des sourcils asymétriques qui, même au repos, lui donnaient une expression cocasse, et un sourire qui réchauffait la maison.

— Oh ! Je n'avais pas réalisé que nous avions de la compagnie. Soyez le bienvenu.

Se rendant brusquement compte que les cheveux en bataille des arrivants étaient trempés et que leurs vêtements leur collaient à la peau, elle hésita un instant entre l'étonnement et l'inquiétude, mais constatant qu'ils étaient tous les trois intacts et apparemment calmes, ce fut au bout du compte l'amusement qui l'emporta.

— Eh bien, il faut reconnaître qu'on n'a jamais l'occasion de s'ennuyer un instant quand Simon Towne est dans les parages ! Qu'est-ce que vous avez bien pu inventer ? Plonger du haut de la jetée pour repêcher des sous ? Non, ça m'est égal. Vous allez d'abord et avant tout vous débarrasser de ces frusques qui sont à tordre. Pendant ce temps, je vais mettre mon gâteau au four et refaire du thé. Et faites attention en prenant votre douche, l'eau est bouillante. Simon, tu prêteras des vêtements à ton ami et tu t'occuperas de lui. Tim n'est pas encore rentré de l'étable.

Comme s'il n'attendait que cette réplique pour faire son apparition, Tim surgit au même instant par la porte du fond. Vêtu d'un tricot informe et d'un pantalon de velours, c'était un homme à la carrure massive et à la mine pondérée. Son expression était sceptique et son regard franc.

— Non, des cadavres, dit Simon. Au large de la pointe.

— Hein ? fit Tim, pris de court par cette déclaration énigmatique.

— Phil me demandait si on essayait de repêcher des sous depuis la jetée. Je lui ai répondu : « Non, des cadavres. Au large de la pointe. » Mais on n'a trouvé aucun cadavre. A propos, je te présente Dominic Felse. Il est descendu au *Dragon*. Comme Paddy nageait et avait des difficultés, Dominic a eu la gentillesse d'aller jouer les sauveteurs. Paddy jure ses grands dieux que tout baignait, mais il n'empêche que Dominic l'a repêché. Alors, on l'a ramené pour prendre le thé.

— Merveilleux ! s'écria Philippa avec un enthousiasme si débordant qu'il était strictement impossible de deviner s'il était dû au fait que son fils avait été sauvé de la colère de l'Atlantique ou à la joie d'offrir le thé à un hôte inattendu.

— Et il m'a salement tordu l'oreille en prime, ajouta Paddy, qui n'aurait certainement pas fait état de cette atteinte portée à son intégrité physique s'il ne l'avait d'ores et déjà absoute.

Ce n'était rien de plus qu'un exorcisme destiné à effacer définitivement le brûlant affront fait à sa personne.

— Je ne peux que l'en féliciter, dit Tim. C'est ce qu'on devrait te faire de temps à autre. Toute notre reconnaissance vous est acquise, Dominic. Et n'hésitez pas à recommencer si cela vous a plu. Vous aurez sûrement l'occasion de remettre ça.

C'était à l'évidence au tour de Dominic qu'il revenait maintenant de rompre le silence qui avait succédé à ces derniers mots, mais il était incapable d'ouvrir la bouche. Les regards chargés de sympathie compréhensive de toute la famille étaient braqués sur lui. Il était clair que la petite partie de ping-pong verbal qu'avaient disputée les Rossall prenait complètement au dépourvu ce jeune homme sérieux qui ne connaissait pas encore les règles du jeu.

— Ici, c'est une vraie maison de fous, lui dit Paddy sur un ton bonhomme. Tu t'y feras. Suffit de prendre les choses comme elles viennent, c'est le seul moyen.

Mais ce n'était apparemment pas cela qui tracassait Dominic. Il n'avait même pas prêté l'oreille à la fin de la conversation et les derniers mots de Paddy lui étaient carrément passés au-dessus de la tête. Son regard se posa sur Phil, puis revint sur Simon. Ses yeux scintillaient.

— Vous avez bien dit *Simon Towne* ? Vraiment ? Le... le fameux Simon Towne ?

— Le ciel nous vienne en aide ! s'exclama dévotement Phil Rossall. Il ne peut heureusement pas y en avoir *deux* !

La demie de sept heures venait de sonner quand Dominic grimpa quatre à quatre les marches de l'escalier de l'*Hôtel du Dragon*. Dix minutes plus tard, après s'être changé, il frappa à la porte de ses parents. Bunty, qui se battait depuis un bon moment avec la fermeture à glissière de la plus élégante de ses robes, poussa un ouf de soulagement.

— Tu arrives juste à temps, mon chéri. Entre, j'ai besoin de ton aide.

Elle se félicitait que Dominic soit dans son dos. Cela lui permettait de l'observer dans la glace sans qu'il s'en rende compte. C'est qu'elle était étonnée qu'il ait mis un costume foncé. En général, il n'aimait pas plus faire des frais de toilette que son père. L'air de satisfaction contenue avec lequel il inspectait la façon dont son corsage de soie moirée lui moulait les épaules et le léger tapotement d'approbation dont il la gratifia sans presque en avoir conscience quand il vint à bout des derniers centimètres de la fermeture ne firent qu'apporter à Bunty la confirmation de ce que lui avait déjà suggéré la vue de ce costume strict qu'accompagnait une cravate sobre. Apparemment, elle avait eu raison de se faire belle. Il examinait maintenant l'effet général avec une profonde attention. D'ici une minute, il se mettrait à farfouiller dans son coffret à bijoux. Ou à critiquer sa coiffure. Il allait se passer ce soir quelque chose qui n'était pas prévu au programme et dont elle ne savait encore rien. Mais à en juger par l'excitation muette et à demi refoulée de son visage, elle ne tarderait pas à connaître le fin mot de l'histoire. A condition, bien entendu, qu'elle se garde de poser des questions.

— Je me demandais où tu étais passé. Tu as dû faire une grande balade.

— Non, pas précisément. En fait, je ne suis pas allé très loin. Il est arrivé quelque chose.

— Quelque chose de bien ?

— Oui et non. Sans doute pas vraiment, on ne peut pas dire. Mais je ne pense pas qu'il y ait eu quelqu'un dans l'eau. Ça devait être une épave qui flottait. Et puis, j'ai pris le thé avec des gens que j'ai rencontrés.

En tout cas, ça, ç'avait été agréable. Il se délectait secrètement de ce souvenir et avait du mal à ne pas exprimer ouvertement la joie qui rayonnait en lui. Était-ce une jeune fille qu'il avait rencontrée ? Bunty en doutait. En général, quand il pensait à une fille dont il avait fait la connaissance, il n'avait pas cette tête-là. Son expression arborait alors le grand pavois assorti d'un brin de fatuité. Mais aujourd'hui, bien qu'il effectât de son mieux le détachement qui convient aux blasés, c'était celle, transportée de joie, d'un élève de seconde que le capitaine de l'équipe de foot nationale vient de remarquer.

Brusquement, il posa une fesse au bord du siège de la coiffeuse et passa le bras autour de la taille de sa mère, moitié pour garder son équilibre, moitié — c'était son vieux truc — pour ouvrir la voie aux confidences. La ressemblance des deux visages joue contre joue que leur renvoyait le miroir était presque absurde : c'était le même ovale, le même teint clair, le même nez parsemé de taches de rousseur, les mêmes grands yeux noisette étincelants, la même épaisse toison châtain.

Bunty se tourna vers Dominic et sentit un faible parfum d'humidité. Elle lui passa la main sur le front.

— Ah ! ah ! Il y avait quand même, si je ne m'abuse, au moins une personne dans l'eau. Je ne savais même pas que tu avais pris ton maillot.

— Non, je ne l'avais pas pris. Attends, je vais t'expliquer.

Mais ce fut à sa manière qu'il s'y prit. Il resserra son étreinte. Cette fois, son exaltation rompait les amarres.

— Tu sais qui est à Maymouth, maman ?

— Bien sûr, mon chéri. L'illustre inspecteur George Felse du C.I.D. [1] du Midshire, sa ravissante épouse et son brillant et suprêmement élégant rejeton.

Ledit George était d'ailleurs déjà au bar à attendre que le reste de la famille le rejoigne pour dîner. Et contrairement à Dominic qui s'était mis sur son trente et un pour faire une impression inoubliable, l'unique concession qu'il avait faite en l'honneur de cette soirée avait été de nouer un foulard de soie dans le col ouvert de sa chemise. Bunty se demandait si elle aurait le temps de faire enfiler un costume à George, et si elle devait à Dominic d'imposer pareil sacrifice à son père.

— Maman, tu l'as dit ! Tu es vachement belle ! Si tu mettais ce collier de cristal noir ? Avec ta robe, ce serait du tonnerre.

1. C.I.D. : *Criminal Investigation Department*, police judiciaire. *(N.d.T.)*

Il sortit du coffret à bijoux le collier qui lui avait tiré l'œil.

— Bouge pas. Non mais, est-ce que tu sais qui est là, m'man ? Pas à l'hôtel. Dans une ferme que des amis à lui possèdent à Pentarno. *Simon Towne* !

Elle regarda en ouvrant ingénument de grands yeux le visage rayonnant et triomphant qui lui faisait face dans le miroir.

— Non ? C'est *vrai* qu'il est là ? En chair et en os ?

Mais qui diable pouvait bien être Simon Towne ? Pas facile de jouer à ce petit jeu quand on n'a pas l'ombre d'une idée touchant l'identité de l'intéressé. Évidemment, restait toujours la solution de lever le pouce. Et sans le moindre changement d'expression, ce fut sur un ton imperturbable qu'elle enchaîna dans la foulée :

— Qui est Simon Towne ?

— Hein ? Tu te fiches de moi ou quoi ? Tu étais encore plus emballée que moi par ses articles sur Harappa et Mohenjo-Daro. Et le livre qu'il a écrit sur le Pérou ancien et moderne... tu te rappelles ? Simon Towne, c'est le plus illustre grand reporter du monde, voilà. Ce que tu sais parfaitement ! Et figure-toi qu'il est actuellement à Pentarno. Il rend visite à Mr. et Mrs. Rossall avant de partir pour un nouveau tour du monde en octobre. Et j'ai fait sa connaissance cet après-midi.

« Ce qui va m'arriver à mon tour tout à l'heure, il n'y a pas de doute, se dit Bunty. C'est donc pour cela qu'il joue les arbitres de l'élégance ! »

Elle prit son exalté de fils par le bras et, d'une main ferme, le força à se rasseoir à côté d'elle.

— Tu vas me raconter ça. Et vite.

Dominic ne se fit pas prier et elle l'écouta avec un enthousiasme égal au sien. Et elle n'eut aucun mal à avoir l'air impressionné qui convenait : elle l'était *un peu*. Oui, il faudrait bien que George en passe par là : ils ne pouvaient pas laisser Dom le bec dans l'eau. Mais il faudrait qu'elle descende au bar avant lui. Cela ne présentait pas de difficulté : il l'avait mise sur la voie.

— Je suis désolée, Dom, mais je t'ai un peu décoiffé. Tes cheveux sont encore humides. Tu devrais te passer un peu de la pommade de George. Je crois qu'il l'a laissée dans la salle de bains.

Dominic ne se le fit pas dire deux fois. Elle lui lança :

— Je descends. Tu me retrouveras au bar.

Sur quoi, elle fila. Il faudrait cinq bonnes minutes à Dom pour se refaire une coiffure qui lui donnerait satisfaction.

George, juché sur un tabouret, était accoudé au bar. Grand, mince et assez élégant dans le style décontracté qu'il affectionnait, mais ce n'était pas la mise qui convenait à une soirée censée devoir rester dans les mémoires. En fait, Bunty préférait cette tenue, mais un geste s'imposait.

Elle enfonça un doigt sous son omoplate et lui murmura à l'oreille :

— Va en vitesse mettre un complet et une cravate, mon ami. Dom a capturé un lion et je crois qu'il a l'intention de l'exhiber dans toute sa gloire au moment du café ou je ne sais trop quand.

George se retourna sans que son visage eût encore rien perdu de sa confortable impavidité.

— Tu plaisantes, ou quoi ? Il est presque huit heures. Il n'est plus temps, même si on m'offrait un pot-de-vin. Je suis en vacances, chérie, ne l'oublie pas.

— Dom aussi, et je peux te dire qu'il n'a qu'une envie : être fier de nous. Juste pour une fois... tu n'en mourras pas. Tiens... regarde-moi.

Ce que fit George.

— Tu es à croquer, convint-il en souriant. Bon, bon, c'est d'accord, ajouta-t-il sans conviction. Mais ne compte pas sur moi pour jouer les premiers rôles.

— Tu n'en auras pas l'occasion. Ce sera Dom qui sera la tête d'affiche avec son lion. Nous, nous serons seulement le public. Vite, *dépêche-toi* ! Le voilà !

George croisa Dominic à la porte du bar.

— ... Je me suis mis en retard. Je file me changer. Va tenir compagnie à ta mère, j'en ai pour dix minutes.

Dominic, arborant une expression de suprême gravité et d'ostensible dignité, se frayait un chemin entre les tables. Sans prononcer un mot, il se percha sur un tabouret à côté de Bunty. Le regard attendri de celle-ci ne vacilla pas devant celui, sévère, qu'il lui décocha. Sam Shubrough, derrière le bar, haussa un sourcil interrogateur.

— Un manzanilla, s'il vous plaît, dit Dominic sur un ton guindé tandis que ses yeux noisette se posaient furtivement avec gêne sur sa mère.

Elle n'avait pas pouffé, n'avait pas proféré un son, pas un seul cheveu de sa tête n'avait bougé. Les dix-huit printemps de Dominic étaient si frais qu'il n'avait pas encore appris à contrôler son expression dans les occasions de ce genre.

— Très bien, mon poussin, lui souffla-t-elle malicieusement dans l'oreille. Tu te défends comme un chef. Tu ne rougis plus. Mais tu n'es pas encore tout à fait arrivé à te débarrasser de cet air cynique.

— Merci du tuyau, je m'entraînerai devant la glace. Mais si tu te figures que je ne sais pas ce que tu as manigancé, ma petite maman-Machiavel, tu te mets le doigt dans l'œil. Quelle cravate lui as-tu dit de mettre ?

— Si vous voulez savoir quoi que ce soit sur Maymouth et ses environs, vous n'avez qu'à interroger l'homme qui fait autorité en la matière, Simon ici présent, dit Tim Rossall tandis qu'ils prenaient le café au salon. Jusqu'ici, il n'y avait encore jamais passé plus de trois jours d'affilée, mais s'il ignore à présent quelque chose du pays et de son histoire, c'est que cela ne mérite tout simplement pas d'être connu. Non, je ne plaisante pas. Ma tante Rachel est tombée sous son charme et elle a mis la bibliothèque du manoir à sa disposition.

— Le manoir ? Vous voulez parler du manoir Treverra ? Cette chose hérissée de tours à la sortie de Maymouth ?

— Exactement. Notez bien que ce sont des tours bidon. Elles ne datent que du siècle dernier. Ma tante se démène dans ce chantier comme un diable dans un bénitier, mais elle a encore assez d'argent pour l'entretenir. Et elle est bien la seule à pouvoir. Quand elle ne sera plus là, ce sera au National Trust [1] de prendre le relais, sinon, le manoir tombera tout simplement en ruine.

— Jamais il ne s'y risquerait, fit allégrement Phil. La mère de mon mari était la sœur de Miss Rachel. Tim est son dernier neveu et il a follement peur qu'elle le lui laisse en héritage. Il faut pourtant dire qu'il y a un superbe potager. Elle y fait pousser des abricots splendides — un peu tardifs, mais merveilleusement savoureux. Ils seront mûrs d'un jour à l'autre. Je lui dirai de vous en envoyer.

Dans son coin, Dominic, tout heureux, observait avec satisfaction le déroulement de la soirée. Tout le monde était venu sauf Paddy, qui était allé au cinéma avec des copains de son âge. Mais, se disait Dominic avec l'arrogance de ses dix-huit ans, il se serait barbé au milieu de ces grandes personnes. Qui, d'ailleurs, s'entendaient comme larrons en foire. Ça avait tout de suite collé entre elles. Phil Rossall était quelqu'un de différent mais de tout aussi attirant avec ses cheveux noirs roulés en chignon sur le dessus de sa tête et sa silhouette de garçon déguisé qui aurait revêtu une robe

1. Organisme chargé de la conservation des monuments historiques. *(N.d.T.)*

du soir. Quant à Simon — personne ne l'appelait autrement que Simon —, il polarisait l'attention, quel que soit le groupe dans lequel il se trouvait, même quand il se contentait d'écouter sans ouvrir la bouche. Bref, tout se passait admirablement.

— Une sacrée famille, ces Treverra, dit Simon en adressant à Tim un coup d'œil chargé de malice. Je songe sérieusement à écrire son histoire. A moins que tu ne me convainques que cela n'en vaut pas la peine, évidemment.

— Moi ? Je ne demanderais pas mieux que de toucher les droits du film qu'on en tirera. Vas-y. Deux Treverra ont été pendus pour avoir participé à divers complots, plusieurs étaient des contrebandiers...

— *Tous* étaient des contrebandiers, corrigea énergiquement Phil.

— Mais le plus célèbre fut le sieur Jan Treverra, poète de son état. Allez, Simon, la parole est à l'expert. Parle-nous un peu de lui.

— Tu y tiens vraiment ? Alors, tant pis pour vous ! Quand je commence à parler, personne ne peut m'arrêter. Mais nous serions peut-être plus à l'aise au bar.

Le groupe déménagea et prit place dans un box lambrissé à peine assez grand pour l'accueillir. Il y aurait eu une place pour une personne de plus, pas davantage. Phil étala sa jupe pour l'occuper en adressant un sourire à Simon.

— Ce sera pour Tam si jamais elle vient nous rejoindre.

— Tam ? fit George.

— Tamsin Holt, la secrétaire de tante Rachel. Il ne faut qu'un quart d'heure pour venir du manoir en coupant par le col du Dragon. Ici, nous sommes presque à la même hauteur. Et j'imagine qu'à cette heure la malheureuse a largement eu sa claque de Miss Rachel. En fait, poursuivit Phil sur un ton narquois, Tam est la raison véritable de l'intérêt passionné de Simon pour la bibliothèque de Treverra. Elle est chargée de classer et de mettre en ordre tous les papiers de la famille. Il faut dire qu'elle n'est pas mal une fois qu'elle enlève ses lunettes. Vas-y, Simon... raconte-nous l'histoire de Jan Treverra.

Simon, adossé dans l'angle du box, s'exécuta. Pas du tout comme un conférencier pour qui les ficelles du métier n'ont plus de secrets. C'était autrement plus passionnant. Il s'interrompait de temps en temps, se perdant dans ses propres pensées, cherchant un mot qu'il lâchait sur un ton réfléchi et avec délectation comme s'il en savourait le goût une fois qu'il l'avait trouvé.

— Jan était un individualiste qui traficotait, écrivait et chassait dans la région au milieu du XVIIIe siècle. Vous avez remarqué l'église St. Nectan, je suppose ? Vous avez même certainement lu ce qu'on en dit dans les guides si vous faites partie des personnes qui commencent par s'informer en détail sur les lieux qu'elles se proposent de visiter.

— Oui, nous appartenons à cette espèce, convint George. Nous nous sommes documentés.

— Tant mieux, c'est une espèce que j'apprécie. Alors, vous savez tout sur cet édifice, que l'on peut d'ailleurs voir par les fenêtres du premier. Il domine les dunes, là où l'on a planté tous ces tamaris pour tenter d'empêcher le sable d'envahir l'intérieur des terres. Je ne connais pas exactement la géologie de la côte nord, mais dans certains secteurs le sable gagne du terrain. Là, il y a très souvent des églises ensevelies. Jamais des maisons, toujours des églises.

— Mais on est sûrement en train de désensabler St. Nectan, non ?

George se tourna vers Bunty.

— Tu te rappelles, on était en train de dégager le cimetière l'autre jour quand nous l'avons visité.

— *Nous* l'avons dégagé. J'ai moi-même manié la

pelle avec ces deux mains-là pour trouver ce que je voulais. Ce qui se passe, et Tim pourra vous le confirmer, c'est que les gens d'ici ont de temps à autre la conscience qui les chatouille. Alors, ils se décident à désensabler. Seulement, une fois qu'ils ont fini, ils oublient, et au bout de deux mois le sable a repris ses droits. Mais l'important est que c'est là que Jan Treverra a été enterré. Avant même d'atteindre la cinquantaine, il avait fait construire un tombeau impressionnant au milieu des rochers et il avait rédigé sa propre épitaphe d'avance. Il avait aussi composé celle de sa femme. En vers. Ce ne sont peut-être pas les plus beaux qu'il ait écrits, mais ils ne sont quand même pas trop mauvais. Il avait à peine plus de cinquante ans quand il est mort. Emporté par la fièvre, à ce qu'on a dit. Un personnage peu ordinaire, ce Jan. Il n'a pas mené une vie exemplaire, mais, au moins, elle a été passionnante et jamais médiocre. C'était un mari fidèle et un ami loyal. Tout le pays l'idolâtrait. Sa veuve éplorée mourut six mois après lui et elle fut inhumée dans le fameux mausolée. Les poèmes de Jan étaient très bons, en fait. La légende veut que quelques-uns aient été placés dans sa tombe suivant ses instructions, et Miss Rachel s'est mis dans la tête de savoir si c'est vrai.

— Simon n'y est pas pour rien, intervint Phil. La moindre recherche susceptible de lui donner accès à la bibliothèque est sûre d'avoir son appui enthousiaste. Aussi longtemps qu'elle sera le domaine réservé de Tamsin, cela va sans dire.

— Encore que cela ne me mène nulle part, avoua Simon avec un sourire d'une séduisante mélancolie. Elle a refusé par huit fois mes avances. C'est curieux : elle n'a pas l'air de me prendre au sérieux. Où en étais-je ? Ah oui ! Le lendemain des funérailles de la veuve de Treverra, une violente tempête éclata brusquement dans la nuit. Tous les bateaux de pêche rompirent leurs amarres et deux d'entre eux sombrèrent. La force de la bourrasque était telle que le jeune Treverra, héritier du domaine, fut précipité dans les flots du haut de la falaise et il se noya. On n'a jamais retrouvé son corps. Plus personne n'a été inhumé dans le caveau parce que quand le fils cadet est mort dans les années 1830, on avait renoncé à lutter contre l'avancée du sable et on avait édifié une nouvelle église plus haut, St. Mary Magdalene, à l'autre bout de Maymouth. Celle-là, la population n'avait pas l'intention que le sable l'avale. Bref, il est possible que les poèmes de Jan Treverra soient effectivement dans son cercueil, mais personne n'en est sûr. Toutefois, comme Maymouth est à nouveau prise d'une de ses crises de conscience périodiques et s'est remise à essayer de dégager St. Nectan, nous avons de bonnes chances d'en avoir finalement le cœur net.

— Vous pensez ouvrir la tombe ? s'enquit George avec intérêt.

— L'autorisation nous en a été accordée dans l'intérêt supérieur des belles lettres. Si nous n'en profitons pas, qui sait si l'occasion se représentera ?

Simon abattit un poing péremptoire sur la table de chêne.

— Et je propose... Oyez ! Oyez, bonnes gens... Je propose que nous nous mettions à l'ouvrage après-demain.

Tout le monde dans le bar l'entendit. Plusieurs têtes se tournèrent dans leur direction en souriant. Tous les habitués du *Dragon* connaissaient Simon, et Simon les connaissait tous sans exception. Sam Shubrough, à cette annonce, se prit à sourire d'un air rayonnant par-dessus le verre qu'il était en train d'essuyer. Et la jeune femme qui poussait au même instant la porte avait entendu, elle aussi. Les mains dans les poches de son ciré de pêcheur, elle se dirigea vers le groupe d'une démarche dansante.

— Salut ! lança-t-elle dans le dos de Dominic que la surprise fit sursauter. Qu'est-ce que Simon vient de raconter ? Il fait de la réclame pour une vente de tapis, ou quoi ?

— Tamsin !

Les hommes se levèrent tant bien que mal tandis que Phil ramenait sa jupe sur elle et se poussait pour faire de la place à la jeune fille.

— Quand un type annonce ses intentions par mégaphone, dit celle-ci en s'asseyant et en allongeant une paire de jambes aussi longues que ravissantes, on sait au moins où il est et comment on pourra l'éviter.

— N'empêche que vous vous êtes précipitée droit sur nous comme une épingle sur un aimant, rétorqua Simon du tac au tac.

La nouvelle venue balaya la table du regard.

— Si je compte bien, vous êtes six. Cinq auraient amplement suffi. Pour ceux que je ne connais pas encore, je me présente, ajouta-t-elle avec un sourire dont la fraîcheur candide dépouillait sa franchise de tout ce qu'elle aurait pu avoir de blessant. Tamsin Holt.

Ce fut à Dominic qu'elle sourit en dernier et le plus longuement, parce qu'il la dévorait littéralement des yeux.

— Bonsoir ! Phil m'a parlé de vous. Elle m'a dit que vous avez sauvé son fils des eaux cet après-midi.

— Est-ce qu'elle vous a dit aussi qu'il ne voulait pas me suivre ?

Dominic sentit qu'il rougissait, mais une onde de joie le parcourait. Il n'en revenait pas. Qu'est-ce que Phil avait raconté ? Des lunettes ! Non mais, je vous demande un peu ! La racine de ce nez droit et fin n'avait sûrement jamais dû se voir infliger le port d'un pareil fardeau. Quant au « elle n'est pas mal »... Vous parlez d'une menteuse !

— Elle m'a dit qu'il n'avait peut-être même pas *besoin* de vous suivre. Mais elle a ajouté qu'elle souhaiterait que vous soyez toujours là si jamais votre présence se révélait nécessaire. Ça y est, mon cher : vous êtes désormais membre du club à part entière, vous pouvez me croire sur parole.

Elle tourna la tête vers le bar derrière lequel, aussi massif et granitique qu'un rocher de Maymouth, trônait Sam Shubrough. Le visage bon enfant qui surmontait ce monolithe faisait inévitablement penser à une betterave, mais la moitié de ce pourpre royal était cachée sous une paire de favoris digne d'un cocher du début du siècle dernier, encore qu'elle ne fût pas autre chose que le signe de reconnaissance des anciens pilotes de la R.A.F.

— Salut, Sam ! Belle nuit pour une balade.

A en juger par la petite lueur qui, le temps d'un éclair, s'alluma innocemment dans ses yeux fixés sur le propriétaire, cette phrase était lourde de sous-entendus. Mais Tamsin avait une façon bien à elle de donner à tout un parfum d'importance inattendu.

Depuis qu'elle s'était assise à côté de lui, Dominic essayait de se faire d'elle une image cohérente, mais c'était peine perdue. Elle était perpétuellement en mouvement et il ne parvenait à appréhender que le détail, dans tout ce qu'il avait d'adorable.

— C'est vrai que vous avez repêché le petit Paddy ? lui demanda Sam avec curiosité. C'est bien la première fois que quelqu'un doit aller à sa rescousse. Où est-ce qu'il s'est débrouillé pour se fourrer dans le pétrin ?

— Au-delà des récifs de la pointe. Et juste quand la marée se retirait. Le plus mauvais moment.

— Ce n'est pas croyable ! Qu'est-ce qui a pu pousser un gamin intelligent comme lui à aller là ? Il est trop malin pour commettre une stupidité pareille.

— Il avait cru voir un corps ballotté par les vagues, expliqua Dominic. Alors, il a voulu essayer de le repêcher. Mais, après, nous avons cherché et nous avons fait tout ce que nous avons pu — enfin, je parle pour

Mr. Towne, parce que, moi, je n'ai pas fait grand-chose —, mais nous n'avons strictement rien trouvé.

— Un corps, hein ? Ce ne serait pas la première fois, loin de là. Mais aucune disparition n'a été signalée à ma connaissance et personne n'a repéré quoi que ce soit. Ça fait des mois qu'il n'y a pas eu de bateaux en péril. Pour ça, c'est le meilleur moment de la saison. A votre avis, il y a quelque chose de sérieux dans cette histoire, Simon ?

— J'en doute, répondit tranquillement l'interpellé. Paddy a vu quelque chose, il n'est pas idiot. Mais je ne crois pas un seul instant qu'il s'agissait d'un homme. C'était peut-être un bout de bois flottant, peut-être même un paquet d'algues, mais certainement rien de plus.

— Eh bien, dit Sam en ramassant prestement les verres vides, si c'était vraiment un corps, probable qu'on le saura demain. Le vent est en train de tourner et, quand la marée montera au petit jour, il s'échouera sur l'Ossuaire comme les autres.

Simon leva la tête en haussant les sourcils.

— L'Ossuaire ?

— C'est la bande de sable où s'accumulent les algues de ce côté de l'église de Pentarno. A peu près tout ce qui reflue de la pointe vient s'échouer là à la marée. Les noyés, on en a retrouvé plus d'un là-bas. Ce n'est pas pour rien qu'on a baptisé ce coin l'Ossuaire.

Sam considéra d'un air réjoui le bouquet de cadavres qu'il paraissait brandir.

— Qu'est-ce que ce sera, Miss Holt ? Un gin-tonic ? Ces messieurs-dames veulent-ils que je leur serve autre chose ?

George commanda une nouvelle tournée, et Dominic eut la bonne grâce de refuser parce que ses parents s'étaient abstenus de lui en donner l'ordre muet.

Quelque chose de remarquable s'était brusquement produit. Les deux personnes qui ne cessaient de bouger et de s'agiter avec autant de véhémence que de volubilité étaient soudain devenues silencieuses et ne faisaient plus un geste. Simon gardait les mains croisées sur la table. Les traits de son long visage osseux s'étaient pétrifiés en un masque gothique et son regard intense était maintenant tourné vers l'intérieur. Quand l'énergie se fige, cela donne souvent et sans raison aucune une impression de distance et de tristesse. En l'occurrence, c'était une impression de retrait et de mort. Et Tamsin... Dominic la voyait pour la première fois tout entière — l'ovale clair de son visage, son front large à l'arcade sourcilière marquée sous une frange d'un roux doré, sa bouche au pli à la fois énergique et tendre, un peu trop grande, peut-être, mais avec juste ce qu'il fallait pour qu'elle rayonne de générosité et de beauté. Et ses yeux d'un bleu particulièrement foncé sous des sourcils étonnamment noirs, ses grands yeux attentifs et vigilants fixés sur Simon... Quand ce dernier la regardait, ils se baissaient comme se baisse la herse d'un château fort et sa bouche devenait flèche. Mais pour le moment, elle l'observait, réfléchissait et s'interrogeait sans trouver de réponse aux questions qu'elle se posait.

— Gin-tonic, dit Sam, le plateau à la main. Bitter ? Whisky on the rocks... ça, c'est pour Simon. Et une pression pour Mr. Felse.

Sortant de sa méditation avec un léger tressaillement, Simon allongea le bras pour prendre son verre.

— Comme ça, vous allez vous mettre au boulot à l'église après-demain ? fit Sam sur le ton de la conversation. Ce sera un grand jour pour Maymouth. Et il n'y a personne qui râle ou que cela fait rigoler ?

Dans la salle, personne ne soufflait mot. Les occupants de la table du coin, tous des autochtones, arboraient maintenant un large sourire. Quelque chose qui ressemblait fort à une plaisanterie à usage interne les mettait à part pour l'instant.

— Seulement les originaux, Sam. Nous avons tous les atouts en main. L'Église nous a donné le feu vert et Miss Rachel pousse à la roue. Tim représentera les intérêts de la famille et le vicaire sera là pour se porter garant du sérieux de l'opération. Et vous, Sam ? Pourquoi ne seriez-vous pas le quatrième témoin ? Rendez-vous après-demain là-bas à dix heures pile, c'est dit ?

Pendant une fraction de seconde, les deux hommes échangèrent un regard, les yeux dans les yeux. Les gens du pays faisaient penser à des gargouilles rigolardes alignées au mur.

— Je ne raterais pas ça pour un empire, Simon, fit Sam Shubrough avec chaleur. Si jamais vous avez besoin qu'un baraqué vienne vous donner un coup de main, suffit de faire signe. Après-demain à dix heures pile. J'y serai.

Le chemin qu'ils avaient pris les conduisit à la légère dénivellation du col du Dragon où la route reliant Maymouth à Pentarno montait à l'assaut de la bosse de la bête endormie au clair de lune. Ils la traversèrent et prirent la route la plus haute, moitié ruelle moitié chemin de terre, qui menait à la monstruosité coiffée de tourelles appelée manoir Treverra.

— Quelle nuit superbe ! dit Dominic d'une voix rêveuse en s'arrêtant au bord du raccourci qui réduirait, hélas ! le temps qu'il avait encore à marcher à côté de Tamsin.

— Superbe, répéta la jeune fille.

— Si vous n'êtes pas trop fatiguée...

— Je ne suis pas fatiguée.

— Je me disais qu'on pourrait suivre encore un peu la route de Pentarno en longeant la falaise et prendre l'autre chemin pour revenir sur nos pas.

— Oui, bien sûr, si vous en avez envie.

C'était un jour à marquer d'une pierre blanche. A tout ce que Dominic lui avait demandé, elle avait dit oui : elle avait accepté de danser avec lui, accepté qu'il la raccompagne chez elle et, maintenant, elle acceptait de faire durer un peu plus longtemps le plaisir délicat que lui donnait sa compagnie, et elle éprouvait suffisamment de sympathie à son égard pour lui permettre d'en faire à sa tête. Ou, peut-être, pour souligner plus clairement qu'elle avait rembarré Simon à tous les coups. Elle s'était pliée de bonne grâce aux désirs de Dominic, sachant d'ores et déjà ce que lui ne savait pas encore : qu'il n'était absolument pas et qu'il ne serait jamais amoureux d'elle, même s'il lui arriverait par moments de croire le contraire. Cela ne porterait tort à personne et resterait un jeu innocent, mais tous les deux y prendraient plaisir. Il leur apprendrait quelque chose et l'un et l'autre en sortiraient enrichis.

Mais Tamsin ne s'était pas attendue qu'il dise quoi que ce fût d'extraordinaire ou qui sortirait de la banalité. Et quand cela s'était produit, la relation qui s'était établie entre eux avait débouché sur un tout autre plan. Le jeu le ravirait pendant toute la durée de ses vacances et, par la suite, sa mémoire en garderait la trace. Mais l'autre dimension qu'avaient prise leurs rapports pourrait bien durer beaucoup plus longtemps et acquérir une valeur précieuse pour l'un comme pour l'autre. Sans que leur cœur en soit brisé pour autant. De sorte que Tamsin continuait à dire oui. Oui à tout.

Arrivés aux dunes, ils firent halte. La lune faisait danser des dentelles lumineuses sur la mer. Là-bas, à leur droite, la flèche trapue de la minuscule église St. Nectan émergeait de sa tombe de sable, à moitié voilée par les cordons de tamaris.

— Tamsin... je peux vous appeler Tamsin ?

— Mais bien sûr, Dominic.

— Tamsin... jusqu'à quel point aimez-vous réellement Simon ?

La question prit Tamsin au dépourvu. Jamais elle n'avait été aussi ébahie. Elle n'avait pas mis longtemps à se rendre compte que Dominic était presque aussi fasciné par Simon que Paddy lui-même. Comment le lui reprocher ? Elle n'ignorait rien du magnétisme qu'il irradiait même si elle-même y était rebelle. Mais Dominic ne s'insurgeait pas, ne s'étonnait pas. Il l'interrogeait simplement comme un ami qui en interroge un autre. Peut-être était-il même flatté de jouer le rival en trompe l'œil du grand homme. Ou voulait-il simplement savoir. Ou peut-être voulait-il savoir ce qu'elle dirait, et ce serait plus dangereux encore parce qu'elle ne dirait rien, mais, pour lui, ce silence serait on ne peut plus révélateur.

— Je l'aime assez, exception faite de certaines de ses attitudes que je n'apprécie absolument pas.

— Comme ça, il vous a vraiment proposé de l'épouser ?

Sur le moment, Tamsin se dit qu'une pareille question constituait une sérieuse entorse au tact et à la discrétion dont Dominic avait fait preuve jusque-là. Mais le ton déterminé sur lequel il l'avait posée lui fit réaliser que leur relation se situait maintenant au second niveau. Le niveau des choses sérieuses.

— Oui, il me l'a proposé.

— Huit fois ?

— Je n'ai pas compté, mais c'est probable. A peu près à chacune de nos rencontres.

— Pourquoi vous ne le faites pas ?

— Pourquoi je ne fais pas quoi ? Le compte ?

— Pourquoi vous ne l'épousez pas ?

Tournant le dos à la mer, Tamsin fit face à Dominic.

— Même s'il parlait sérieusement, la réponse serait encore non. Mais il ne parle pas sérieusement. C'est un être frivole, superficiel, sans cœur. Se casser une bonne fois la figure ne lui ferait pas de mal. Il lui a toujours suffi de sourire aux uns ou aux autres quand il voulait quelque chose pour que les cailles lui tombent toutes rôties dans le bec. Et si cela casse quelque chose, il s'en moque éperdument. Non, là, je vais trop loin. Il ne se rend tout bonnement pas compte, il ne voit rien d'autre que ce qu'il cherche à obtenir. Avec moi, il ne cherche qu'à s'amuser.

— Moi, si je vous demandais de m'épouser et que vous m'envoyiez sur les roses, je ne trouverais certainement pas ça très drôle.

— Vous n'êtes pas Simon, mon cher. Croyez-vous qu'il se demanderait pourquoi je vous envoie, vous, sur les roses — à supposer que cela arrive jamais ?

— Non, répondit Dominic en toute franchise. Seulement, il est amoureux de vous et...

C'était la première erreur que l'obligation de jouer les acrobates entre les deux plans où se situaient maintenant leurs relations lui faisait commettre et il fut désarçonné par sa gaffe. En guise de parade, il prit Tamsin, non sans quelque nervosité, dans ses bras, avec précaution pour le cas où elle le repousserait, mais déjà à peu près persuadé qu'il n'en serait rien. Elle riait et ce fut avec un amusement sincère qu'elle lui donna de petites tapes sur la poitrine.

— Et pas vous ! Allez, dites-le...

Non, ces mots ne firent pas perdre la tête à Dominic : ils la lui pulvérisèrent littéralement et, du coup, il se montra beaucoup plus dégourdi. Il approcha doucement ses lèvres de celles de Tamsin et l'embrassa. Ce n'était pas la première fois qu'il embrassait une fille, mais c'était peut-être le premier baiser de ce genre : brûlant, impulsif, affectueux, tout simple.

Il la garda encore quelques instants contre lui sans envie de parler.

— Ce n'était pas indispensable, lui murmura-t-elle à l'oreille.

— Oui, je sais.

— Et vous n'allez pas dire que vous regrettez ?

— Non. Je suis content. Cela m'a rendu très heureux et vous aussi. Mais je ne recommencerai pas parce que cela gâcherait tout.

— Vous êtes vraiment un garçon extraordinaire, soupira-t-elle.

— Je ne le serais pas si vous étiez une fille ordinaire.

Quelle journée stupéfiante ! Sa joue contre celle de Tamsin, il avait l'absolue certitude de nager dans le bonheur quand, brusquement, il se raidit. Sortant de sa transe, il braqua son regard du côté des dunes. Elle le repoussa et pivota sur ses talons.

— Tamsin, est-ce que vous voyez ce que je vois ? Là-bas, entre les tamaris.

Trois silhouettes d'hommes qui se tenaient avec précaution dans la maigre frange d'ombre bordant la petite haie se dirigeaient vers l'église ensablée.

Tamsin prit Dominic par le bras, le força à se retourner et l'entraîna de l'autre côté de la route.

— Brrr ! Il commence à faire froid, lui dit-elle. Je ferais mieux de rentrer. Venez, on a encore dix minutes de trajet.

George fumait sa dernière pipe sur la terrasse de l'hôtel en contemplant la mer.

— Salut, dit-il en reconnaissant sans doute possible le pas de sa progéniture malgré la discrétion avec laquelle elle grimpait les marches de l'escalier du jardin. Comment t'en es-tu tiré ?

— Ça, ce sont mes affaires, rétorqua carrément Dominic en s'asseyant sur le bras du fauteuil. Dis, papa...

— Oui ?

— Crois-tu qu'on fait encore beaucoup de contrebande dans le coin ? demanda le jeune homme sur un ton détaché.

— Figure-toi que je suis en vacances et que j'ai bien l'intention d'en profiter, répondit George après un silence méfiant. La police locale est tout à fait capable de faire son boulot. Et savoir où et comment Sam se procure son brandy, ce n'est pas mes oignons.

— C'est bien ce que je pensais, fit joyeusement Dominic. Alors, tu vas me dire — de façon tout à fait officieuse, bien entendu — ce que tu penses de ça.

Et il relata l'épisode de St. Nectan, en gardant toutefois le silence sur les circonstances exactes qui l'avaient conduit à en être témoin.

— Ils se dirigeaient vers l'église, dit pensivement George. Et Tamsin a pris soin de t'éloigner des parages dès qu'elle s'est rendu compte de ce qui se passait. Oui, en effet, voilà qui ne manque pas d'intérêt.

— Surtout que Simon avait tenu à annoncer à son de trompe en plein bar son intention d'ouvrir le caveau Treverra. Sur quoi, il a fait un grand sourire à Sam et l'a invité à se joindre...

— A moins que ce n'ait été un défi qu'il lui lançait ?

— Toujours est-il que, si c'en était un, Sam l'a relevé. Sans l'ombre d'une hésitation.

— Maintenant, je me demande où ce qu'ils allaient chercher pouvait bien être caché.

— Moi aussi. Dans le tombeau même, tu crois ?

— Attention ! dit George avec force. Pas un mot de ça à personne, tu m'entends ? Nous sommes des étrangers et cette histoire ne nous regarde pas. Ce sont les gens du pays qui sont concernés, pas nous.

Dominic se mit debout, s'étira et bâilla avec conviction.

— Pour qui me prends-tu ? demanda-t-il avec hauteur en s'éloignant d'un pas traînant pour monter se coucher.

2

JEUDI

— Eh bien, c'est pour demain ! s'exclama Paddy avec excitation en se ruant sur sa chaise, encore tout mouillé après sa baignade matinale.

Tim leva les yeux de son journal.

— Qu'est-ce qu'il y a demain ?

— C'est le grand jour. Celui où on va ouvrir la boîte de l'ancêtre. Maman a dit qu'oncle Simon a sonné le rappel hier soir. Il ne faudrait pas que quelqu'un se fasse piquer, hein ?

Ce fut d'un œil presque morne que Tim, qui, aux aurores, n'était jamais d'une jovialité exubérante, considéra son fils par-dessus le bord de sa tasse. Comment quelqu'un, même un garçon de quinze ans, pouvait-il faire preuve d'une aussi féroce gaieté avant même d'avoir pris son petit déjeuner ?

— Je sais que ce n'est pas sur ce ton-là qu'on doit parler des morts, reprit Paddy dont le sourire eut raison de la morosité du regard paternel. N'empêche que je parie qu'il est le seul dans tout Maymouth que l'idée qu'il va y avoir des fouilles ne passionne pas. Mais, *moi*, ça me passionne. Et ça devrait être pareil pour toi. Il fait partie de ta famille. C'est qu'on va peut-être entrer dans l'Histoire, tu te rends compte !

Il s'empara de la boîte de céréales comme si c'était la Toison d'or et se servit généreusement.

— Hé, m'man ! Il en met du temps à venir, ce café.

La voix de Phil résonna dans le couloir :

— Il arrive. Porté par mes blanches mains, comme d'habitude.

Elle entra avec le plateau dans la salle à manger dont elle referma la porte d'un coup de coude dont la dextérité relevait d'une longue pratique.

Quand il eut versé dans son bol la quantité de sucre brun qu'il jugeait nécessaire, Paddy en revint à la question qui occupait la première place dans son esprit.

— Tu crois que nous trouverons vraiment quelque chose dans le cercueil, p'pa ?

Phil, la cafetière à la main, se raidit. Elle regarda tour à tour son mari, puis son fils, avant de demander sur un ton d'une douceur inquiétante :

— Mais où es-tu allé pêcher ce « nous », s'il te plaît ?

Les yeux de Paddy s'élargirent fugacement sous l'effet de la surprise et de la consternation, mais, convaincu que sa mère ne cherchait qu'à le taquiner, son sourire revint immédiatement.

— Eh ! Arrête de me faire marcher ! Tu ne vas pas tout gâcher, quand même ! Surtout maintenant que c'est le projet personnel d'oncle Simon. Faut absolument que j'y aille, y a pas de problème.

Son sourire perdit quelque peu de son éclat : l'expression de sa mère n'avait pas changé.

— Oh non ! Tu ne voudrais pas me faire louper le seul événement un peu excitant qui ait jamais eu lieu à Maymouth ?

Comme c'était inévitable, Paddy fit appel à l'arbitrage de son père, assis à l'autre bout de la table.

— T'as jamais dit que je ne pourrais pas y aller, p'pa. On vient d'en causer et tu n'as pas dit...

— Je n'ai pas dit non plus que tu pourrais.

C'était la vérité, mais Tim était tout à fait conscient que c'était une échappatoire. Il lança un coup d'œil incertain à Phil. Devant son visage fermé et à la façon dont elle serrait les mâchoires, il aurait pu se flanquer des coups de pied. Il aurait pourtant bien dû savoir qu'elle ne considérerait pas que farfouiller dans les ossements au milieu des tombes était une occupation qui convenait au fruit de ses entrailles. Il n'y a rien à faire, les mères sont comme ça. Surtout celles qui, comme Phil, ont une peur affreuse de ne jamais en faire assez pour leurs chères têtes blondes.

— Non, mais j'ai pensé que tu comprenais que, pour moi, ça allait de soi. Tu devais savoir que je voulais être dans le coup. Si tu ne voulais pas, tu aurais pu me le dire tout de suite. Je te demande pardon, j'aurais peut-être dû te le demander, mais l'idée ne m'en est même pas venue. Maintenant, je vous le demande. Dis, maman, tu es d'accord pour que j'aille demain rouvrir le tombeau de Jan Treverra avec oncle Simon et papa ?

Paddy avait pris sa voix ânonnante de petit garçon pour plaider sa cause en plissant le nez dans une grimace provocante, ce qui aurait dû selon toutes les règles résoudre le problème une fois pour toutes et lui faire enlever le morceau. Seulement, il n'en fut rien. Il s'en rendit compte aussitôt et s'en voulut à mort d'avoir ainsi stupidement joué contre lui-même. Il ne faut jamais réduire quoi que ce soit à une formule. Cela se retourne irrémédiablement contre vous.

— Non, dit Phil avec douceur mais d'une voix ferme. Je regrette, mais je ne suis pas d'accord. Tu n'iras pas, un point c'est tout. N'en parlons plus.

Paddy recula sa chaise.

— Pourquoi ? demanda-t-il, les sourcils froncés, en décochant un regard indigné à sa mère. Pourquoi tu me laisses pas y aller ?

— Parce que ce n'est pas un endroit pour toi et que je préfère te savoir ailleurs.

— Tu crois que ça me donnerait des cauchemars ? demanda Paddy en se fendant d'un large sourire dans lequel on discernait néanmoins de l'incertitude. Écoute, m'man... j'ai quinze ans. Les squelettes, je sais ce que c'est et je sais que tout le monde finira par en arriver là. Ça ne me fait ni chaud ni froid. Il n'y a pas de danger que ça me fasse virer neurasthénique, t'en fais pas.

— *Non !*

C'était un « non » sans appel. Elle n'avait pas une idée très nette des raisons qui la poussaient à refuser irrévocablement toute discussion, mais une chose était sûre : la seule idée de laisser Paddy descendre dans le caveau l'horrifiait et il ne fallait à aucun prix qu'il y mette les pieds.

Paddy était assez grand garçon pour savoir ce que c'est qu'une porte qu'on vous ferme au nez, mais il ne considérait pas qu'une porte fermée était pour autant infranchissable. Il commit l'erreur de lancer un coup d'œil oblique sur la place habituelle de Simon. Il n'y avait qu'un journal abandonné. Apparemment et contrairement à l'habitude, il avait déjà pris son petit déjeuner. Manque de pot. S'il avait été là, il aurait certainement conjuré la catastrophe menaçante.

Paddy repoussa son assiette et prit la mine dégagée de l'homme avisé qui se rend compte qu'il est temps de changer de conversation.

— Où est oncle Simon ?

— Eh non, tu n'as pas d'allié, mon petit, dit Tim, non sans compassion. Il est déjà parti pour le manoir.

— Il y est allé bien tôt, non ?

Paddy faisait comme s'il n'avait pas compris le sens de la réponse de son père — qu'il cherchait un appui — tout en sachant que personne n'était dupe.

— Maintenant, ça suffit, Paddy, dit Tim avec fermeté. Elle a dit non et moi aussi. Il n'y a pas à discuter.

Dans un geste rageur, Paddy abattit son poing sur la table, repoussa brutalement sa chaise et bondit sur ses pieds. Son mauvais caractère avait mis à rude épreuve la patience de ses parents quand il était petit, mais il y avait longtemps qu'ils ne l'avaient pas vu s'emporter de la sorte et ce soudain coup de colère fut pour eux aussi surprenant qu'un éclair déchirant un ciel bleu. C'était presque une colère d'adulte — une fureur sans un cri. Il en tremblait et ses narines dilatées viraient au bleu sous l'effet de la tension.

— Qu'est-ce que vous cherchez ? A ce que je reste éternellement un petit mouflet ? Eh bien, c'est raté. Si je dois grandir malgré vous, je la ferai, et tant pis pour ce qui pourra arriver.

Il n'avait même pas haussé le ton. Sa voix était encore plus basse que d'habitude. Pivotant sur ses talons, il se rua hors de la pièce. Il était déjà sorti de la maison avant que ses parents aient eu le temps de prononcer un mot pour le sommer de revenir.

— Le plus terrible, avoua Phil, c'est que je ne sais pas jusqu'à quel point je suis sincère. Je ne veux pas qu'il aille là-bas, ce n'est pas un endroit pour un garçon de son âge. Mais je sais parfaitement que je suis jalouse de Simon. Il suffit qu'il claque des doigts pour que Paddy se précipite comme un petit chien. Cette semaine, on aurait dit que lui seul existait au monde. Cela me fait peur.

— C'est sans doute notre faute, je suppose.

Tournant le dos à la fenêtre devant laquelle il était planté, lugubre, Tim dévisagea sa femme d'un air sombre.

— Nous aurions dû savoir qu'il faudrait le lui dire tôt ou tard. Et il y a longtemps qu'on aurait dû le faire. Ah ! Si seulement on lui avait parlé !

— Mais comment aurions-nous deviné qu'il faudrait en passer par là ? Évidemment, se taire était une mauvaise politique. Mais nous allions nous installer ici et repartir à zéro. Personne ne nous connaissait en dehors de tante Rachel, personne n'était au courant. Je ne voyais aucune raison pour briser le silence. Et maintenant... comment pourrions-nous remettre les pendules à l'heure après tout ce temps ?

— Ce n'est pas possible. Nous n'oserons pas. Nous ne pouvons rien faire sinon croiser les doigts et le laisser tranquille. Ce ne sera plus très long, à présent.

— C'est vrai, convint-elle, mais elle n'était qu'à demi réconfortée. Mais suppose que Simon lui dise la vérité ?

— Non ! Il ne le fera pas. Jusqu'ici, il n'a jamais manqué à ses engagements, n'est-ce pas ?

— Il n'a jamais réellement cherché à les rompre, dit cyniquement Phil, mais, cette fois, ça y est. Et j'ai beau bien l'aimer, je n'ai guère confiance en lui quand il veut vraiment quelque chose.

Phil se leva avec un soupir et commença à débarrasser la table. A une époque, elle avait aussi été jalouse de l'influence que Simon avait sur Tim. Jusqu'au moment où elle avait compris, l'expérience aidant, que, sous ses dehors tranquilles, son mari suivait son bonhomme de chemin et qu'il était hautement improbable que Simon ou n'importe qui d'autre le fasse dévier de la route qu'il s'était tracée.

— Tu ne crois pas que je ferais bien d'aller le chercher ?

— Oh non, Tim ! Il ne faut surtout pas lui céder maintenant que j'ai engagé mon autorité en lui interdisant d'aller là-bas.

— Tu as aussi engagé la mienne, dit Tim avec un sourire amer. Mais ne t'en fais pas. Nous sommes unis pour le meilleur et pour le pire ! Mais c'est quand même en grande partie ma faute s'il s'est mis ça dans la tête. Je crois que je ferais mieux d'aller le chercher pour essayer d'arranger un peu les choses.

Mais Paddy n'était pas dans la maison. Ni dans la cour ni dans le jardin. Pas plus que sur la route de la mer. Tim revint les mains vides.

— Son vélo n'est pas dans le hangar, annonça-t-il à Phil. Bah ! C'est aussi bien qu'il aille se détendre. Il rentrera pour le déjeuner. Ses bouderies ne durent jamais longtemps, il faut le reconnaître.

— Eh bien, moi, je suis prête à parier qu'il s'est précipité au manoir pour y retrouver Simon, convaincu que lui nous fera changer d'idée. Pour lui, Simon est capable de retourner n'importe qui comme une crêpe.

Et Phil se précipita dans le hall où se trouvait le téléphone et composa le numéro du manoir.

— Allô ! Bonjour, Tam...

Mais ce n'était pas Tamsin qui répondait. Le téléphone avait été basculé sur la chambre de Miss Rachel et la vieille dame, parfaitement réveillée, ne demandait pas mieux que de sauter sur l'occasion pour tailler une bavette. Peut-être cela valait-il mieux, d'ailleurs, car si ç'avait été Tamsin qui avait répondu, il y aurait eu de fortes chances pour que Simon eût été avec elle dans la bibliothèque. Il aurait alors entendu une moitié de la conversation et deviné l'autre par déduction.

— Oh ! C'est vous, tante Rachel ? Phil à l'appareil. Dites-moi, savez-vous si Simon est dans la bibliothèque ?... Non, je ne veux pas lui parler, je veux seulement savoir s'il y est... Ah bon ! Très bien. Écoutez, si jamais Paddy vient le voir, ne lui dites pas où il est parti, s'il vous plaît. Et que Tamsin ne le lui dise pas non plus. Je sais qu'il finira par le trouver, mais il ne pensera pas tout de suite au presbytère. Comme ça, j'espère que ça lui laissera le temps de changer d'avis.

— Mais pourquoi viendrait-il au manoir et pourquoi ne voulez-vous pas qu'il trouve Simon ? s'enquit Miss Rachel avec curiosité. Oh ! Je ferai ce que vous demandez, naturellement, mais j'aimerais savoir pourquoi.

Phil s'assit et s'installa plus confortablement car la conversation promettait de durer un bon moment. Tim le comprit et poussa un soupir de résignation. C'était comme ça, les femmes — il n'y avait rien à faire. Quand elles avaient quelque chose dans le crâne, pas question qu'elles s'avouent vaincues. Elles étaient aussi entêtées, aussi butées que le gosse. Mais à quoi bon essayer de leur montrer combien cette attitude était illogique ? Elles étaient incapables de saisir l'analogie.

Quand, le souffle court après avoir pédalé comme un fou furieux, Paddy attaqua la montée à la sortie de Maymouth, il avait presque entièrement surmonté son dépit et commençait à reconnaître que, après tout, ses parents n'avaient pas totalement tort. Il ne leur donnait pas entièrement raison, bien sûr, mais on pouvait quand même comprendre plus ou moins leur point de vue. Non, finalement, il n'irait peut-être pas jusqu'à caresser Simon dans le sens du poil pour lui arracher la promesse qu'il les ferait revenir sur leur refus. Il avait beau s'obstiner à se jurer pour le principe qu'il allait le faire, en arrivant devant le haut portique absurdement ampoulé du manoir Treverra, il ralentit l'allure, indécis. Au lieu de prendre le chemin direct, il roula en zigzag entre les massifs de rhododendrons comme s'il faisait une course de lenteur. J'irai... Je n'irai pas... Non, il laisserait tomber. Il avait quinze ans, oui ou non ? Il n'était plus un môme gâté qui pique sa crise pour un oui ou pour un non, quand même ! C'était décidé ; il rentrerait pour le déjeuner et il leur demanderait pardon.

Mais, puisqu'il était là, pourquoi ne pas en profiter pour dire bonjour à Miss Rachel et à Tamsin ? D'ailleurs, il ne pourrait pas faire autrement parce que la première l'avait déjà repéré.

Elle était dans l'allée devant la porte crénelée du manoir. Droite comme un I, avec sa jupe de tweed voyante et son tricot mauve, elle était, vue de loin, l'image parfaite de la dame campagnarde sur le retour. Vue de près, elle était le même personnage dans le même rôle, mais version théâtrale. Avec le visage mobile d'une actrice, le regard autoritaire d'une impératrice, avec une sorte de flou comme si elle attendait la fin de l'acte pour enlever son maquillage et interpréter un personnage différent dans une pièce différente. La seule chose qui ne changeait pas était qu'elle tenait immanquablement le premier rôle. Il y avait des moments où son port impérieux et sa respectabilité ostentatoire rappelaient irrésistiblement à Paddy la reine Victoria. D'autres fois, elle lui faisait plutôt penser à une sorte de nouvelle reine Élisabeth Ire, qui avait séduit d'innombrables jeunots tout au long de sa vie et pourrait encore en tenir autant qu'elle voudrait sous son charme si elle faisait ce qu'il fallait pour. Si elle était restée célibataire, c'était probablement pour conserver ce pouvoir. Mais pour son plaisir personnel, pas pour de hautes raisons d'État comme cela avait été le cas de son illustre devancière.

Paddy l'aimait beaucoup. Si elle ne se gênait pas pour le rabrouer et le chapitrer vertement, il n'avait nul besoin d'être un génie pour savoir qu'elle l'adorait et cela aurait largement suffi pour qu'il lui accorde sa tendresse en retour. Mais il y avait un plus : l'étonnante drôlerie dont il lui arrivait de faire preuve. Elle allait même jusqu'à faire front avec lui contre la génération intermédiaire. C'était la seule grand-mère qu'il avait et les grand-mères sont un élément rassurant de la panoplie d'un petit garçon.

Aussi, quand il la vit tournicoter au milieu de ses rosiers qu'elle examinait attentivement, Paddy fit tout naturellement demi-tour et, appuyant sur les pédales, fonça droit sur elle dans le dédale des plates-bandes.

Il dut tourner à trois ou quatre reprises autour d'elle avant de pouvoir freiner. Il était maintenant en paix avec lui-même et son expression était radieuse. Ses parents s'étaient montrés intransigeants, mais lui s'était comporté comme le roi des idiots. Non, il ne ferait rien pour élargir la brèche. Au contraire, en rentrant, il ferait la paix et serait doux comme un agneau.

— Bonjour, dit-il en mettant tranquillement pied à terre et en coinçant son vélo contre le décrottoir géant, à côté de la première marche du perron. Tu as une mine superbe, ce matin, tante Rachel.

— Vraiment ?

Elle donna quelques coups de canne péremptoires sur la bordure de pierre de la plate-bande de rosiers et lui adressa un regard vif. Ses yeux noirs étaient toujours aussi beaux.

— Inutile de me passer de la pommade, mon garçon, cela ne te mènera à rien. Moi, on ne me la fait pas, tu sais. Tu n'as pas parcouru tout ce chemin simplement pour me voir, je ne suis pas assez bête pour le croire.

— Mais qu'est-ce qui t'arrive, ce matin ?

Paddy était déconcerté.

— Tu t'es levée du pied gauche ? Ma visite te dérange, ou quoi ?

— Oui, je sais, c'est Innocent qu'on aurait dû te baptiser. Mais inutile de te fatiguer, jeune homme, tu perds ton temps. Tu ne trouveras pas Simon à la bibliothèque. Il n'est pas dans la maison. Et Tamsin ne te dira pas où il est, elle non plus.

— Mais je n'avais pas l'intention de... commença-t-il, piqué au vif par cette attaque.

Brusquement, la lumière se fit en lui et, se rappelant l'indécision qui l'habitait quand il avait franchi le portail, il rougit, indigné.

— Oh non, pas *toi* ! Il ne te viendrait jamais à l'idée de te tourner vers Simon dans le dos de tes parents, bien sûr ! Tu t'imagines que je n'ai pas deviné ce que tu mijotes ? Tu es convaincu qu'il les retournera comme un gant et que tu obtiendras tout ce que tu voudras. Même s'ils ont dit non. Tu vois que je sais tout.

Oui, il voyait. Et il voyait parfaitement comment elle avait été mise au parfum. Pas besoin d'être sorcier pour imaginer ce qui s'était passé. Sa mère lui avait téléphoné... une vraie tigresse en colère. Mais ce qui humiliait le plus Paddy n'était pas l'opiniâtreté qu'elle mettait à le priver de son plaisir : c'était qu'elle soit capable de lire en lui comme dans un livre et de prévoir exactement les réactions qu'il aurait. Alors qu'il avait pris la résolution de faire la paix avant même que la crise éclate ! Seulement, la réconciliation, elle, elle ne connaissait pas. L'idée ne pouvait pas lui venir qu'il pourrait mettre les pouces et revenir sur sa décision. Qui faisait des manigances par-derrière ? Qui, hein ?

— Tu ne m'écoutes pas, Patrick.

La vieille dame était arrivée à la moitié de l'inévitable sermon et Paddy n'en avait pas entendu un seul mot.

— Si, j'écoute, dit-il sur un ton étrangement soumis.

Mais c'était seulement une moitié de son cerveau qui répondait, celle de la soumission. L'autre, celle de la rage, entêtée et vindicative, était polarisée sur la trahison de sa mère. Si elle voulait la bagarre, si elle était prête à se battre sur ce terrain en ne lui accordant jamais le bénéfice du doute, eh bien, O.K. ! Elle allait être servie !

— Tes parents ont dit non, cela devrait te suffire. Tu n'es plus un bébé. Tu as assez d'expérience pour savoir que ton intérêt est le premier de leurs soucis et je pensais que tu étais assez intelligent pour te soumettre à leur décision, même si tu n'es pas entièrement d'accord avec eux. Faire une scène pareille pour un petit désagrément de quatre sous, c'est ridicule ! Tiens, tu me fais honte !

Ainsi, même *ça*, sa mère n'avait pas pu s'empêcher de le mettre sur la table ! Il n'y avait vraiment rien à faire avec les femmes. Elles étaient toutes les mêmes.

— J'ai eu honte de moi.

La suavité inhabituelle avec laquelle il avait prononcé ces mots ravit tellement Miss Rachel que la signification de ce passé composé lui échappa totalement. C'était la vérité, il avait eu honte de s'être conduit de la sorte quand il grimpait la côte en danseuse. Mais la page était maintenant tournée. Irrémédiablement.

— Ah ! Voilà qui est mieux ! Je sais qu'au fond tu n'es pas un mauvais garçon. Alors, maintenant, tu tires un trait là-dessus, c'est compris ? Ils ont dit non, et non c'est non, il n'y a pas à sortir de là. Et ne va pas ennuyer Simon. Tu vas rentrer tout de suite à la maison et demander pardon à ta mère.

« Compte sur moi et bois de l'eau fraîche », dit Paddy *in petto*.

— D'accord, tante Rachel, fit-il à haute voix. Je file.

Mais il se garda bien de préciser où il comptait aller.

Il enfourcha son vélo avec une solennité exagérée, salua gravement Miss Rachel et appuya sur les pédales, image même du pêcheur repentant qui fait son examen de conscience. Il n'avait aucun remords à jouer la comédie à la vieille dame. En fait, elle était entièrement hors du coup. Sa mère avait simplement commis une erreur de calcul.

Et maintenant, elle aurait ce qu'elle avait cherché : il trouverait Simon, même si cela devait lui prendre toute la journée.

Cela ne lui prit pas toute la journée, mais toute la matinée. Il fit la tournée des églises, l'ensablée et celle de la haute ville, et visita divers autres lieux avant de le repérer sur le coup de midi au bar du *Dragon* en train de boire une chope en compagnie de George et de Dominic Felse.

Sur le moment, il hésita, n'ayant pas envie que des tiers soient témoins de sa démarche. Mais comme il allait poursuivre son chemin, Simon tourna la tête et l'aperçut avant qu'il ait eu le temps de battre en retraite.

— Tiens ! Bonjour, toi !

Il n'y avait qu'à le regarder pour lire sur son visage le plaisir que lui apportait cette rencontre inopinée, mais n'y avait-il pas, néanmoins, un quelque chose de tendu dans son expression, l'ombre d'un nuage qui l'assombrissait ? Brusquement, Paddy eut un peu mauvaise conscience en se rappelant que demain était le grand jour et que Simon avait des affaires autrement sérieuses en tête.

— Tu me cherchais ? Que se passe-t-il ?

Simon et les deux autres se serrèrent pour faire de la place. Maintenant, il n'y avait plus moyen de reculer.

— Rien... rien du tout. Je voulais seulement... Mais je ne veux pas vous déranger.

— Tu ne nous déranges pas le moins du monde. Oh ! C'est vrai, vous ne vous connaissez pas encore, vous deux. Je vous présente Paddy Rossall, George, George est le père de Dominic, précisa-t-il à l'intention de Paddy.

Au moins, cette course-poursuite n'aurait pas été tout à fait vaine. Paddy, les yeux écarquillés, scruta avidement George. Est-ce qu'il avait l'air d'un inspecteur de police ? Le truc, c'était sans doute de ne pas avoir l'air d'en être et, pour ça, on pouvait dire que George Felse était champion. C'était un homme grand et élancé, le visage allongé à l'expression méditative, les tempes qui commençaient à s'argenter. Pas mal de sa personne dans le style cool.

Paddy le salua presque avec déférence et accepta la limonade qu'on lui proposa.

— Que voulais-tu me demander ? s'enquit Simon.

— Eh bien... est-ce que tu serais d'accord pour que... pour que j'aille là-bas avec toi demain te donner un coup de main ?

Et voilà ! C'était sorti et il avait posé la question sur un ton tout à fait crédible, s'étant interdit, et cela n'avait pas été facile, d'en rajouter des kilos pour remporter le morceau. Encore une fois, sa conscience le chatouilla désagréablement, mais il lui imposa silence. S'il n'avait pas avoué que ses parents le lui avaient formellement défendu, au moins il n'avait pas raconté de mensonges. Pour un homme, ne pas admettre sa défaite était une question d'honneur.

Simon resta un moment à le dévisager. Sa physionomie était indéchiffrable. Presque comme si son esprit était ailleurs et qu'il était plongé dans des pensées moins futiles.

Quand, enfin, il reprit la parole, ce fut presque avec sécheresse.

— Je regrette, Paddy, mais il me serait difficile de te répondre « oui » alors que je viens de dire non à Dominic qui m'avait posé la même question. Mais ce refus est justifié. Il n'y a pas beaucoup de place dans le caveau. Et il ne s'agit pas d'un amusement, mais de recherches sérieuses qui ne doivent pas se transformer en spectacle, tu comprends. La présence de témoins est nécessaire pour qu'ils établissent des procès-verbaux, pas pour qu'ils satisfassent leur curiosité.

Dans le silence qui suivit, George et Dominic échangèrent un bref coup d'œil entendu que ne remarqua pas Paddy, qui contemplait son verre comme si le secret de l'univers était en suspension dans le liquide ambré qu'il contenait. Le calme qu'il arborait était un peu trop forcé pour être tout à fait convaincant, mais, quand il leva la tête, l'air d'acceptation sensée qu'il s'imposait pouvait être considéré comme une réussite.

— Oui, ça tombe sous le sens. Eh bien, n'en parlons plus. Tu ne m'en veux pas de t'avoir demandé ça ?

— En d'autres circonstances, je n'aurais choisi personne d'autre que toi pour m'aider, mon petit Paddy.

— Merci. Je ne l'oublierai pas. Eh bien, je vais rentrer. Tu ne viens pas déjeuner à la maison ?

— Non, je déjeune ici. J'ai prévenu ta mère ce matin.

— Bon. Eh bien, merci pour l'apéritif.

Il tapota son verre vide et décocha un sourire à George.

— Heureusement que c'était seulement de la limonade.

Il se leva en s'efforçant de conserver un visage impassible pour ne pas révéler sa déception.

— Pourquoi ? demanda Simon en haussant les sourcils.

Il eut droit à un nouveau sourire — interrogateur, celui-là — à partager avec George.

— Quoi ? Tu ne sais pas que c'est un vrai inspecteur, un inspecteur en chair et en os, qui est assis à côté de toi et ne perd pas un seul de tes gestes ? Mr. Felse t'aurait passé les menottes aux poignets vite fait si tu m'avais offert un panaché. Allez, au revoir !

Il agita la main en signe d'adieu, très homme du monde, et s'éclipsa.

— Ça alors ! s'exclama Simon avec stupéfaction. Vous êtes vraiment un policier ?

— C'est exact, répondit George, mais je me demande bien comment Paddy a pu le deviner.

— C'est moi qui le lui ai dit, murmura Dominic en rougissant un peu, embrassé à l'idée que l'adulte qu'il était maintenant puisse avoir l'air de pavoiser en parlant du métier de son père. Hier, quand il m'a reconduit après qu'on a eu pris le thé à la ferme. On n'était pas vraiment partis du bon pied tous les deux et il fallait que je trouve quelque chose qui lui en mette plein la vue. Il y avait Simon...

Dominic adressa un sourire embarrassé au grand homme.

— Pour quelqu'un qui connaît presque par cœur tous les articles que vous avez publiés sur Harappa, c'était pratiquement gagné. Mon second atout, c'était toi, papa. Il a été méchamment impressionné.

— Eh bien, moi aussi, je suis impressionné, reconnut Simon. Est-ce que pour vous changer un peu des sordides affaires criminelles modernes qui sont votre lot quotidien ma petite devinette historique vous intéresserait ? Venez donc prendre le café ce soir au manoir avec toute la famille. Les épitaphes de Jan Treverra vous donneront l'occasion de mettre vos talents professionnels à l'épreuve. Bien que sans raisons particulières, elles m'ont toujours fait l'effet de cryptogrammes. D'ailleurs, toute la bibliothèque du manoir est passionnante. Les familles assez cultivées pour réunir une telle collection d'ouvrages n'étaient pas nombreuses.

— Nous nous rendrons avec le plus grand plaisir à cette invitation si Miss Rachel ne voit pas d'objection à une telle invasion.

— Pensez-vous ! Au contraire, elle sera ravie. Quand elle est entourée d'hommes jeunes et bien faits de leur personne, elle est dans son élément.

Il sourit à Dominic ; le compliment s'adressait à lui.

— Il faut que vous me pardonniez de vous avoir utilisé de façon éhontée, Dominic. Et je vous remercie de votre coopération. Ça m'a permis de mieux faire passer mon refus. Franchement, je ne crois pas que cette expédition convienne particulièrement à des gamins et je préfère qu'il n'y participe pas.

— En fait, avoua tristement Dominic, j'aurais voulu vous demander la même chose, mais je n'ai pas osé.

Bah ! N'importe comment, à présent, c'est réglé. Et autant que Paddy ne se croie pas victime d'un traitement injuste.

— Je regrette quand même d'avoir été obligé de lui raconter des histoires. Je suppose que, maintenant, je ne peux plus vous proposer de venir ? Non, Paddy ne me pardonnerait pas de lui avoir joué ce mauvais tour — et il ne sera sûrement pas loin.

— Non, il n'est pas possible de prendre ce risque, dit Dominic avec fermeté.

— Mais c'est vraiment dommage, parce qu'on pourrait faire de la place pour *un* homme robuste de plus dans l'équipe.

Les yeux de Simon, entourés de fines rides qui se détachaient sur son hâle, se posèrent innocemment sur George.

— Et vous, George ? Je serais très heureux que vous soyez des nôtres. Qu'en dites-vous ?

Les invités eurent droit à la visite guidée intégrale du domaine, maison et parc, qui, chacun à sa manière, méritaient largement d'être admirés. Miss Rachel, qui avait tout de l'ara avec sa jupe de soie noire, ses émeraudes et son châle chinois, ouvrait vaillamment la marche, martelant le sol de sa canne qui était plus un prolongement de sa personne qu'une aide à la navigation, et dont elle se servait avec plus d'insistance encore pour attirer l'attention de ses hôtes sur les inconvénients et les imperfections de la demeure de ses ancêtres que pour en souligner les splendeurs. Elle adorait recevoir des visiteurs et il était tout simplement hors de question que le moindre détail puisse leur échapper.

Les portraits des Treverra occupaient en rangs serrés les murs de la longue galerie du premier étage et la cage de l'escalier.

— Presque tous sont affreux, dit Miss Rachel en les

renvoyant dans les limbes d'un geste méprisant. De la peinture de barbouilleurs de province. Nous n'étions pas une famille d'artistes, mais nous étions persuadés du contraire.

A l'entendre, on avait l'impression qu'elle avait de tout temps été là.

— Il y a juste une très jolie miniature dans le salon. Elle représente un jeune homme.

— Forcément, murmura Tamsin, qui fermait la marche, à l'oreille de Dominic.

Mais c'était dit avec une affectueuse indulgence d'où tout cynisme était absent. A sa manière, elle adorait sa redoutable patronne.

— Le jardin est dans un état lamentable, déclara la vieille dame en traversant la terrasse et en faisant effectuer une volte menaçante au pommeau d'argent de sa canne. Il est totalement impossible de nos jours de trouver des jardiniers dignes de ce nom. Je suis contrainte de me contenter de cet ahuri de bedeau de St. Mary. En principe, il vient trois fois par semaine, mais on ne peut jamais compter sur cette jeune génération. Trethuan m'avait promis qu'il cueillerait les abricots et les prunes aujourd'hui. Que croyez-vous ? Il a brillé par son absence. Il n'a pas donné signe de vie, pas même pour s'excuser.

— Peut-être a-t-il voulu finir de passer la faux dans le cimetière, suggéra sans grande conviction Simon. Il n'en avait fait que la moitié hier, m'a dit le vicaire.

Mais Miss Rachel n'en démordait pas.

— S'il a l'intention de s'occuper des jardins en plus de son travail de bedeau, dit-elle avec hauteur, il serait souhaitable qu'il organise son temps en conséquence. Hier après-midi, il n'a cueilli les fruits que d'un seul malheureux prunier. Il m'avait juré qu'il terminerait aujourd'hui. C'est à peine si je l'ai entrevu deux minutes. C'était juste après votre départ, Simon. Une visite éclair pour m'assurer qu'il me consacrerait *toute* la journée d'aujourd'hui. Rien que des paroles en l'air, oui ! Je ne l'ai pas vu de la journée. C'est bien simple : on ne peut absolument pas faire confiance aux jeunes d'aujourd'hui.

— Trethuan n'a guère plus de cinquante ans, souffla Tamsin à Dominic.

— Les abricots sont mûrs et je voulais justement en envoyer à Phil. Elle a une main de fée pour les conserves.

Simon saisit la balle au bond :

— Pourquoi ne diriez-vous pas à Paddy de passer demain pour les cueillir ? Comme ça, nous serons tranquilles. Il meurt d'envie d'être dans le coup, et l'occuper à quelque chose qui l'empêchera de faire des bêtises serait une bonne idée.

Miss Rachel, arrivée devant la balustrade de la terrasse, étala ses voiles de soie chinois sur le faux marbre. Son visage plissé de rides était brusquement devenu d'une douceur angélique, aussi lisse qu'une eau morte.

— Paddy ? susurra-t-elle d'une voix absente. Quelle absurdité ! Il est infiniment trop sensible pour avoir seulement l'idée de participer si peu que ce soit à votre macabre expédition. C'est entendu, je demanderai à Phil de me l'envoyer pour ramasser des abricots. Mais qu'est-ce qui peut vous laisser supposer que votre projet l'intéresse ?

— Tout simplement le fait qu'il est venu me demander s'il pouvait en être. Avec la plus grande amabilité, mais cela n'a servi à rien. C'est une entreprise qui n'a rien d'horrifique, mais elle n'est quand même pas faite pour les garçons de son âge.

Miss Rachel s'était remise en marche, mais à pas lents, et sa mine était songeuse.

— Quand vous a-t-il fait cette requête ? s'enquit-elle innocemment sans lever les yeux sur Simon.

— Vers midi. Pourquoi ?

— Oh ! pour rien. Je trouve seulement difficile à croire qu'il ait pu vous demander cela, c'est tout.

« Après que je le lui ai formellement interdit », faillit-elle ajouter, furieuse de voir son autorité bafouée, mais, conservant son expression affable de bonne compagnie, elle se garda de formuler son dépit à haute voix. « Il va falloir que j'intervienne, et énergiquement. C'est proprement scandaleux ! On ne peut pas laisser les choses continuer dans cette voie. Si Phil et Tim pourrissent cet enfant à force de le gâter, c'est à *moi* de sévir. »

— Et voici la bibliothèque, annonça-t-elle triomphalement tandis que, dans un recoin de son cerveau de grand-mère de substitution, elle commençait déjà à réfléchir à la meilleure façon de procurer un choc salutaire qui ramènerait Paddy Rossall à la raison.

C'était toujours par la vaste porte de la terrasse qu'elle faisait passer les visiteurs. L'immensité et la hauteur de la bibliothèque aux boiseries et aux rayonnages de chêne clair, les longues glaces étroites qui séparait les panneaux les uns des autres, la lumière dont les inondaient les fenêtres de la façade — tout cela les cloua sur place sous l'effet de la surprise. Les proportions parfaites de la pièce, que mettait en valeur la parcimonie de son ameublement, en faisaient une splendeur. Tout au fond, le bureau de Tamsin sous la dernière fenêtre, une grande table centrale aux sièges assortis, et un grand globe terrestre à chaque bout de la pièce — c'était tout. Rien d'autre que des livres.

Un grand plateau sur lequel s'alignaient des tasses et une cafetière fumante avait été déposé à l'extrémité de la table dix secondes exactement avant que le groupe eût franchi le seuil, et la porte intérieure se refermait tout juste derrière la dame de compagnie de Miss Rachel. Quand il fallait impressionner les visiteurs du manoir Treverra, l'horaire était calculé à la seconde près.

— Voilà donc notre homme en personne, dit Simon.

C'était une petite toile maladroite représentant un visage en gros plan. Au XVIIIe siècle, la règle impérative pour les portraits commandés aux artistes locaux par les familles de la petite noblesse était d'être immédiatement reconnaissables, et ils étaient payés en conséquence. La mâchoire du modèle, aussi carrée qu'une souricière, que barrait une courte cicatrice blême, était rachetée par la bouche la plus vivante, la plus ironique et la plus intrépide que Dominic eût jamais eue sous les yeux. C'était à première vue un visage sans histoire, banal même, mais il suffisait d'analyser successivement les traits qui le composaient pour être frappé par sa singularité. Cette mâchoire aurait pu être celle d'un pirate, ce front haut et inégal celui d'un magistrat — ce que le personnage avait d'ailleurs été pendant plusieurs années jusqu'au jour où il avait estimé préférable de se démettre de ses fonctions. Ses yeux étaient les yeux aventureux d'un poète vagabond n'ayant d'autres lois que la sienne, et cette bouche débordante de joie aurait convenu à merveille au jeune, au truculent, à l'irrésistible Falstaff.

Simon recula de quelques pas pour contempler le plus illustre des Treverra.

« On dirait qu'ils se scrutent mutuellement, que chacun cherche à prendre la mesure de l'autre, qu'ils communiquent même, songeait George. Et bien qu'ils soient tellement différents l'un de l'autre, ils ont quelque chose de très fort en commun. Ce sont deux corsaires qui se tiennent un peu à distance des chemins tout tracés, qui n'obéissent pas tout à fait aux règles ordinaires et qui en prennent quelque peu à leur aise avec les critères en vigueur. »

— Il possédait un navire qui bourlinguait dans l'Atlantique et trois ou quatre petits bateaux de pêche qui faisaient du cabotage par ici. Et de la contrebande, bien entendu. Comme tout le monde. Ce n'était pas un crime aux yeux de ces gens-là. C'était les affaires, et aussi du sport...

— Vous n'avez pas l'impression que Simon se trompe de temps ? chuchota Dominic à l'oreille de Tamsin.

Elle tourna si précipitamment la tête qu'une de ses mèches rousses chatouilla le nez de Dominic. Après lui avoir décoché un coup d'œil le temps d'un éclair, elle détourna son regard.

— J'espère qu'ils ont mis ce qu'ils transportaient cette nuit à l'abri, ajouta encore plus bas Dominic, incapable de résister à l'innocente envie de jouer au monsieur à qui on ne la fait pas.

Il aurait vraiment fallu avoir l'esprit mesquin pour prétendre qu'il enfreignait la loi du silence qu'il avait juré à son père de respecter.

Cette fois, Tamsin ne le regarda pas, mais il vit ses lèvres frémir tandis qu'une fossette creusait ses joues.

— Vous, vous n'êtes pas tombé de la dernière pluie, murmura-t-elle du coin de la bouche.

— Et voici Morwenna, sa femme, annonça Simon.

— Elle était ravissante, dit Bunty en contemplant le fusain inattendu dessiné sur un grossier papier gris que relevaient des touches de craie blanches et rouges.

Une œuvre fragile, mais aussi frappante que la femme qu'elle représentait — fine, l'œil ardent, un visage aux traits délicats que mettait en valeur une opulente chevelure coiffée en couronne.

La réaction de Bunty enchantait visiblement Miss Rachel.

— On disait que je lui ressemblais beaucoup quand j'étais jeune.

— En fait, elle est l'image même de Jan si l'on fait abstraction de sa mâchoire carrée, commenta Tamsin, toujours à l'oreille de Dominic.

— Et voilà les fameuses épitaphes.

George s'approcha des deux photographies encadrées fixées au mur sous le portrait de Morwenna.

— *O Mortel anxieux...*

— Les transcriptions sont plus faciles à lire. Ces photos ont été prises la dernière fois qu'on a désensablé l'église, ce qui remonte à une quinzaine d'années. Le photographe a fait du bon travail. L'angle de la lumière est bien choisi et les lettres ne sont pas tellement érodées. Mais l'objectif n'était pas de face. Tenez, voici le texte.

Simon commença à le lire tout haut d'une voix absorbée et lointaine comme si l'image de Treverra avait pris possession de lui. Et il était bien rare qu'il s'oublie de la sorte, songea Tamsin, qui ne le quittait pas des yeux.

— *O Mortel anxieux du Sort de Treverra,*
Sous cette Pierre jamais ne trouveras,
Muets Témoins ambigus, d'Ossements émiettés,
Mais la Foi le pourra si tu la veux soulever
Et te guidera dans le Dédale obscur, Âme intrépide,
Où tu chemineras sans peur à travers le Granit,
Ténébreux Labyrinthe au-delà du Tombeau,
Pour gagner le Rivage ignoré des Corbeaux,
Le Pays tout brûlant de l'Éclat de l'Amour
Où l'Été immortel épand au fil des Jours
Sur le saphir des Mers et sur l'or de ses Plages
Une Sérénité totale et sans partage.
Suis cette voie sans peur,
Là t'attend ton Seigneur,
Là tu savoureras enfin l'Amour dernier,
L'Amour dont la douceur est celle du premier.

« Voilà pour l'épitaphe de Jan. Voici maintenant celle de Morwenna. D'aucuns disent qu'il l'a composée avant de mourir, sachant que leur séparation serait de courte durée. Pour d'autres, c'est Morwenna elle-même qui l'aurait écrite en s'inspirant de son style à lui.

« Que l'on grave ces mots sur la tombe de
[Morwenna :
SEUL LE BRAVE EST DIGNE DU BRAVE.
Ici ne versez point de larmes, elles sont sans objet.
Nul saint n'est plus que moi Mort heureux et en
[paix,
Assurée qu'en ce dur Nid de Roc point ne
[demeurerai.
Par l'Amour emportée, bientôt m'envolerai
Au Pays du Soleil dont j'ai la Nostalgie
Et là, délivrée, libérée, les ci-gît abolis,
Tout recommencera dans les bras retrouvés
De mon Maître et Seigneur qu'à nouveau
[j'Étreindrai.

Il y eut un court moment de silence, un silence presque magique, que personne ne voulait rompre. Certes, ce n'était pas que la poésie qui se dégageait de ces textes fût à vous couper le souffle, mais elle était profondément ambiguë. Comme si toutes les phrases avaient au moins deux sens. Après chaque vers, on ne savait plus quelle était la marche à suivre, mais si l'on prenait la bonne direction, on risquait de se retrouver au cœur d'un labyrinthe toujours inachevé et qui pouvait être une révélation.

— Alors, qu'en pensez-vous ? demanda Simon, déchirant délibérément cette toile d'araignée hallucinatoire. A part que le type qui a pondu ça était un fondu de la poésie populaire et qu'il connaissait son Dryden par cœur ?

Tamsin enfonça son coude dans les côtes de Dominic, le prenant par surprise.

— Allez ! lui souffla-t-elle. Dites quelque chose de profond.

— Quand on entend ça, on a l'impression que la vie outre-tombe a tout de la croisière de Noël sous le soleil des Bahamas, lâcha-t-il tout à trac, exprimant tout haut ce qu'il était en train de penser tout bas.

3

VENDREDI MATIN

Sa canne à pommeau d'argent au poing, Miss Rachel était plantée devant la grille du potager tel un ange d'antan appelé d'urgence pour garder la porte du Paradis.

— Tu es un vilain garnement, dit-elle à Paddy quand il arriva.

— Oui, fit lugubrement celui-ci avec résignation. L'affreux, c'est moi.

Il détacha l'immense panier du porte-bagages et se mit à le balancer, la mine boudeuse.

— Bon, tu as gagné. Je vais les cueillir, tes abricots. Contraint et forcé. Qu'est-ce que tu veux de plus ?

— Pose ce panier et entre. J'ai à te parler.

Paddy s'exécuta avec un grognement parfaitement audible. Depuis qu'il avait quitté la ferme pour venir s'acquitter de cette corvée abricotière, il accablait de son mépris les femmes et leur goût de la conspiration, ce qui n'allait pas sans lui donner un certain sentiment de détachement et de supériorité. Un bébé aurait compris le but de l'opération : l'éloigner à tout prix des dunes pendant toute la matinée. Et, pour ce faire, sa mère avait évidemment enrôlé une fois de plus Miss Rachel. Il ne pouvait pas s'agir d'autre chose. Il n'y avait que les femmes pour faire ce genre de coup tordu.

Un homme n'y serait pas allé par quatre chemins : « Si j'ai le malheur de te voir à moins de cinq cents mètres de St. Nectan, je t'écorcherai la peau des fesses. » Mais ces bonnes femmes ont longuement cogité pour te trouver un boulot qui te retiendra ailleurs.

— Je suppose que maman et toi avez calculé au quart de poil le temps qu'il me faudra pour remplir ce truc, dit-il en laissant tomber le panier dans l'herbe, et que ça me prendra toute la matinée. D'accord, je le remplirai. Et il lui faudra toute la journée pour faire ses conserves. Bien fait pour elle.

— Ta mère n'a rien à voir là-dedans, rétorqua la vieille dame sur un ton inquiétant. Si tu veux en faire porter le blâme à quelqu'un, il n'y a que deux personnes à accuser : toi et moi, c'est tout. Hier, quand tu es parti, tu t'es mis sans perdre un instant à la recherche de Simon alors que je te l'avais expressément interdit. Vrai ou faux ?

— Oui, c'est vrai, bougonna Paddy. Mais comment tu le sais ? D'ailleurs, je te l'aurais dit si tu me l'avais demandé.

— C'est Simon lui-même qui me l'a dit hier soir. Oh ! En toute innocence, sois tranquille. Il ne savait pas qu'en agissant ainsi tu me désobéissais et te dressais contre la volonté de tes parents. Comment as-tu pu te conduire ainsi, Paddy Rossall ?

— C'est de leur faute. Si tu veux savoir, quand je suis arrivé ici, j'avais décidé que je ne demanderais rien à oncle Simon. Après avoir réfléchi, je trouvais que cela aurait été moche et idiot. Mais est-ce que maman a trouvé que s'entendre avec toi pour m'empêcher de faire ce que j'avais envie de faire était moche et idiot, *elle* ? Là, c'est différent, pas vrai ? Se liguer contre son fils, ça ne compte pas. Mais que le fils en fasse autant contre sa mère, alors c'est un crime.

— Je te prie de cesser immédiatement de raconter de pareilles stupidités ! s'écria la vieille dame, tremblante d'indignation. Tes parents ont absolument raison quand ils veulent t'empêcher de faire des choses idiotes — et ils sont en droit d'exiger au moins que tu leur obéisses. Ils sont responsables de toi et il va de soi qu'ils peuvent prendre toutes les mesures qu'ils jugent nécessaires pour ton bien. Tu ne réalises pas tout ce que tu leur dois, pas plus que tu ne réalises la méchanceté dont tu fais preuve à leur égard. A tes yeux, l'amour qu'ils te portent, le souci qu'ils ont de toi vont de soi. Eh bien, permets-moi de te dire, jeune homme, que, pour peu que la reconnaissance ne te soit pas un sentiment totalement étranger, tu ne seras jamais en mesure de les payer de retour après tout ce qu'ils ont fait pour toi.

Ah non ! Cette fois, elle allait trop loin ! Qu'elle lui arrache et lui brandisse sous le nez les impulsions les plus secrètes de son cœur, les plus repentantes, les plus chargées d'affection, en les transformant en banalités à bon marché, en généralités hypocrites en tout point semblables aux paraboles sirupeuses des vieux manuels de morale à l'intention des enfants — non, c'était trop ! Et Paddy réagit avec violence. Il vira à l'écarlate et, pris d'un brusque accès de rage, il proféra des choses qu'il ne pensait pas et auxquelles il ne croyait pas davantage pour tenter, au moins, de rétablir l'équilibre.

— Alors, il n'y a qu'un seul camp qui a des droits ! Et mes droits à moi, qu'est-ce qu'on en fait, hein ? Est-ce que je leur ai demandé de me fabriquer ? *Ils* auraient très bien pu faire en sorte que je ne naisse pas, non ? Mais, *moi,* je ne pouvais pas. Je n'avais pas le choix. Je suis leur *fils,* n'est-ce pas ?

Miss Rachel prit-elle à ce moment la décision de recourir à des mesures extrêmes ? Ou fut-elle tout simplement poussée à sauter le pas avant de s'en être elle-même rendu compte ? Impossible de trancher, mais le résultat fut le même. Elle se dressa de toute sa taille, si modeste qu'elle fût — jamais Paddy n'avait été frappé à un pareil point par sa ressemblance avec la reine Victoria —, et ce fut d'une voix qu'étranglait une rage toute royale qu'elle lâcha en martelant chaque syllabe les mots qui ne pourraient jamais être effacés :

— *Non*, tu n'es *pas* leur fils !

La première réaction instinctive de Paddy fut tout bonnement de faire comme s'il n'avait pas entendu. Il ramassa son panier et abandonna la discussion avant d'être débordé par les événements. Une telle phrase ne pouvait pas avoir été prononcée, donc elle ne l'avait pas été. Il jeta un coup d'œil désespéré autour de lui, cherchant une échappatoire.

— Par quel arbre est-ce que je dois... je dois commencer...

Mais cette tentative de diversion fit chou blanc. Les paroles de Miss Rachel continuaient de résonner comme un écho dans ses oreilles et il ne pouvait les en chasser en prétendant que ce n'étaient que des sons vides de sens. Son deuxième réflexe fut l'envie de rire. Si c'était le moyen qu'elle avait trouvé pour le punir, c'était d'une bêtise pas croyable. Mais elle restait toujours plantée devant lui à le scruter du même regard intense, affichant la même et inexorable gravité, et il n'y avait pas l'ombre d'une chance qu'elle ait dit ça par pure méchanceté. L'éclat de rire qui s'annonçait mourut avant de naître. Les yeux écarquillés presque sortis de leurs orbites, Paddy la dévisagea et nia l'inconcevable chose dans un dernier effort convulsif pour regagner le terrain de la normalité quotidienne.

— C'est pas vrai ! s'écria-t-il farouchement.

— Si fâchée que je puisse être, je ne te mentirais jamais, répliqua-t-elle avec sévérité.

— Non, c'est vrai, tu ne le ferais pas, reconnut-il pitoyablement. Mais ce n'est pas possible ! Je suis *leur* fils, il ne peut pas en être autrement. Je ne peux pas devenir tout d'un coup quelqu'un d'autre...

— Arrête de dire des stupidités. Tu es assez grand pour comprendre ce genre de choses et il n'y a vraiment pas de quoi te mettre martel en tête. Allez... viens t'asseoir et écoute-moi.

L'empoignant par le bras, elle l'entraîna sans qu'il opposât de résistance jusqu'au banc de pierre devant le mur ensoleillé. Affalé maintenant, il paraissait avoir étrangement rajeuni. Ce n'était plus qu'un petit garçon perdu et désarmé. Il la regardait fixement, regardait autour d'elle, à travers elle, mais sans rien voir. Elle lui tapota la joue, mais il n'eut pas la moindre réaction et ce ne fut que lorsqu'elle lui eut assené une vraie claque que ses yeux accommodèrent enfin et que sa physionomie figée retrouva un semblant d'expression.

— Voyons, Paddy, tu sais qu'il y a des gens qui adoptent des enfants, cela n'a rien de tellement extraordinaire. C'est ce qu'ont fait Tim et Phil. Ils t'ont adopté, tu n'es *pas* de leur sang. Cela s'est passé de façon tout à fait légale. Tu n'étais qu'un tout petit bébé, le fils d'un de leurs amis qui avait perdu sa femme. Et ne te mets pas dans la tête qu'ils t'ont choisi sur un coup de cœur à l'époque. Ils l'ont fait par devoir, par pitié, parce ton père ne voulait pas de toi.

Cela suffit pour que les joues de Paddy deviennent rouges de colère et qu'une flamme s'allume dans ses yeux — celle qui brille dans ceux d'un rebelle face au peloton d'exécution.

— Oui, tu as bien entendu. Il ne voulait pas de toi. Il aurait parfaitement pu engager une nourrice qui se serait occupée de toi, mais un bébé était un poids dont il ne voulait à aucun prix. Phil avait perdu un enfant et ne pouvait plus en avoir d'autre. Alors, il a joué sur ses sentiments jusqu'à ce qu'elle finisse par céder devant son insistance et accepte de se charger de toi à sa place. Voilà toute l'affection que ton vrai père avait pour toi. Oui, c'est par pitié que Tim et Phil t'ont adopté, mais à partir de ce moment, ils t'ont aimé et ont pris soin de toi. Et voilà comment tu les remercies ! Je vais te dire une bonne chose, conclut Miss Rachel sur un ton sévère en martelant les mots : Si tu continues comme cela, *personne* ne pourra jamais t'aimer.

Cette dernière phrase éveilla quelque chose d'atrocement douloureux, quelque chose d'effrayant en Paddy. Mais, refusant de donner à son interlocutrice la satisfaction de l'avoir touché, il lutta farouchement contre lui-même pour n'en rien laisser paraître.

— Je n'en crois pas un mot, dit-il avec obstination.

Mais il n'en était rien. Et le pire était qu'il ne pouvait même pas se dire que Miss Rachel lui racontait des mensonges.

— C'est une histoire que tu as inventée. Rien que pour me paniquer.

— Tu sais très bien que ce n'est pas mon genre. Et tu n'as aucune raison de paniquer. Maintenant, tu es leur petit et tu sais qu'ils t'aiment, même si tu ne le mérites pas toujours. Et tu sais aussi qu'il continuera d'en aller ainsi. Cela ne change absolument rien. Sinon, désormais, j'ose l'espérer, ta façon de voir les choses.

Cela ne change rien ! Sauf son univers tout entier. Sauf, et c'était encore plus grave, ce qu'il avait dans le cœur et dans l'esprit. Sauf le souvenir d'une enfance enchantée qu'il avait toujours supposé être irréfutablement sienne de plein droit.

— Pourquoi ne m'ont-ils jamais rien dit ? demanda-t-il d'une voix que le choc avait rendue atone et que Miss Rachel ne reconnaissait pas. Cela ne m'aurait pas autant secoué. J'aurais pu me faire à cette idée.

— Oui, là, ils ont eu tort, c'est aussi mon avis. Je le leur ai toujours dit. Ils pensaient que tu n'avais pas besoin de savoir la vérité parce que c'est arrivé juste au moment où ils allaient venir s'installer ici, à Pentarno.

Quand ils se sont rendu compte que ç'avait été une bêtise, il était trop tard. Ils ne pouvaient plus revenir en arrière. Alors, ils ont continué à garder le silence en espérant que les choses finiraient par s'arranger toutes seules. Mais je crois, moi, qu'il était grand temps que tu saches ce que tu leur dois en réalité. Comme ça, tu leur manifesteras peut-être un peu plus de reconnaissance et de considération.

— Je ne savais pas que je n'étais pas... je veux dire que je ne savais pas que j'aurais dû avoir plus de reconnaissance que les autres garçons pour leurs parents...

— Allons... Il est inutile de te torturer comme ça. Tu vas simplement réfléchir tranquillement en cueillant les abricots pour ta mère et prendre la résolution d'être plus gentil avec elle à l'avenir.

Paddy étreignait avec tant de force le rebord du banc que ses phalanges étaient toutes blanches. Il avait peur que ses mains ne se mettent à trembler s'il le lâchait. Il essaya d'en détacher précautionneusement une. Elle ne tremblait pas. Il ramassa son panier. Tout semblait fonctionner normalement comme avant. Pourtant, il avait l'impression d'être loin, infiniment loin de son propre corps. C'était comme s'il regardait une pièce de théâtre.

— D'accord. Par quel arbre je commence ?

Miss Rachel le conduisit jusqu'au premier abricotier non sans jeter de temps à autre un regard en coin à son visage d'une impassibilité glacée, et elle le laissa cueillir les fruits, résolue à le laisser travailler tranquillement. L'asticoter davantage aurait pour résultat d'annuler les bienfaits de son intervention. Il avait besoin d'une bonne réprimande pour le remettre dans le droit chemin. Tous les garçons, même les plus méritants, passent par des moments de crise. Dans l'état où il était, rester là à le couver anxieusement, ce qui lui ferait comprendre qu'il lui suffisait de prendre un air consterné pour la faire tourner en bourrique, serait catastrophique. Aussi, martelant le sol de sa canne, rentra-t-elle d'un pas décidé sans jeter un coup d'œil en arrière. Il lui fallut une bonne heure pour se convaincre qu'elle avait fait ce qu'il fallait, ce qui était nécessaire, que c'était la seule chose à faire et qu'elle n'aurait jamais, ni maintenant ni plus tard, de raison de regretter d'avoir ainsi pris le taureau par les cornes. Mais elle avait suffisamment de ressources pour oublier finalement les doutes qu'elle avait pu avoir. Elle avait pris la bonne décision. Comme toujours.

Paddy posa le panier au bord de l'allée et passa méthodiquement à l'attaque de l'abricotier. Mais quelque part, très loin et au plus profond de son esprit, il combattait fébrilement les épouvantables implications de ce que lui avait appris Miss Rachel. A quinze ans, on est vulnérable. Maintenant que les mots fatidiques avaient été prononcés, il ne lui était que trop facile de croire que personne ne pouvait l'aimer, d'imaginer que personne ne l'avait jamais aimé. En se découvrant, sous ce jour nouveau, dépouillé de ce privilège, il en venait à considérer qu'il n'avait rien de ce qui aurait pu faire de lui un objet d'amour. Les gens en qui on a confiance, sur qui on se repose, même si on n'est pas digne d'eux... qu'arrive-t-il lorsque, d'un seul coup, on les perd ? C'est comme si la terre s'ouvrait sous vos pieds.

A présent, il n'était plus sûr de ses « parents ». Plus sûr de rien. Oh ! Il savait bien qu'ils étaient merveilleux, qu'il les adorait, qu'ils ne le laisseraient jamais tomber. Ils avaient toujours été super et ils le seraient toujours. Ce n'était pas là que le bât le blessait. Ce qui l'épouvantait, c'était qu'ils étaient peut-être formidablement chouettes, parce que, rejeté par un père qui n'avait rien eu de plus pressé à faire que se débarrasser de lui, ils avaient eu pitié. Se sentir soudain privé de ses racines et ne pas même savoir qui il était, ni ce qu'il était, représentait déjà un sacré choc. Mais voir subitement ceux qu'il avait considérés jusqu'ici — et c'était une évidence — comme sa propriété personnelle bien-aimée, dont il pouvait faire aussi bien bon que mauvais usage, se métamorphoser en étrangers indulgents qui le supportaient par pure bonté d'âme ; se sentir se liquéfier en se demandant avec effroi s'ils l'avaient jamais véritablement aimé comme s'il était la chair de leur chair... non, c'était trop horrible, c'était une idée trop effrayante pour qu'on la regarde en face. Paddy se réfugiait dans l'apathie, s'accrochant dans sa désolation à la tâche dont il était chargé, redoutant l'instant où ce cocon protecteur se fissurerait et éclaterait pour le laisser nu et glacé par ce qu'il savait être sa vérité. Il arrachait avec furie les abricots qu'il ne voyait même pas et c'était à peine s'il avait conscience de remplir son panier.

Vers onze heures et demie, Miss Rachel fit une entrée inattendue dans la bibliothèque.

— Vous devriez aller porter une limonade et des gâteaux à Paddy. Il doit sûrement avoir un petit creux à l'heure qu'il est.

— Certainement, approuva Tamsin. Si, toutefois, il ne s'est pas bourré d'abricots à s'en rendre malade. Ce dont, pour ma part, je me serais bien gardée.

— Il ne craint pas de gâter sa ligne, lui, répliqua Miss Rachel avec acrimonie.

Poussant un soupir, Tamsin abandonna son travail et prit l'offrande de paix que la vieille dame avait elle-même préparée de ses blanches mains. « Eh bien, pensa la bibliothécaire, elle ne s'est pas moquée de lui. Du gâteau au chocolat et les biscuits aux amandes qu'il préfère ! Qu'a-t-il bien pu faire pour qu'elle soit à ce point aux petits soins pour lui aujourd'hui ? A moins qu'elle ne cherche à l'amadouer parce qu'elle a quelque chose à se faire pardonner ? Au fait, pourquoi ne va-t-elle pas lui apporter ses gâteries elle-même ? »

Tamsin ne tarda pas à revenir avec le plateau.

— Il n'y est pas, annonça-t-elle.

— Ne dites pas de sottises, il y est forcément.

La physionomie résolument assurée de Miss Rachel trahissait l'indignation que faisait naître en elle la suggestion que les choses pourraient ne pas suivre le cours rassurant qu'elle leur avait imposé d'office.

— Vous avez mal cherché, voilà tout.

— J'ai regardé sous chaque feuille. Il n'est pas là. Pas plus que sa bicyclette et son panier. Et il n'y a plus un seul fruit aux branches de cet abricotier. Il a dû travailler comme un beau diable. Probablement pour finir au plus vite et filer dans les dunes avant la fin de la matinée.

— Ah ! fit Miss Rachel, adoptant avec entrain la solution qui lui permettait de garder sa bonne conscience, ses griefs contre Paddy et la conviction réconfortante que les enfants étaient aussi têtus que des mules. Vous avez probablement raison. Le garnement ! J'espère seulement que Tim va lui secouer les puces quand il rentrera.

A dix heures, la Land-Rover de Tim et la Porsche grise de Simon prirent le départ. Quittant la route littorale, elles s'engagèrent sur un mauvais chemin serpentant entre les tamaris, recouvert par endroits de sable fin. On respirait l'odeur du sel qui avait blanchi la végétation, et la délicate dentelle des tamaris se détachait sur un ciel aigue-marine sans un nuage. La petite Porsche où George avait pris place ouvrait la marche. La Land-Rover, habituée par Tim à aller partout et n'importe où, la suivait comme un bon gros saint-bernard qui fait semblant de poursuivre un chiot lévrier. Sam Shubrough était à côté de Tim et le vicaire, derrière, faisait office de lest, de même que le matériel qu'on avait emporté à toutes fins utiles.

Une équipe formidable, songeait George. Simon et lui étaient, physiquement parlant, des spécimens tout à fait présentables, mais, ici, ils faisaient figure de poids légers. Tous deux dépassaient Tim d'un ou deux pouces, mais il était une demi-fois plus large d'épaules. En outre, la vie en plein air et l'habitude d'affronter tous les temps avaient fait de lui un athlète complet. Sam Shubrough, quant à lui, soutenait la comparaison avec le plus dur des rochers rouges du pays — c'était un rocher animé, ni plus ni moins. Mais le plus stupéfiant de tous était le vicaire de St. Mary, le révérend Daniel Polwhele.

Avec son mètre quatre-vingt-huit en chaussettes, il était apparemment le fruit de plusieurs générations soigneusement sélectionnées de lutteurs de Cornouailles. Il portait la tenue ecclésiastique avec une simplicité qui attirait l'admiration ; elle ne le mettait pas à part de ses ouailles et il n'avait absolument pas l'air de s'excuser de la porter. Il était aussi à l'aise avec une paire de pieds-de-biche sur l'épaule qu'avec un livre de prières entre les mains parce qu'il était curieux de tout et abordait tout avec autant d'innocence que d'intelligence. Il devait avoir dans les quarante-cinq ans, mais essayer de deviner son âge était une entreprise vouée d'avance à l'échec. Son large visage osseux de Cornouaillais bon teint était ouvert, mais indéchiffrable, ses cheveux noirs et ébouriffés qu'il oubliait tout le temps de faire couper grisonnaient et son regard méditatif était aussi direct et déconcertant que celui d'un petit garçon, la tolérance en plus.

Devant eux s'allongeait la vaste étendue de sable à laquelle succédait celle de la mer — une immense surface plane et immobile, une immense surface plane et vibrante. A gauche, on distinguait entre le feuillage des tamaris la gueule hérissée de crocs du Dragon jaillissant des eaux et, plus près, à la pointe sud de la grève de Pentarno, l'arête caillouteuse de l'Ossuaire bordée de la frange d'algues qu'apportait chaque retour de marée. A droite, c'était l'étincelante plage de sable immaculé que le jeune Paddy franchissait matin et soir en courant pour se baigner pendant les vacances.

Et l'église St. Nectan était là à la limite des dunes. Ils virent d'abord la petite tour carrée au toit pointu coiffant le lanterneau vide qui, jadis, abritait une cloche. Ils négocièrent le creux de terrain et l'édifice leur apparut tout entier. De taille modeste et aussi dépouillé qu'une vulgaire grange, il était percé de hautes et minuscules fenêtres à lancette disposées sans plan apparent. Le chambranle de la porte étroite et déjetée dépourvue d'auvent était orné d'une bordure en dents de chien si usée qu'il n'en restait presque plus rien et d'un tympan rond grossièrement sculpté que l'on avait grand-peine à discerner.

Le vicaire sauta à bas de la Land-Rover et rejoignit George qui contemplait ce vestige des temps anciens.

— La base des murs est saxonne, dit-il. Les fenêtres, la porte et le lanterneau, eux, sont de la haute époque normande. Le toit a été refait peu de temps avant qu'on décide de construire St. Mary. Les fondations sont creusées à même la roche. Finalement, ce sera St. Mary qui s'écroulera la première.

La permanence et la transcendance de la mer envahissaient la petite église, le cimetière laborieusement sorti de son linceul de sable, le voile vaporeux des tamaris. Seule l'imposante masse grise de la tombe Treverra, un cube de pierre haut de près d'un mètre, affirmait obstinément son identité.

Devant elle s'étendait un espace libre que ceinturait une grille de fer on ne peut plus victorienne. La porte jouait librement sur ses gonds fraîchement graissés et une fine pellicule de sable recouvrait déjà les marches de l'escalier conduisant à la porte, basse et large, du monument.

— J'étais pourtant sûr et certain que le public serait au rendez-vous, dit Simon qui, descendu de la Porsche, arrivait en agitant un impressionnant trousseau de clefs.

— Mais il est là, le public, dit Tim en riant. Tu n'as pas remarqué ? La moitié de la population de Pentarno et une bonne partie de celle de Maymouth sont en train d'approcher discrètement, à couvert tout le long de la route. Quand nous serons descendus, tous ces gens se masseront autour de la grille. Ils resteront à distance et ne vous gêneront pas, mais rien ne leur échappera.

— Ce matin, un de mes enfants de chœur m'a emprunté mes jumelles, dit gaiement le vicaire. Je ne lui ai pas demandé pourquoi. Je suis sûr que la plupart de mes petits chanteurs sont à l'heure qu'il est sur la Tête du Dragon en train de se les passer les uns aux autres. C'est plus amusant comme ça. Alors, on y va ?

Ils avaient déjà posé tout leur matériel devant la porte obstruée. Simon descendit les marches en soulevant à chaque pas des nuages de sable et glissa la clef que lui avait confiée Miss Rachel dans l'impressionnante serrure. George nota que la facilité déconcertante avec laquelle elle tourna ne suscita pas de commentaires. Le visage rubicond et avenant de Sam Shubrough, disparaissant en partie sous ses majestueux favoris, était serein et ses yeux avaient la placidité de la mer. Ils pénétrèrent dans l'obscurité du caveau. Un peu de jour éclaira en même temps le sol sur lequel on distinguait ici et là des traînées de sable vraisemblablement passé sous la porte. Elle était étanche sinon il y en aurait certainement eu beaucoup plus. Le caveau était sec et sans trace de poussière. Les murs de pierre ne laissaient même pas filtrer la salinité de l'air marin. Treverra s'était fait un abri bien douillet.

Tim alluma la torche qu'il avait apportée et la posa

sur le rebord de pierre qui courait le long des parois à hauteur d'épaules et Sam plaça la sienne du côté opposé. Chacun des deux massifs tombeaux de pierre était posé sur un socle sculpté. Séparés par un étroit passage, ils occupaient pratiquement tout l'espace disponible. Les angles étaient façonnés en colonnettes, le rebord des dalles était décoré de volutes de feuillage, et sur chacune était ménagée une tablette funéraire sophistiquée gravée de son épitaphe, ce qui permettait d'identifier les défunts, même si les tombeaux ne se différencient que peu les uns des autres.

O Mortel...

C'était Treverra. L'autre, aussi proche de lui que lorsqu'ils étaient tous deux vivants, était la dame, cette fragile beauté à l'étincelant visage où se lisait l'audace. Elle devait être son égale en tout, pensa George en déchiffrant la citation délibérément incorrecte de Dryden qui s'étalait en capitales provocantes sur la poitrine de la noble dame :

SEUL LE BRAVE EST DIGNE DU BRAVE.

Une idée pareille aurait-elle jamais pu venir à un homme ? Certainement pas ! C'était une femme qui avait dit cela. Façon d'annoncer la couleur. Pas pour être comprise. Ne voulant pas être comprise, en fait, mais ravie d'en prendre le risque. Pourquoi donner cette impression, même morte ? Elle était morte de langueur. Pourtant, elle n'avait pas le visage de quelqu'un qui meurt de langueur.

L'air songeur, le vicaire, un pied-de-biche dans chaque main comme une sentinelle vigilante, considéra longuement les deux tombes.

— J'aimerais dire d'abord une prière.

Et, fidèle à son non-conformisme coutumier, ce fut sans incliner la tête et en gardant les yeux grands ouverts qu'il pria :

— Aide-nous, Seigneur, si ce que nous faisons est bon, et pardonne-nous si c'est mal. Que ta paix descende sur tous ceux qui sont ici, les vivants et les morts.

Il lut, le visage empreint de respect et de sympathie, la formule hardie gravée sur la tombe de Morwenna.

— Et que soient réunis tous ceux que lie un amour vrai.

— Amen, conclut Simon.

— Et maintenant, comment allons-nous nous y prendre ?

— J'ai pensé qu'il ne serait pas difficile de soulever la dalle du tombeau de Jan et de la poser sur celui de sa femme. Elle est suffisamment large pour boucher l'espace qui les sépare sans risquer de basculer et ne dépasse l'autre que de six centimètres, pas plus. J'ai emporté quelques épais tapis de feutre pour ne pas abîmer la pierre. Que deux d'entre vous se postent du côté de Morwenna. Bien. Nous trois, nous allons soulever la dalle du côté opposé et la coincer avec des cales. Nous verrons alors quelle profondeur a le rebord et nous aviserons en conséquence.

George avait pris place à la tête de la tombe, le vicaire au milieu et Simon à son pied. Les pieds-de-biche entrèrent en action et ils ne mirent pas longtemps à soulever suffisamment la dalle pour pouvoir glisser les premiers coins. Le reste n'était plus qu'une question de patience. Il y avait un rebord à dégager, mais il n'était guère profond et ils en vinrent à bout sans difficulté.

— C'est moins massif que je ne le pensais, s'étonna Tim. On aurait pu l'enlever aisément à deux si nous n'avions pas pris tant de précautions pour ne pas l'endommager.

— C'est vrai, mais il fallait les prendre, répliqua Simon.

Il tâta l'endroit où il avait fait levier avec son pied-de-biche et fit la grimace.

— En fait, ça s'est un peu ébréché. Et là aussi. Pas beaucoup, mais la pierre a l'air de s'effriter facilement.

Le vicaire évalua avec flegme l'épaisseur de la dalle. Elle était plus mince qu'il l'avait supposé. S'accroupissant, il glissa une épaule sous le rebord et banda ses muscles pour se rendre compte. La dalle bougea de façon perceptible.

— A nous cinq, on peut la soulever maintenant qu'elle est déboîtée, Simon.

Simon la considéra d'un œil dubitatif et rajouta un tapis de feutre sur la tombe de Morwenna.

— Essayons, on ne risque rien. Un à chaque coin et moi au milieu. Vous êtes prêts ? Alors, allons-y. Un, deux, trois... *go !*

Sous les efforts conjugués des cinq hommes, la dalle glissa de quelques centimètres, faisant apparaître une ligne noire de l'épaisseur d'un cheveu.

— Ça vient ! On continue. Un, deux, trois... *go !*

Le cheveu devint crayon, le crayon devint une règle d'ébène. Un souffle d'air froid monta des profondeurs de la sépulture. Cela sentait à la fois la mer et la poussière. C'était étrange, ces deux odeurs antagonistes qui se fondaient l'une à l'autre au fond de la tombe.

— On remet ça !

— C'est un jeu d'enfant, s'exclama allégrement Sam en déplaçant ses pieds pour avoir une meilleure prise.

— Ho ! Hisse !

La dalle glissa à nouveau. S'immobilisa. Cette fois, elle était en équilibre instable. Il suffirait maintenant d'une infime sollicitation pour que, lentement et majestueusement, elle bascule et reste en appui contre le matelas de feutre protecteur garnissant le tombeau voisin. Une bande de ténèbres large de plus de vingt centimètres s'ouvrait maintenant sous les yeux de

George. L'odeur, faible mais tenace, qui en sortait chatouillait ses narines. Elle était plus nette, maintenant. Ce n'était plus seulement la vague senteur saline de la mer, mais quelque chose de plus banal et, en même temps, d'étrangement insaisissable. Des images kaléidoscopiques passèrent dans la tête de George. De moutons dans un pâturage aux herbes blanchies de sel, de terriers au poil raide sous la pluie, des lainages de Dominic qu'il avait lavés de longues années auparavant quand Bunty avait été malade. *Des vêtements mouillés ! Des vêtements en laine !*

— On la soulève encore une fois et on la pose en douceur. Prêts ? Allons-y !

C'était terminé. La pierre reposait à présent sur l'autre tombeau. Seul son bord surplombait encore la fosse béante de Treverra. Les deux torches éclairaient obliquement celle-ci et, leur tâche accomplie, les cinq hommes se penchèrent avidement au-dessus d'elle en tendant le cou avec curiosité.

Seul George, bien qu'il se fût précipité comme les autres et eût poussé un hoquet de surprise aussi sonore, recula. C'est que, maintenant que la dalle avait dégagé la fosse, il s'était trouvé quasiment face à son occupant. Un long visage maigre, la bouche béante et les yeux ouverts, le contemplait. Sa lourde mâchoire pendait sur une épaisse poitrine en forme de tonneau revêtue d'un pull-over gris foncé. Les mains décharnées aux doigts à demi repliés, qui sortaient des manches un peu trop courtes d'un vieux veston noir, étaient posées sur ses cuisses que dissimulait un pantalon de la même couleur. Et l'odeur de vêtements mouillés, de laine mouillée, de cheveux mouillés qui les assaillait les fit tous imiter George et reculer à leur tour.

Stupéfaits et abasourdis, ils se regardèrent en avalant leur salive.

— Si ce particulier est Treverra, s'exclama George avec conviction, moi, je suis le Père Noël !

— Que le Seigneur ait pitié de nous quand vient le jour de notre fin, dit le vicaire. Non, ce n'est pas Treverra, c'est Trcthuan.

— Vous le connaissez ?

Il suffit à George de regarder le visage affolé des autres pour se rendre compte qu'il était bien le seul à ne pas connaître l'hôte du cercueil.

— Sûr ! C'est... c'était le bedeau de St. Mary.

George contempla le corps efflanqué gisant dans la fosse, qui paraissait étrangement aplati, en quête d'un souvenir qui lui échappait. Un détail qui, pourtant, ne remontait pas à plus de quelques heures. Brusquement, la mémoire lui revint. Eh bien, c'était à tort que Miss Rachel s'était plainte des « jeunes », en qui, selon elle, on ne pouvait avoir confiance. Si son jardinier n'était pas venu la veille comme promis, il avait eu la meilleure raison du monde pour ne pas l'avertir à l'avance qu'il manquerait à la parole donnée. Ç'avait été la dernière fois qu'il avait cueilli des prunes, la dernière fois qu'il avait passé la faux dans le cimetière. Il reposait au grand complet, moins une chaussure et une chaussette, raide mort et trempé comme une soupe, empestant l'eau de mer, dans la tombe de Jan Treverra.

— Il faut le sortir de là-dedans, dit Sam, revenant à la réalité, d'une voix pressante. Peut-être qu'il n'est pas mort.

— Si, il est mort. Qui que ce soit, quelle que soit la manière dont il est arrivé là, mais je vous garantis qu'il est on ne peut plus mort. Que personne ne le touche.

George regarda Simon, regarda le vicaire de l'autre côté du tombeau. Quatre visages aux yeux effarés lui rendirent son regard.

— Je regrette, mais, maintenant, cette affaire n'est plus de notre ressort. Cet homme qui n'est plus qu'un cadavre était apparemment bien vivant il y a deux jours. Je ne suis pas ici à titre officiel, mais voyez-vous des objections à ce que je prenne les choses en main ? Je présume — j'en suis même tout à fait sûr — que ce ne sera pas pour longtemps.

— Comme vous voudrez, dit Simon d'une voix qui vacillait. Mon programme ne prévoyait pas que les choses prendraient pareille tournure.

— Nous allons le laisser comme ça. Sans toucher à rien. Approchez la lampe, Tim. Nous allons procéder à un examen minutieux.

Tim obéit. Il braqua la torche sur le corps. George tâta avec soin le costume usé du mort, ses cheveux bruns tirant sur le gris, son tricot, le lacet et la semelle de l'unique chaussure qui lui restait. Quand il en eut terminé, le sel collait à ses doigts. Lorsqu'il passa une main sous l'épaule du cadavre, il sentit que la surface plane sur laquelle celui-ci gisait n'avait pas la rigidité minérale de la pierre. C'était celle, grenue et vivante, du bois.

— Je trouvais bien qu'il était étrangement haut. Il y a un cercueil en dessous.

Celui-ci rendit un son creux quand il le tapota.

— Pas très épais, tout juste un léger coffrage pour que le corps ne soit pas à même la pierre. Ce devrait être la dernière demeure de Treverra. Mais celui-là...

— Il semble avoir une blessure à la tête, dit le vicaire à voix basse. Pensez-vous qu'il...

— Moi ? Je pense qu'il s'est noyé. Mais ce sera aux médecins de se prononcer. Éclairez sa tête, Tim.

Le pinceau de la lampe illumina le visage décharné du mort. La trace sombre d'un gros hématome allait du bord de l'orbite gauche à la tempe, recouvrant la pommette.

— Est-ce qu'il a pu se faire ça dans la mer ? demanda Sam, dont la voix habituellement sonore était, pour une fois, sourde.

— Cela m'étonnerait. A mon avis, la blessure est antérieure à la mort.

George balaya les autres du regard et il s'éloigna de la tombe.

— Et je crois que nous allons devoir faire sans plus tarder appel à la police de Maymouth. Il est préférable qu'elle vienne jeter un coup d'œil. Parce que tout laisse croire que c'est un meurtre qu'elle va avoir à élucider.

Pendant quelques instants, le silence fut absolu. Ils étaient comme statufiés. Enfin, Simon vida lentement ses poumons et secoua ses mains pour en chasser la poussière.

— Le mieux serait que quelqu'un prenne la voiture pour aller téléphoner, dit-il, l'esprit très pratique. Vous voulez vous en charger, George ? Ou vous préférez que ce soit moi ?

Mais l'élément le plus incompréhensible de tout le projet St. Nectan apparut plus tard — midi était passé. Les photographes, les experts et le légiste en avaient terminé. La tombe de Treverra avait été examinée sous toutes les coutures. Une ambulance avait chargé le corps efflanqué de Zebedee Trethuan, ex-bedeau et ex-jardinier, et elle était repartie, avidement suivie des yeux par une foule silencieuse — pêcheurs, gamins, respectables ménagères et dignes citadins venus de tous les azimuts, sans compter la troupe des enfants de chœur de St. Mary qui, tout en haut de la Tête du Dragon, se disputaient plus que probablement avec la même excitation les jumelles du vicaire.

La petite équipe était maintenant seule en compagnie du mince cercueil de bois sur lequel on avait découvert Trethuan. Le couvercle céda à la première sollicitation, dévoilant, une fois qu'on l'eut ôté, l'ultime lieu de repos de feu Jan Treverra. A présent, plus de doute possible ; les ossements attendus étaient bien présents.

Ce cadavre était indiscutablement là depuis beaucoup plus longtemps que son collègue. Il était presque réduit à l'état de squelette. Des restes d'étoffe parsemaient ici et là les os et la chair desséchée et momifiée à laquelle ils adhéraient encore. Mais c'était à se demander après une inspection plus poussée s'il était réellement là depuis deux siècles et plus. On aurait dit que le corps avait été enfoui hâtivement, qu'on l'avait précipitamment jeté dans la fosse alors qu'il aurait normalement dû être dans une position hiératique conforme à la dignité. Les fibres et la couleur des fragments de tissu étaient encore identifiables. Ces vêtements avaient été d'un bleu très foncé et ils évoquaient bizarrement les solides vêtements de laine modernes qu'on met par tous les temps. Et l'on remarquait au niveau de la poitrine les bribes de ce qui avait dû être un chandail en tricot.

Treverra avait été un excentrique, d'accord. Mais on n'avait jamais entendu dire qu'il avait souhaité être enterré vêtu d'un chandail de marin.

Dès le début de l'après-midi, tout Maymouth savait que l'on avait trouvé dans le cercueil de Jan Treverra non pas un, mais deux corps. Et, si stupéfiant que ce fût, ni l'un ni l'autre n'était celui de l'intéressé.

4

VENDREDI APRÈS-MIDI

De la pointe de ses brodequins à la brosse qui lui couvrait le crâne, le sergent Hewitt était un pur produit de Maymouth. Trapu, carré d'épaules, c'était un homme entre deux âges à l'air vaguement mélancolique, peu loquace, mais qui, curieusement, avait le don de rendre ses interlocuteurs volubiles. Quand il fit une dernière fois le tour du caveau avant que l'on referme la porte sur sa quiétude retrouvée, il ne dit pas un mot. Son regard empreint de solennité s'attarda seulement sur la tranche de la dalle. Les pieds-de-biche y avaient laissé des marques blanchâtres.

— Je sais, il est regrettable qu'on se soit servi de ces pieds-de-biche qui ont effacé d'éventuelles traces, dit sur un ton d'excuse Tim qui avait lu le reproche dans ses yeux. Mais nous ne pouvions pas *savoir*...

Le regard chagrin de Hewitt se posa sur les empreintes qui marquaient la fine couche de sable recouvrant le sol, et cinq paires de pieds firent l'impossible pour paraître plus petits qu'ils ne l'étaient.

— Nous avons tout piétiné, j'en ai peur, dit Simon d'un air coupable. Mais quand on est entrés, il n'y avait aucune trace... juste une couche de sable soufflé...

— Je vois. Je prierai tout le monde de se rendre sans plus tarder au commissariat avec Snaith pour qu'on recueille les dépositions des uns des autres. Les observations personnelles de chacun d'entre vous pourront peut-être nous aider.

Il ne paraissait pas en croire un mot, mais il était vraisemblablement d'un naturel pessimiste.

— Si vous voulez bien, Mr. Felse, j'aimerais que vous m'accompagniez. J'ai une visite à faire. Nous retrouverons vos amis d'ici une demi-heure.

— S'il m'est possible de vous être de quelque utilité, j'en serais ravi.

— Vous voudrez bien me remettre la clef, Mr. Towne.

Simon la lui tendit. Le sergent ne manqua pas de noter qu'elle tourna aisément sans le moindre grincement dans la serrure massive.

— Je vois que vous aviez tout préparé d'avance pour aujourd'hui. Cette clef vient du manoir ?

— Oui. Et c'est la seule, pour autant que je sache. Elle est en ma possession depuis trois jours. Miss Rachel me l'a confiée quand je lui ai dit que je désirais apporter du matériel.

— Vous êtes donc venu ici avant aujourd'hui. Souvent ?

— Deux fois. Mercredi matin avec le vicaire dans l'intention de dégager les marches, de graisser la serrure et d'essayer la clef. Mais nous ne sommes pas allés au-delà de la porte.

Et c'était probablement à ce moment, se dit George, qu'il avait découvert la marchandise illicite qui était planquée à l'intérieur. D'où son repli discret et l'annonce publique de son projet le soir même. Il n'avait pas dit non plus que le vicaire et lui avaient effectivement nettoyé et graissé la serrure : il avait seulement dit qu'ils étaient venus dans cette intention. Cela au moins s'était révélé inutile.

— Et je suis revenu hier après-midi apporter les feutres, ajouta Simon.

« Pour être bien sûr que l'on avait bien saisi l'allusion ? » se demanda George.

— Vous n'avez rien remarqué alors de différent dans l'état des lieux ? Et aujourd'hui non plus ?

Simon réfléchit.

— Non, pour autant que je m'en souvienne.

— Vous n'avez pas débarrassé le sol du sable qui le recouvrait ?

— Non. L'idée ne m'en serait pas venue, même si j'avais eu un balai. J'ai été surpris en voyant comme tout est sec et propre ici... à part cette couche de sable. Mais maintenant, nous l'avons piétinée.

— Nous allons vous laisser, Mr. Felse et moi. Mais nous vous rejoindrons bientôt.

Tout le monde remonta l'étroit escalier et la grille se referma sur la sépulture et son vide. La Land-Rover et la Porsche, où l'agent Snaith, rejeton d'une longue lignée de pêcheurs de Maymouth, avait pris la place de George à côté de Simon, démarrèrent. Ce ne fut que quand les deux voitures furent hors de vue que Hewitt monta pesamment dans sa Morris.

— Ce ne sera pas un grand détour. La fille à qui je veux rendre une petite visite habite au bord du quai. Je me suis dit que la présence d'un témoin impartial ne serait pas une mauvaise idée si vous n'y voyez pas d'objection. C'est que je connais Rose depuis l'époque où elle était encore une écolière. Si être à tu et à toi avec les gens a ses avantages, cela présente aussi des inconvénients.

— Je sais, dit George, pensant à Comerford, son village natal, dont il connaissait au moins de vue tous les habitants. C'est la fille de Trethuan ?

— Oui. Elle a épousé un brave garçon il y a un an. Jim Pollard. Un pêcheur, naturellement, comme tout le monde ici. Ils habitent à trois minutes de la maison où vivait Trethuan.

— Il vivait en célibataire, je suppose, depuis qu'elle était mariée ?

— Oui. Il se débrouillait tout seul la plupart du temps, mais c'était Rose qui faisait le gros du ménage. Je préfère aller la voir pour lui annoncer moi-même la nouvelle.

Cette perspective aurait dû être décourageante, mais bien qu'il conservât son attitude professionnelle d'écœurement permanent, Hewitt n'avait pas le moins du monde l'air découragé. Ce cadavre dégingandé à la mine rébarbative qui squattait la tombe Treverra avait-il quelque chose qui éliminait l'éventualité d'une pénible séance de pleurs et de lamentations familiales ? Il y a des gens qu'il est presque impossible d'aimer, même si les liens du sang imposent des devoirs avec lesquels on doit parfois se résigner à composer.

Suivant la route côtière, ils firent l'ascension du col du Dragon. Une bonne partie de la population juvénile de Maymouth s'alignait encore le long des sentiers montant à l'assaut de la falaise, les yeux tournés vers Pentarno, armée de fruits et de sandwiches. Il devait même sûrement y avoir des marchands de glaces.

Puis la route plongeait de l'autre côté sur les cottages de la ville haute dont les toits d'ardoises grises mettaient en valeur les petits jardins aux fleurs de toutes les couleurs imaginables. De la Grand-Rue, on apercevait le port coincé entre la masse colossale de la Tête du Dragon, l'arrondi de la jetée et les rues qui n'étaient, vues d'en haut, que des canaux filiformes serpentant entre les toitures. A mesure qu'ils descendaient, cette grisaille uniforme laissait place aux roses des pommiers en fleur et au bleu myosotis, à toutes les nuances de pêche, primevère, vert clair, le tout agrémenté de géraniums qui s'épanouissaient en rangs serrés sur les fenêtres.

La Porsche et la Land-Rover étaient rangées sur la place bordée de vitrines de magasins, à côté d'une affreuse fontaine victorienne. Mais Hewitt continua de rouler en direction du port et des pavillons multicolores qui, le long du rivage, s'accrochaient aux rochers du Dragon comme autant de bigorneaux.

Une rangée de cottages, six en tout, tournant le dos à ces rochers, regardait vers le large par-delà les bateaux à l'amarre et les nuées de mouettes qui tourbillonnaient. Chacun avait sa couleur particulière, deux de deux roses différents, un jaune jonquille, un bleu, un vert et le dernier d'un blanc aveuglant. Après s'être rangé le long du quai, Hewitt, suivi de George, se dirigea vers l'un des deux roses. Il actionna le petit marteau en forme de fer à cheval. Tous ces cottages alignés avaient l'air de jouets dans leur boîte.

Rose Pollard ouvrit la porte. Au premier coup d'œil, cette mignonne petite rondelette semblait aller comme un gant à cette maison de poupée, mais l'illusion ne dura qu'une fraction de seconde, juste le temps qu'il lui fallut pour reconnaître Hewitt. Son visage tout rond et d'un rose délicat de laitière de conte de fées acquit alors une personnalité et un caractère et, quand une lueur d'effroi brilla soudain dans ses yeux, elle n'eut plus rien de la poupée qu'elle était l'instant d'avant. Si Hewitt connaissait tout le monde, tout le monde le connaissait aussi. Mais pourquoi sa vue déclenchait-elle ce mouvement de panique chez Rose ? Peut-être, se dit George, était-ce seulement la déformation professionnelle qui lui faisait se poser une pareille question ?

Rose contrôla son expression et, non sans quelque nervosité, invita les deux hommes à entrer. La porte ouvrait directement sur une minuscule salle de séjour en tout point conforme à ce que laissait suggérer la façade du pavillon. L'esprit qui se trouvait derrière ce gentil visage plaintif devait être aussi naïvement innocent. Une pièce qui manquait de style, pas sophistiquée pour deux sous, mais d'une netteté éblouissante, enjolivée de poufs, de coussins éparpillés un peu partout, de rideaux impeccables. Une fille peut-être pas très maligne, mais gaie et pleine de vie. Et certainement pas faite pour affronter des choses, des gens ou des pensées susceptibles de faire peur.

— Désolé d'interrompre votre dîner, Jim, dit placidement Hewitt au jeune homme vêtu d'un chandail informe et d'un jean délavé qui s'était levé de table à leur entrée. J'ai juste deux ou trois petites questions à vous poser à tous les deux si vous avez deux minutes à m'accorder.

— Bien sûr, Mr. Hewitt, répondit Jim Pollard en dépliant gauchement son grand corps dégingandé. D'ailleurs on a terminé. Je suis rentré tard. Autrement, la table serait déjà débarrassée. En quoi pouvons-nous vous être utiles ?

Son visage marqué de taches de rousseur devait normalement avoir une expression aimable et bon enfant, mais sa physionomie avait pour le moment quelque chose de tendu et d'indécis. La cause en était de toute évidence cette intrusion inattendue de la police, et cela ne voulait rien dire : les citoyens les plus respectueux de la loi ont la même réaction. Mais la barrière est instantanément dressée, et l'ennui est qu'on ne peut jamais dire ce qu'il y a derrière elle.

— Eh bien, c'est à propos des mouvements de Mr. Trethuan, répondit Hewitt, restant délibérément dans le vague. L'avez-vous vu aujourd'hui ?

— Non ! dit Rose.

Elle fit deux pas pour se rapprocher de son mari. La petite lueur de méfiance qui luisait dans ses yeux s'accentua davantage.

— Non, dit à son tour Jim en fronçant les sourcils.

Il était visiblement dérouté et son ton était celui de quelqu'un qui attend patiemment une explication.

— Et hier ? Enfin, quand l'avez-vous vu pour la dernière fois, Mrs. Pollard ?

— Avant-hier, quand je suis allée faire son ménage. J'y vais en général le mercredi et le samedi. Il finissait son petit déjeuner lorsque je suis arrivée. Je ne l'ai vu que quelques minutes. Il est presque tout de suite parti à son travail.

— Et vous ne l'avez pas revu depuis ? Vous ne savez pas s'il est rentré chez lui mercredi soir ?

— Pourquoi voulez-vous qu'elle le sache ? fit Jim Pollard d'une voix égale. Il n'a besoin de personne pour s'occuper de ses affaires. Des fois, on ne le voit pas pendant plusieurs jours d'affilée.

— Pourtant, il habite juste à l'angle de Fore Street, non ?

— Je ne dis pas le contraire, mais il faut tourner au coin et on n'a pas l'occasion de se rencontrer en passant par la porte de derrière. Heureusement ! ajouta sombrement Jim Pollard en regardant Hewitt dans les yeux, le front toujours plissé.

— Voyons, Jim ! protesta Rose dans un murmure.

— Il n'y a pas de « Voyons, Jim » qui tienne ! Mr. Hewitt sait aussi bien que toi que ton vieux et moi, on ne s'aime pas d'amour tendre. Moins je le vois et mieux je me porte. Pourquoi je ne le dirais pas franchement ?

— Bien sûr, bien sûr, approuva Hewitt sur un ton conciliant. Donc, vous ne savez pas ce qui a pu se passer depuis que votre femme l'a vu mercredi matin ?

— Non, Mr. Hewitt. La dernière fois que je l'ai vu, moi, c'était dimanche dernier à l'église. Qu'est-ce qu'il a fait qui vous intéresse tant ?

Rose parut se tasser sur elle-même. Elle lança un regard implorant où se lisait la panique à son mari, mais toute l'attention de celui-ci était tournée vers Hewitt et l'insistance de son épouse fut pour lui lettre morte.

— Ce n'est pas ce qu'il a *fait*, dit le policier en insistant sur le mot. Ce que j'ai à vous dire va, je le crains, vous causer un choc, ma petite Rose. Mr. Towne et ses amis ont trouvé votre père ce matin quand ils sont descendus dans le caveau Treverra...

D'un seul coup, le visage de Rose perdit ses couleurs. Elle devint livide. Ses yeux, brusquement éteints, s'élargirent tandis que ses lèvres articulaient silencieusement : « Dans le caveau... ? » Puis elles se mirent à trembler tandis qu'elle enfonçait son poing dans sa bouche pour ravaler le cri qui allait en sortir.

— Oui, dans le caveau. Il est mort, Rose. Je suis désolé.

La jeune femme vacilla sur ses jambes. Jim la soutint et, la serrant dans ses bras, l'obligea doucement à lui faire face.

— Allons, chérie ! Du courage, ma douce !

S'accrochant à lui, elle commença à pleurer. Mais ses larmes n'étaient pas des larmes de chagrin ou de douleur. C'étaient seulement ses nerfs qui craquaient, c'était la tension. Et ça ressemblait aussi — mais était-ce possible ? — à des larmes de soulagement. Elles coulaient toutes seules, librement, sans que Rose tente de les arrêter. Le sentiment de peur qui la rongeait s'était évaporé — ou semblait s'être volatilisé.

— Ça a l'air d'une sale histoire, reprit Hewitt non sans une certaine brutalité. Il va nous falloir faire un sacré boulot pour savoir exactement de quoi il retourne. Nous resterons en contact avec vous. Et si vous vous rappelez quoi que ce soit qui pourrait nous aider à reconstituer ses faits et gestes depuis mercredi matin, nous aimerions bien que vous nous le fassiez savoir.

— Qu'est-ce que vous essayez de nous faire comprendre ? demanda Jim par-dessus la tête de sa blonde épouse. Que le vieux Zeb a été *assassiné* ?

— Exactement.

Jim et Rose conservèrent une immobilité absolue. En même temps, tous deux se repliaient sur eux-mêmes. C'était perceptible. Doucement, ils refermaient les portes sur le monde extérieur et sur Hewitt. Jim serra un peu plus fort sa femme entre ses bras. Ce fut sa seule réaction. Rose — et cela était autrement significatif — laissa précautionneusement échapper un long soupir, un soupir qui n'en finissait pas, et ses larmes cessèrent instantanément de couler. Elle devait maintenant mobiliser son énergie pour des besoins plus urgents.

— Alors, qu'est-ce que vous en pensez ? demanda Hewitt à George en engageant la voiture dans Fore Street.

— Rose a peur. Très peur. Son mari, pour autant que je puisse m'en rendre compte, fait seulement preuve d'une prudence tout à fait normale. Quand la police vient vous poser des questions concernant quelqu'un de la famille, personne n'a tendance à se montrer très expansif. Mais, et c'est ce qui est plus intéressant, Rose avait déjà peur avant même que vous lui ayez posé une question. Et sa peur s'est accentuée quand vous avez mentionné le caveau Treverra. Avant, me semble-t-il, qu'elle ait réalisé que vous sous-entendiez qu'il était mort.

— Ah ! se contenta de dire Hewitt.

Un commentaire quelque peu sibyllin, mais il paraissait manifestement satisfait.

— Vous êtes très observateur, n'est-ce pas ? Je voulais seulement m'en assurer. Aussi, il y a peu de chances que les traces de balayage aient échappé à votre attention.

— Les traces de balayage ? répéta George sans se départir de son quant-à-soi.

— Sur les marches. Et aussi sur le sol du caveau. Mr. Towne n'avait pas de balai, mais quelqu'un avait prévu d'en apporter un. Le travail a été fait avec le plus grand soin, mais c'est quand même visible. Vous n'avez qu'à jeter un nouveau coup d'œil dans les coins qu'aucun d'entre vous n'a piétinés. Quelqu'un a fait des allées et venues dans le caveau, puis l'a minutieusement balayé et a répandu une fine couche de sable par terre pour effacer ses empreintes. Il est quasiment impossible de faire ça aussi bien que le vent... et le temps.

Il lança un regard entendu à George, dont le visage était toujours aussi impassible.

— Allez ! Je ne suis pas un agent des douanes. Si je suis là, c'est pour mettre la main sur un meurtrier. Ce que toute une bande de types pouvaient fabriquer dans ce caveau avant que votre équipe vienne se mettre au travail, je m'en contrefous. Un assassin est un solitaire, Mr. Felse. Ce ne sont pas nos joyeux drilles de contrebandiers locaux spécialisés dans le trafic du brandy qui ont mis Trethuan dans le cercueil de Jan Treverra, j'en donnerais ma main droite à couper. Par contre, ce qui m'intéresse...

— Oui ?

— C'est la clef avec laquelle ils ont ouvert le caveau. Et qui d'autre a pu y pénétrer.

— Oh ! non, dit le vicaire, émergeant de ses réflexions, je ne pense pas qu'il avait à proprement parler des ennemis. Seuls les gens assez positifs pour avoir des amis se font des ennemis. Quand on est aussi maussade, aussi acariâtre que l'était Trethuan, les autres n'insistent pas. Ils vous laissent tomber.

Le vicaire balaya du regard les visages attentifs qui faisaient cercle dans le bureau de Hewitt et passa ses doigts dans sa tignasse ébouriffée.

— Je ne crois pas qu'il désirait qu'on l'aime, ni qu'il avait besoin d'être aimé. Il y a des gens comme ça, vous savez.

Hewitt lui décocha un bref regard déconcerté et revint avec un soupir à son résumé.

— Bien. Jusqu'à mercredi, pas de problème. Il a passé la matinée à tailler les haies du cimetière, puis il a fauché. En tout cas, il était au travail quand Mr. Polwhele et Mr. Towne sont arrivés pour déjeuner. Il a mangé dans la cuisine du presbytère et il était à nouveau au travail quand Mr. Towne est parti. Il devait être alors aux environs de trois heures moins le quart selon leurs dires. Mr. Towne a échangé quelques mots avec Trethuan au passage. Presque aussitôt, Mr. Polwhele a vu le bedeau ranger ses outils et s'en aller. Cela n'avait rien d'inhabituel, n'est-ce pas ? Il organisait son travail comme cela l'arrangeait ?

— Oui, je ne m'en mêlais jamais sauf si je voulais qu'il fasse quelque chose de particulier. Il se débrouillait parfaitement si on le laissait tranquille. Mais il pouvait faire des sottises si on essayait de lui donner des ordres.

— Donc, si on ne l'a pas vu pendant deux jours à l'église, cela n'a rien de surprenant. Il s'occupait du jardin de Miss Rachel quand cela lui convenait. Et il s'est apparemment rendu ce mercredi au manoir après avoir nettoyé le cimetière. En tout cas, c'est là qu'il a été vu pour la dernière fois. Vers quatre heures, il a apporté à Miss Rachel les prunes qu'il avait cueillies pour elle et lui a dit qu'il ne pouvait pas rester plus longtemps, mais qu'il viendrait terminer le lendemain. Sur quoi, il est parti. Personne ne l'a plus revu jusqu'à ce qu'on découvre ce matin son corps dans le cercueil de Treverra. Le médecin estime que la mort remonte à mercredi avant vingt et une heures. Voilà où nous en sommes, messieurs. Quelqu'un a-t-il quelque chose à ajouter ? Une idée nouvelle ?

— Oui, firent en même temps Sam Shubrough et Simon.

Les deux hommes se dévisagèrent un instant et le second fit un geste de la main.

— Après vous.

— J'ai une clef qui ouvre le caveau, dit Sam. Je n'ai pas pensé à le dire parce qu'on n'en avait pas besoin puisque Miss Rachel nous avait prêté la clef... officielle. Mais, maintenant, il est évident que vous devez connaître tous les moyens possibles de pénétrer dans la sépulture puisque quelqu'un s'y est introduit pour se débarrasser du cadavre. Alors, voilà. C'est à ma connaissance le seul double qui existe et c'est moi qui l'ai. Je vous la remettrai, si vous voulez.

Hewitt ferma son carnet avec toutes les apparences d'une patience angélique.

— Ah ! Vous avez une clef. Voilà qui peut se révéler utile, en tout cas. Cela vous ennuierait-il de nous dire comment elle est entrée en votre possession ?

— Pas le moins du monde. Quand j'étais gosse, St. Nectan était notre terrain de jeux de prédilection à nous autres gamins. J'ai trouvé cette clef un jour où on jouait à je ne sais plus quoi dans l'église. Elle était enterrée sous le sable juste au-dessous d'un clou planté dans le mur. Je suppose que c'était là qu'elle était accrochée. Je l'ai rapportée à la maison, je l'ai nettoyée et il ne m'a pas fallu longtemps pour découvrir qu'elle ouvrait la porte du caveau Treverra.

Sam sourit d'un favori à l'autre.

— On avait un peu peur d'y entrer, mais on l'a quand même fait à plusieurs reprises. Et j'ai toujours conservé la clef. Elle est dans mon hangar. Accrochée au trousseau que je garde suspendu à un crochet.

— Je suppose que n'importe qui pourrait... l'emprunter ? Votre hangar n'est même pas verrouillé, j'imagine ?

— Non, je n'y laisse rien qui ait de la valeur. D'ailleurs, nous n'avons pas l'habitude de tout verrouiller, vous le savez bien. C'est vrai, n'importe qui aurait pu la prendre. Seulement, il aurait fallu que l'assassin sache qu'elle était là. Parce que tomber par hasard sur la bonne clef, celle qui correspond à la serrure du caveau, aurait vraiment été un coup de chance invraisemblable. Vous voulez que j'aille vous la chercher ? Si vous n'avez plus rien à me demander, j'y vais tout de suite.

— Je vous en serais reconnaissant.

Maintenant, fini pour la clef, finies les questions tortueuses style quand et combien de fois elle a été utilisée. Il y avait un assassin en liberté. La seule chose qui comptait était de mettre la main sur lui, et Hewitt ne se laisserait pas détourner de son objectif. Sam se leva et sortit du bureau non sans s'être retourné pour décocher un clin d'œil réjoui à Simon.

— Vous aussi, vous vouliez ajouter quelque chose, Mr. Towne ? fit Hewitt après son départ.

— Oui. Je n'y ai pas attaché beaucoup d'importance sur le moment, mais vous savez que ça a fait pas mal de bruit quand j'ai annoncé mon intention d'ouvrir le tombeau de Treverra. On a dit que ce serait porter atteinte au respect qu'on doit aux morts, que ce serait même blasphématoire, que ce serait appeler la malédiction sur nous, *et cetera*. Vous en avez sûrement eu des échos. Mais quand nous avons fait savoir que c'était un projet sérieux, que l'évêque y avait donné son accord et que Miss Rachel était un de nos plus chauds supporters, ça a brusquement été le silence radio. Personne n'a plus rien dit. Sauf l'ami Trethuan. Oui, bien sûr, c'était le bedeau et j'admettais qu'on ait certains préjugés, mais il a commencé à me casser sérieusement les pieds. Chaque fois qu'il en avait l'occasion, il m'accrochait pour essayer de me persuader d'abandonner mon projet. Au début, il disait que ce serait commettre un sacrilège et que, si je passais outre, je serais poursuivi en justice. Et puis, il en est venu aux menaces. D'abord, je l'écoutais poliment et m'efforçais de le calmer, mais, au bout du compte, j'en ai eu assez et je l'ai envoyé promener. Mais cela ne l'a pas découragé pour autant. Au contraire, il est devenu encore plus pressant.

— Et il est revenu là-dessus mercredi quand vous sortiez du presbytère ?

— Il ne me parlait jamais d'autre chose. Dès qu'il m'a vu, il s'est précipité sur moi et, sa faux à la main, il m'a bloqué le chemin.

— A-t-il proféré des menaces ?

— Le mot est un peu fort. Il m'a simplement laissé entendre que si je m'entêtais je le regretterais. Mais cette histoire avait l'air de l'agiter terriblement. Comme si, pour lui, c'était une question de vie ou de mort.

— Que lui avez-vous répondu ?

— Qu'il ne se gêne surtout pas pour me lancer ses foudres, bien sûr. Et je l'ai repoussé et j'ai poursuivi mon chemin en le plantant là.

— Selon les déclarations du vicaire, il n'est pas resté longtemps planté là, fit Hewitt d'une voix sèche. Est-ce que, par hasard, il ne vous aurait pas suivi jusqu'au manoir ? Parce qu'il s'y est rendu peu après.

— Ça, je ne peux pas vous dire. Je ne me suis pas retourné. Je ne l'ai pas vu non plus au manoir, je ne savais même pas qu'il y était. Je suis resté une heure à bavarder avec Miss Rachel dans le jardin. Aussi ce ne peut être qu'après mon départ qu'il lui a apporté ses prunes et qu'il lui a parlé. Il devait être à peu près quatre heures quand je suis reparti.

— Vous n'avez pas parlé de son étrange comportement à Miss Rachel ?

— Non. Pourquoi l'aurais-je fait ? Oh ! Parce que le projet lui tenait tellement à cœur ? Eh bien, non, je n'y ai pas fait allusion. Trethuan m'était complètement sorti de l'esprit. Et puis, pourquoi aurais-je ennuyé Miss Rachel avec de pareilles sornettes ? Il n'a même pas été question de Treverra ce jour-là, nous n'avons parlé que de choses personnelles.

— Et ensuite ? Après cette visite ?

— Je n'avais pas pris la voiture. Après être passé à Maymouth pour acheter des cigarettes, j'ai pris le chemin de Pentarno sans me presser pour être à la ferme à l'heure du thé. C'est en arrivant en haut du col du Dragon que j'ai vu Paddy et le fils de George sur la plage. Je me suis précipité. Dominic venait de sortir Paddy de l'eau. Tiens ! Je me rappelle qu'il a expliqué pourquoi il était allé si loin. Il a dit qu'il avait vu un homme à la mer.

— Un homme à la mer ?

Hewitt leva brusquement le menton.

— C'est la première fois que j'entends parler de ça.

— Nous n'en avons pas cru un mot, mais, maintenant, je commence à me poser la question. J'étais donc avec les deux garçons. Apparemment, Dominic avait vu Paddy nager dangereusement loin de la pointe et il avait jugé qu'il était de son devoir d'aller le chercher. Mais quand il l'a eu ramené à terre, Paddy a affirmé qu'il avait vu la marée emporter un corps et qu'il avait essayé de jouer les sauveteurs. Dom et moi avons alors piqué une tête pour en avoir le cœur net, mais nous n'avons rien aperçu. Nous avons pensé tous les deux que Paddy s'était trompé. Mais maintenant... Si Trethuan s'est effectivement noyé comme cela semble probable...

— Quelle heure pouvait-il être ?

— A peu près cinq heures et demie. Peut-être même un peu plus. Vous *croyez* que ce serait possible ? Si tôt que ça ?

— Et seul le jeune Paddy affirme avoir vu quelque chose ?

— Même lui n'en était pas absolument certain. Mais cela le tourmentait. Je lui ai promis que j'avertirais les gardes-côtes par acquit de conscience, mais j'avoue avoir complètement oublié de le faire. C'est que je n'y croyais pas, vous comprenez, et aucune disparition n'avait été signalée. A présent, je regrette de ne pas avoir pris les choses plus au sérieux.

Hewitt se tourna vers Tim.

— Le mieux serait que votre fils vienne nous raconter son histoire lui-même, Mr. Rossall. Il n'y aura peut-être rien à en tirer de plus, mais on ne peut pas se permettre de négliger la moindre possibilité.

— Je vais lui téléphoner pour lui dire de prendre son vélo et de passer au commissariat. Il ne se fera pas prier.

— Oui, c'est ça, appelez-le. Ce ne serait pas une mauvaise idée de convoquer aussi votre fils, Mr. Felse. Il était sur les lieux avant l'arrivée de Mr. Towne. Qui sait s'il ne pourra pas nous apprendre quelque chose ?

Hewitt poussa le téléphone de l'autre côté de son bureau et Tim composa le numéro.

Et c'est ainsi que commença la grande traque pour retrouver Paddy Rossall.

— Non, il n'est pas là, dit Phil. Il n'est pas rentré déjeuner. J'ai pensé qu'il était allé rôder du côté des dunes pour vous observer de loin, puisque vous ne le laisseriez pas approcher de votre chantier. Il a peut-être joué les pique-assiette en se faisant inviter par tante Rachel. Essaie de l'appeler. Sacré garnement ! Je les attends, ces abricots, moi ! Tu me rappelles si tu le trouves, Tim, hein ? ajouta Phil avant de raccrocher avec un premier et faible soupçon d'inquiétude dans la voix.

— Non, il n'est pas là.

Le ton un tantinet acerbe de Miss Rachel était dû à la difficulté qu'elle avait à refouler sa mauvaise conscience.

— Tamsin lui a apporté un petit quelque chose à manger vers onze heures et demie, mais il avait déjà filé après avoir rempli son panier. J'ai naturellement pensé qu'il était rentré pour l'apporter à Phil. Oh... On ne l'a pas aperçu non plus du côté de l'église ? Bien sûr, il se sera caché pour ne pas se faire voir. Ne te tracasse pas pour lui, Tim, c'est fatal, il rentrera quand il aura faim.

Miss Rachel raccrocha avec une brutalité que rien ne justifiait. Tamsin, de l'autre côté du bureau, la considérait avec la plus vive attention.

— Si j'ai bien compris, Paddy n'est pas rentré chez lui ? demanda-t-elle.

— Non, il n'est pas rentré. C'est vous-même qui avez suggéré l'endroit où il y avait le plus de chances qu'il soit allé, répondit hargneusement Miss Rachel.

— Je sais bien, mais il ne semble pas qu'il se soit rendu là-bas. Et quand je vous ai fait part de mon idée, je ne savais pas ce que vous lui aviez dit.

— Et vous ne le savez toujours pas, fit observer la vieille dame avec d'autant plus d'aigreur qu'elle était dans l'incapacité d'apaiser le trouble qui s'était emparé d'elle, bien qu'elle se refusât énergiquement à l'admettre. Il rentrera quand il aura réussi à affoler tout le monde, c'est tout ce qu'il cherche. Vous êtes peut-être assez stupide pour mordre à l'appât, moi pas. Les enfants sont des maîtres chanteurs-nés.

Il n'y avait bien entendu aucun souci à se faire. Paddy se cachait tout simplement quelque part, il boudait en se réjouissant de l'inquiétude où sa disparition plongeait tout le monde. Eh bien, son petit plan échouerait piteusement. Ce n'était pas sa première fugue. Il avait déjà tenté une escapade quand il était petit. Comme, avant lui, tant d'autres marmots qui s'estiment victimes d'on ne sait quelle injustice imaginaire. Mais il reprendrait le chemin de la maison en quatrième vitesse quand il commencerait à pleuvoir. Les enfants sont réalistes. Ils savent de quel côté leur tartine est beurrée.

— Non, il n'est pas là, dit Dominic avec surprise. Papa est avec vous ?... Non, je ne m'inquiète pas. Seulement, avec les rumeurs qui circulent, on ne peut pas ne pas se poser des questions. Toujours est-il que personne n'a vu Paddy... D'accord, j'arrive tout de suite. J'ai passé une partie de la matinée sur la Tête du Dragon où c'est la bousculade des grands jours, mais pas plus de Paddy que de beurre en branche. Et si j'allais jeter un coup d'œil dans les environs avant de vous rejoindre, pour le cas où je découvrirais quelque chose ?... Non, maintenant il n'y a presque plus personne qui traîne du côté de l'église, juste une poignée de gens qui sont arrivés plus tard, mais je vais quand même voir... Oui, c'est entendu, j'arriverai dès que je pourrai.

— Il n'est nulle part, dit Tim en reposant l'écouteur pour la dixième fois.

Dominic était déjà arrivé. Il n'avait rien appris et avait du mal à refréner sa curiosité.

— Rapport totalement négatif. Ses meilleurs copains sont dans le noir. Et il n'a pas mangé ! Franchement, je n'aime pas ça.

Hewitt non plus n'aimait pas ça. L'anxiété suintait de son visage massif pourtant conditionné à ne pas trahir le moindre sentiment, hormis le pessimisme trompeur qui faisait parfois partie de ses obligations professionnelles.

— Il n'aurait pas quitté la ville sans le dire à quelqu'un. Il n'est pas irresponsable, même s'il peut lui arriver d'avoir une tête de linotte. Mais un accident, ça peut arriver à tout le monde.

— Je me demande, dit lentement Hewitt, s'il n'a pas vu quelque chose d'autre quand il a aperçu — ou cru apercevoir — ce corps flottant dans l'eau. Peut-être sans se rendre compte de ce que cela signifiait. Et s'il y avait *quelqu'un* sur la Tête du Dragon, par exemple ? Ou si quelqu'un qui se trouvait là-haut au moment crucial *s'imagine* que Paddy l'a vu, même s'il n'en est rien ?

Tim blêmit.

— Vous croyez qu'il est en danger ?

— Jusqu'à midi, j'aurais répondu non. Mais, à présent, toute la ville sait qu'on a trouvé le corps de Trethuan et la chasse à l'assassin a commencé. Le meurtrier doit être maintenant assez paniqué pour liquider quiconque pourrait l'avoir vu et identifié. Et risquerait d'aller tout raconter à la police.

— Alors, il faut retrouver Paddy le plus vite possible ! s'exclama Tim. Mon Dieu, si jamais il lui arrive quelque chose...

— Il ne lui arrivera rien, l'interrompit Simon avec force. Il va réapparaître bientôt, sain et sauf, et avec une explication on ne peut plus simple, je vous en fiche mon billet.

Mais Hewitt était déjà debout et tendait la main vers le téléphone.

— Je crois préférable de ne pas attendre, Mr. Towne. Comment était-il habillé, ce matin ? Allô, Blakey ! Vous allez mobiliser tous les hommes disponibles de toute urgence. Nous avons une chasse à l'homme sur les bras, ni plus ni moins. Un jeune garçon a disparu — Paddy Rossall, que presque tous nos gars connaissent de vue. Sa disparition date de ce matin. Il avait un vélo. Oui, tout le monde sur le pont.

— Bien, dans ces conditions, considérez-nous comme des volontaires, dit Simon d'une voix calme. C'est vous le patron. Par où commence-t-on ?

Cessant de faire nerveusement les cent pas entre les fenêtres de la bibliothèque, Tamsin poussa la porte du salon. A sa vue, Miss Rachel s'efforça de lui présenter une physionomie affable tout en se disant pour la vingtième fois que, décidément, cette jeune génération manquait de nerf. Pas étonnant si les gosses d'aujourd'hui n'en faisaient qu'à leur tête !

— Ils ne l'ont pas encore retrouvé, dit Tamsin. Je n'y tiens plus. Je vais rejoindre ceux qui participent aux recherches.

— Mais il n'en est pas question ! Vous allez me faire le plaisir de cesser de vous conduire comme une idiote. Ses parents s'inquiètent déjà assez comme cela, inutile de les imiter. Cette forte tête a décidé d'aller quelque part et il y est allé, vous pouvez être tranquille. Il refera surface quand il le jugera bon, quand tout le monde sera tellement affolé qu'il n'aura plus à craindre de représailles. Et pas avant !

— Vous êtes une vieille femme sans cœur ! s'exclama Tamsin avec véhémence. Maintenant, vous allez me dire ce que vous lui avez fait ce matin. Parce que je sais que vous lui avez fait quelque chose.

— Ce que je lui ai fait, moi, vraiment ? Vous n'êtes qu'une petite impertinente. La vieille femme que je suis, en tout cas, vous paie votre salaire.

Le ton de Miss Rachel était cassant, parce qu'elle avait beau repousser la porte de toutes ses forces, rien n'empêchait les démons de la franchir.

— Vous feriez mieux de ne pas l'oublier. Vous savez que je déteste dîner seule. Et je n'ai pas fait ma partie d'échecs. Alors, cessez de donner dans le mélodrame et allez chercher l'échiquier.

— Il vous faudra attendre patiemment, rétorqua Tamsin. Je ne serai pas là.

— Si vous sortez, inutile de remettre les pieds dans cette demeure ! lança Miss Rachel au comble de l'indignation.

— Eh bien, je vous souhaite bonne nuit, dit la jeune fille de sa voix la plus aimable.

La porte ne claqua même pas quand elle la referma derrière elle.

Miss Rachel n'en revenait pas d'être ainsi abandonnée à elle-même. Et ce fut avec un étonnement teinté d'amertume qu'elle se rendit compte qu'elle pleurait.

5

VENDREDI SOIR

Depuis deux heures, c'était la marée descendante et le jour commençait à baisser. Au large de la pointe, la mer était un chaudron débordant cuisant à gros bouillons. Entre les dents du Dragon s'étiraient des rubans de plage gris ardoise frangés d'écume. De la cheminée qui traversait de part en part la base du cap, semblable à une trompe spectaculaire quand le flux était à son niveau le plus élevé, ne s'exhalait plus qu'une haleine mousseuse crachotante comme si le Dragon était en train de s'assoupir. Bientôt, plus une goutte ne ruissellerait de la voûte vestibulaire et, comme par magie, le niveau baisserait presque d'un seul coup, découvrant totalement l'entrée. A marée basse, on pouvait l'escalader et s'y introduire pour ressortir du côté de Pentarno. Certaines parties du complexe de cavernes qui se succédaient dans les profondeurs du rocher étaient toujours à sec, mais trois heures avant et trois heures après la marée haute, les deux entrées étaient submergées.

A présent, la chasse battait son plein. Phil, arrivée au volant de la Mini, pâle, tendue et cuirassée dans son mutisme, faisait équipe avec le premier volontaire qui était venu au rapport — jusqu'ici négatif — et était repartie avec lui pour explorer les plages les plus éloignées de Maymouth. Le hasard avait voulu que son compagnon fût George et elle s'en félicitait car cela l'obligeait à avoir un comportement raisonnable et à maîtriser ses terreurs. Elle n'aurait pas pu faire équipe avec Tim, qui lui aurait fait supporter le poids de sa propre angoisse — comme si la sienne ne suffisait pas.

Bunty était également venue, déterminée à payer, elle aussi, de sa personne. Harnachée d'un bleu de travail et d'une canadienne, elle fouillait la campagne en compagnie du vicaire au cas où Paddy aurait fait une chute de vélo ou aurait eu un accident en rentrant. Il avait pu prendre un des chemins bordés de précipices pour que le trajet soit moins monotone. D'ailleurs, même sur les routes plus confortables, un cycliste peut se montrer un peu trop insouciant ou exagérément optimiste en tenant pour acquis qu'il est tout seul et qu'il n'y a pas d'automobilistes. On avait téléphoné à tous ceux qui connaissaient peu ou prou le garçon pour les prier de garder le contact. Que pouvait-on faire de plus sinon fouiller, refouiller et fouiller encore le terrain ?

Tamsin et Dominic avaient parcouru le port dans toute sa longueur. Trempés, pataugeant dans la boue en suivant la ligne de la marée qui se retirait, ils étaient allés jusqu'aux rochers les plus éloignés de la muraille où la pierraille cédait la place au granit et au schiste. Au-dessus d'eux, les écailles déchiquetées du Dragon. La mer léchant encore le pied des falaises, ils ne pouvaient aller plus loin. Alors, collés contre la paroi, ils avaient visité les multiples renfoncements aux arêtes aussi tranchantes que des lames de rasoir, accompagnés par la clameur lugubre des vagues battant en retraite. C'était Dominic qui tenait la lampe et, de temps à autre, il éclairait le sol devant les pieds de la jeune fille qu'il tenait par la main pour négocier les passages difficiles. Tamsin connaissait chaque centimètre du rivage et n'avait nul besoin de son aide, mais elle l'acceptait quand même. Ce contact leur réchauffait le cœur à tous les deux. Cela durait maintenant depuis si longtemps ! Où peut-on perdre un garçon de quinze ans intelligent et sérieux ? Ils avaient déjà cherché partout. Sauf dans un seul endroit. Dans la mer ! Non, il fallait chasser cette idée de leur tête, c'était impensable. Paddy était un garçon costaud, astucieux et capable. Et il était né ici, c'était sa côte et il la connaissait sur le bout des doigts. Il était vivant, il ne pouvait pas ne pas être vivant.

Comme ils escaladaient péniblement les amas de galets pour rejoindre le sentier qui descendait presque à pic du sommet de la Tête du Dragon, une soudaine bouffée d'air les gifla. Ce fut le seul avertissement. D'un bond, ils s'écartèrent juste à temps pour éviter que la forme qui dégringolait la pente ne les heurte de plein fouet. Elle passa entre eux à la vitesse de l'éclair et s'arrêta dans un bruit horrible. De petits objets invisibles roulèrent sous leurs pieds.

— C'est vous, Tam ? demanda avec anxiété une voix haletante.

Trébuchant et glissant sur ces mystérieux missiles, Tamsin allongea une main tâtonnante qui se referma sur la manche d'une veste en tweed. Dominic braqua sa lampe et la figure de Simon jaillit des ténèbres. Un visage en noir et blanc, tendu, et qui, pour une fois, n'arborait plus le lumineux sourire de condescendance qui lui était coutumier.

— Simon ! Mais vous voulez vous tuer, ou quoi ? C'est insensé ! Descendre à bicyclette cette...

Brusquement muette, Tamsin s'immobilisa, avala sa salive et aspira avec effort une bouffée d'air. Le pinceau de la torche effleura le cadre de la bicyclette et le panier fixé au porte-bagages qui répandait son contenu à terre. De petits fruits ovales. Parfaitement reconnaissables même si le faisceau de lumière de la lampe que tenait Dominic les dépouillait de leurs couleurs. C'étaient des abricots.

— Où l'avez-vous trouvée ? demanda la jeune fille dans un murmure.

— Là-haut. Dans les ajoncs au début du sentier. Elle était soigneusement couchée par terre. Le couvercle du panier ouvert. Près du bord. Pas cachée à proprement parler. Posée là de façon à être hors du chemin.

— Il l'a posée comme ça... lui-même ?

— C'est ce que je pense. Ce que j'espère. Je vais remonter là-haut tout de suite pour le cas où il y aurait sur place des indices susceptibles de nous apprendre quelque chose.

— A quel endroit du chemin exactement ? demanda brièvement Tamsin.

Sa voix avait perdu la réserve et le mordant qu'elle réservait à Simon. Et les traits de ce dernier s'étaient dépouillés de l'affectation d'assurance qui leur était habituelle. On eût dit que c'était la première fois qu'ils étaient face à face sans masque, et maintenant qu'ils avaient le visage à nu, ils ne pouvaient même pas se voir.

— Au-dessus de la cheminée. Y êtes-vous descendus ?

— Nous n'avons pas encore pu aller jusque-là. Mais la marée descend vite maintenant. Nous avancerons à mesure qu'elle reculera.

— Oui, Tam, allez-y. Je vous rejoindrai le plus vite possible.

— Pensez-vous qu'il a pu tomber ?

L'angoisse perçait sous le calme apparent de Tamsin.

— Je ne sais pas. Je pense que non. Je... Oh, Tam !

La voix de Simon était soudain presque inaudible. Il prit la main de la jeune fille un instant dans la sienne, la repoussa, puis enfourcha gauchement la bicyclette qui était trop petite pour lui et, témérairement, se lança à corps perdu sur le terrain inégal pour rejoindre la route. Maculé de boue, les cheveux en désordre, un peu ridicule, pensant pour une fois à quelqu'un d'autre que lui, totalement indifférent à la sauvegarde de son image et de sa légende.

Dominic éteignit sa lampe. Il prit délicatement, mais avec assurance, Tamsin par les épaules et, d'une pression, la fit se tourner face à la mer.

Ils longèrent la falaise, explorant chacune des anfractuosités à mesure que la mer les découvrait en se retirant. Une vague lueur blafarde ourlait les déchirures de l'écume, suintait de la surface ruisselante des rochers, et le mince pinceau de la torche fouillait les recoins ténébreux où la lumière des étoiles ne parvenait pas.

— C'était *vraiment* Simon ? demanda soudain Tamsin.

Sa voix avait de nouveau son timbre impérieux.

— En tout cas, c'est comme ça que vous l'avez appelé, répondit Dominic avec circonspection.

— Merci. Je voulais seulement en être sûre. Je ne l'avais encore jamais vu ne pas regarder son reflet dans son miroir imaginaire. Il doit vraiment beaucoup aimer Paddy.

— Le fait est.

— Je me trompe ou il y aurait comme un reproche dans votre voix, Mr. Felse ?

Dominic ne répondit pas. A quoi bon ? Le souvenir de Simon pris au dépourvu n'occupait qu'un coin minuscule de l'esprit de Tam. Cela permettait de rendre supportable l'anxiété qui les accablait. Comme quand on se pince pour ne plus penser à un mal de dents qui vous fait souffrir comme un damné. Plus tard, elle y repenserait sérieusement. Lorsque les choses auraient repris leur cours paisible, que Paddy Rossall serait — faites que cela arrive, mon Dieu ! — tranquillement dans son lit et que Simon aurait réendossé son image de marque. Et recommencerait à la gratter à rebrousse-poil.

— Vous remarquerez, insista-t-elle avec entêtement, qu'il ne m'a jamais demandé de l'épouser quand il y avait le moindre risque que je dise oui.

Dominic la retint de justesse au moment où elle allait s'enfoncer dans un trou d'eau invisible.

— Ça va ? fit-il quand elle eut repris son équilibre.

— Merveilleusement ! J'ai juste une chaussure pleine de flotte. Ça ne peut pas me tremper plus que je ne le suis déjà.

Elle s'appuya un instant sur Dominic pour recouvrer son aplomb. Ses mains étaient glacées, ses cheveux mouillés lui collaient aux joues, ses yeux étaient mornes.

— Dom... on va le retrouver, n'est-ce pas ?

— Bien sûr, répondit Dominic d'un ton ferme et assuré. Il est intelligent, ce môme. Je ne crois pas qu'il laisserait quelqu'un lui faire des entourloupettes, ni qu'il commettrait de bévue par étourderie.

Pareil jugement porté par un garçon de dix-huit ans sur un ado de quinze ne pouvait être qualifié autrement que de généreux, songea Tamsin. Mais Dominic paraissait parfaitement sincère.

— On le retrouvera sain et sauf, poursuivit-il avec vigueur. Et avec un peu de chance, ce sera nous qui le trouverons. Alors, tenez bon. On va jeter un coup d'œil derrière ce coin.

Ils avaient jeté pas mal de coups d'œil derrière pas mal d'autres coins, le cœur battant chaque fois, mais ils n'avaient pas encore vu le moindre cadavre gisant au pied des falaises ou léché par les vagues qui se retiraient.

— Oui, répondit docilement Tamsin qui, se retournant soudain, ajouta : Vous êtes un chic type, Dominic Felse. Je vous aime bien.

— Moi aussi. Je vous aime beaucoup. Tenez... vous voyez, il n'y a rien.

Dominic se mordit aussitôt les lèvres. Rien, c'était vraiment un médiocre résultat après tant d'efforts, et vous parlez d'un réconfort pour la mère de Paddy ! Quand même... c'était mieux que si leurs pires craintes se trouvaient réalisées.

Tous deux étaient serrés l'un contre l'autre sous l'avancée de la falaise face à la plage déserte. Le sentier qui contournait la Tête du Dragon et les ajoncs au milieu desquels Simon avait trouvé la bicyclette devaient être juste au-dessus de leurs têtes. A présent, l'entrée de la grotte n'était plus sous les eaux. Elle faisait une tache sur le faible miroitement des flaques stagnant entre les galets.

Ils ne s'arrêtèrent qu'une seconde devant elle.

— Il n'aurait jamais eu l'idée de venir là, hein ? fit Tamsin.

— Pas sans une bonne raison. Mais comment savoir s'il n'en avait pas justement une ?

— Mais il connaît les heures des marées. Il ne se serait jamais fait piéger.

— Il est possible que quelque chose qui ne lui a pas laissé le choix se soit produit. N'importe comment, nous ne devons rien laisser au hasard.

— D'accord, mais allons-y prudemment, dit Tamsin en poussant Dominic à droite du mince ruisseau que retenaient les pierres devant l'entrée de la grotte. De ce côté, c'est moins accidenté. Mais attention, il y a des trous.

Dominic s'enfonça précisément jusqu'aux genoux dans un de ces trous au moment même où elle lui lançait cet avertissement. L'eau était glacée et la surprise lui arracha un cri étranglé dont l'écho, renvoyé de paroi en paroi, lui revint deux fois plus sonore.

— Dom !

Tamsin l'empoigna par le bras.

— Vous avez entendu ?

Dominic, qui s'extirpait tant bien que mal de la crevasse dont la roche oblique était glissante, supposa qu'elle avait été aussi frappée que lui par la force et la complexité de cet écho.

— Si j'ai entendu ? fit-il en tâchant de reprendre pied sur un sol plus sûr. C'est moi qui l'ai provoqué. Pas tellement réussie, comme imitation...

— Non... écoutez !

Elle le secoua avec impatience et il s'immobilisa docilement en tendant l'oreille.

Sur le moment, il n'entendit rien. Pas un son. Puis il prit conscience de l'incessant clapotis de l'eau qui s'égouttait de chacune des aspérités saillant de la voûte et des murs tourmentés qui les entouraient, du gargouillis d'une douzaine de ruisselets qui coulaient entre les cailloux pour se jeter derrière eux dans le canal central. Des bruits d'eau, il y en avait autant qu'on voulait. Mais des bruits d'origine humaine, point.

— Mais il n'y avait pas que l'écho. J'en suis certaine.

Ce fut presque avec crainte que, tourné vers les profondeurs ténébreuses de la caverne, Dominic appela :

— Paddy ?

Son appel lui revint répercuté par une dizaine de parois qui se le renvoyaient en le démultipliant. Enfin tous ces ricochets moururent et le silence reprit ses droits. Alors un dernier son, faible et lointain, dissonant, et qui n'avait pas la même tonalité, retentit. Cela venait de leur droite.

— Là ! Vous entendez ? Il y a quelqu'un !

Mais Dominic se ruait déjà à l'assaut des éboulis dans un grincement de sable, de cailloux et de coquillages, le pinceau vacillant de sa torche fouillant les profondeurs de la caverne au-delà des rochers et des cascades qui dégringolaient du plafond. Il allongea le bras et s'empara de la main de Tamsin qu'il entraîna avec lui. Trébuchant et glissant, ils grimpèrent en haletant. Et quelque part devant eux, il percevait, faible et distant, le bruit que faisait indubitablement quelqu'un d'autre qui, trébuchant, glissant et haletant, venait à leur rencontre.

Et le faisceau de la torche finit par accrocher Paddy Rossall. Il essuya vivement sa figure sale d'une main plus sale encore. Trempé comme une soupe, blême et tremblant de froid. Mais vivant, indemne et seul.

— Cela ne vous ennuie pas si nous nous arrêtons un instant ici ? demanda Phil en tournant dans l'allée du manoir Treverra. Je ne sais pas si ça nous permettra d'apprendre ou non quelque chose, mais je me suis dit que puisque nous passons devant... Peut-être se souviendra-t-elle de *quelque chose* qu'il a dit, n'importe quoi qui serait susceptible de nous fournir une indication, si infime soit-elle. Je sais que nous avons déjà posé la même question, mais essayer une fois de plus ne peut pas faire de mal. Oh ! George, mon petit garçon ! Je m'en veux de lui avoir opposé une fin de non-recevoir. J'aurais dû le laisser aller avec Tim et Simon. Avec eux, au moins, il serait en sécurité.

C'était le plus long discours que Phil avait prononcé depuis des heures. Tant qu'il y avait encore eu d'autres endroits où chercher, des gens qu'il était possible de contacter, elle n'avait été, murée dans le silence, qu'une force de la nature balayant férocement tout devant elle. Mais maintenant qu'ils avaient épuisé presque toutes les possibilités, il suffisait d'entendre sa voix à peine audible pour se rendre compte qu'elle était au bord du désespoir. Et à deux doigts de l'effondrement, à en juger par son expression.

Miss Rachel était dans son salon, pelotonnée sur elle-même devant le feu comme un oiseau en train de couver. Son dîner, auquel elle n'avait pas touché, était posé sur une petite table à côté d'elle. Elle se redressa vivement et fit en sorte que ses yeux retrouvent leur éclat impérieux quand Phil et George pénétrèrent dans la pièce, mais elle savait qu'elle était le dos au mur.

— Il n'a pas fait allusion à l'endroit où il voulait aller, tante Rachel ? Il a sûrement laissé une indication. Vous l'avez vous-même vu en personne, n'est-ce pas ? Que vous a-t-il dit ? Oui, je sais bien que c'est comme si nous essayions de racler des miettes, mais c'est, hélas ! à cela que nous en sommes réduits.

— Oui, je lui ai parlé, c'est exact.

Miss Rachel avait l'air plus petite que d'habitude, mais, aussi, plus impétueuse. Attaquer est la meilleure des défenses.

— Ce qui s'est passé entre Paddy et moi ne peut en aucun cas l'avoir mis en danger, c'est impossible. Mais cela peut — je dis bien *peut* — expliquer pourquoi il s'est sauvé comme un méchant garçon. Il n'y a rien de plus, si vous voulez mon avis, et vous êtes en train de vous laisser manipuler par ce galopin. J'avais toutes les raisons d'être fâchée contre lui. Il a fait preuve d'une impertinence et d'une désobéissance inadmissibles. Il était grand temps que quelqu'un intervienne pour lui rabattre son caquet afin qu'il change de conduite.

— Mais, pour l'amour du ciel, tante Rachel, s'exclama Phil avec effarement, qu'est-ce que... qu'est-ce que vous lui avez fait ?

Elle était au bout du rouleau. Continuer ne ferait qu'aggraver la situation. Et elle était seule, elle avait peur, elle ne voulait qu'une chose : que Paddy revienne, impertinent ou pas, désobéissant ou pas. Qu'il lui revienne. Il faudrait que quelqu'un aille le chercher à sa place.

— Espérer que vous m'approuviez serait trop demander, évidemment. Mais je ne pensais qu'à vous, à Tim et au bonheur du petit. Je lui ai dit ce qu'on aurait dû lui dire dès qu'il a été en âge de comprendre, à savoir qu'il devrait vous remercier, vous et votre mari, de l'avoir pris en charge, de lui avoir donné un foyer et des parents pleins d'amour, quand la seule idée que son propre père avait en tête était de se débarrasser de lui. Je lui ai dit que vous l'aviez adopté et qu'il devait vous montrer sa reconnaissance en se conduisant mieux avec vous à l'avenir et en cessant de penser que tout allait de soi. Oui, voilà ce que je lui ai dit. Et j'attends que vous me remerciiez.

Phil, atterrée, s'accrochait au dossier d'une chaise comme un noyé à une épave. Le monde était en train de s'effondrer.

— Non, ce n'est pas possible, tante Rachel ! Vous n'avez pas pu avoir cette cruauté !

— De la cruauté ? Vous dites des absurdités. Il était grand temps qu'on lui dise la vérité. Ce que vous auriez bien été obligée de faire un jour ou l'autre. Et comme je crois qu'elle ne lui a fait aucun mal...

— *Aucun mal !*

La fureur, une fureur positive et tonique, s'était emparée de Phil, la faisant émerger de l'apathie dans laquelle la désolation l'avait plongée. Le sang lui enflamma soudain les joues qui redevinrent aussitôt d'une pâleur effrayante.

— *Aucun mal !* Vous avez laissé repartir ce malheureux enfant après avoir mis son univers en charpie, ne sachant plus qui il est, et vous prétendez ne lui avoir fait *aucun mal* !

— En tout cas, cela signifie que nous nous trompions tous en croyant qu'il risquait d'être la prochaine victime de notre assassin, dit George en posant doucement la main sur le bras de Phil. Cette révélation l'a bouleversé, il a de la peine, il est malheureux comme les pierres et il n'a qu'une envie : se cacher. C'est parfaitement compréhensible. Mais s'il se cache ainsi, c'est de son plein gré et, quand le choc se sera atténué, il rentrera. La situation n'est pas aussi critique que nous le craignions.

— Si, George, c'est même presque pire. Il doit être dans un tel état à présent qu'il est capable de faire *n'importe quoi* !

Frénétiquement, Phil se tourna vers Miss Rachel dressée sur ses ergots et prête à se battre pied à pied.

— Qu'éprouveriez-vous, vous, espèce de vieille sorcière, si vous appreniez brutalement que vous n'êtes pas celle que vous croyiez être, que vos parents n'étaient pas vos parents et que rien de ce qui était à vous ne vous appartenait vraiment ? Même votre identité ?

Phil agrippa le bord de la table.

— Lui avez-vous dit *qui* il est vraiment ?

Elle avait posé la question d'une voix hachée.

— Non... ce n'est pas possible. Nous ne vous l'avons jamais révélé, grâce à Dieu, donc vous n'en saviez rien.

— Oh ! mais si, ma chère Phil, je le savais. C'est son père en personne qui m'a mise au courant. Ici même, dans le parc, pas plus tard que mercredi dernier. Il m'a dit des tas d'autres choses, mais je n'en ai pas parlé à Paddy. Je n'ai pas à lui raconter tout ce que je sais.

Miss Rachel reprit son souffle avant que Phil ait pu repartir à l'attaque et poursuivit sur un ton belliqueux :

— Mais *vous*, vous devriez le faire. Oh ! Je sais que Simon est persuadé qu'il peut me faire faire ses quatre volontés comme un toutou. Peut-être ne me déplaît-il pas qu'il le croie. Mais n'allez pas vous imaginer que je me berce d'illusions en ce qui le concerne. Je l'aime beaucoup, mais, tôt ou tard, il se débrouille toujours pour obtenir ce qu'il veut. Et si vous ne vous êtes pas encore aperçue que c'est Paddy qu'il commence à vouloir, et à vouloir sérieusement, vous avez tout intérêt à vous dépêcher d'ouvrir les yeux.

A la manière dont tournaient les choses, l'expérience de juge-arbitre dans les querelles féminines dont pouvait se prévaloir George était quelque peu inadéquate. Aussi éprouva-t-il un vif soulagement quand le téléphone choisit précisément ce moment pour sonner. C'était l'occasion inespérée de faire quelque chose de plus constructif qu'écouter des secrets de famille que son devoir exigeait qu'il oublie dans les délais les plus brefs. En outre, cet intermède détournait l'attention des deux protagonistes, et ce fut en rendant grâce à cet heureux hasard qu'il décrocha.

— Manoir Treverra, George Felse à l'appareil... Oui. Oui, elle est là. Phil, c'est Tamsin Holt. Elle veut vous parler.

Phil agrippa convulsivement le récepteur, n'osant pas espérer.

— Tamsin ? Que se passe-t-il ? Est-ce que vous auriez... *Oui ?* Dieu soit loué ! Comment va-t-il ?

Ses genoux fléchirent sous elle. Brusquement, tout son corps était devenu flasque. George approcha une chaise et l'aida à s'asseoir.

— *Il va bien !* Ils l'ont trouvé. Dans le Trou du Dragon où la marée l'avait pris au piège. Il va bien, tante Rachel ! Ils l'ont retrouvé... Tamsin et Dominic. Tout le reste m'est égal, plus rien d'autre ne compte. Ce que vous lui avez dit, je m'en moque... il va bien ! Nous vous rejoignons tout de suite, Tam. Prenez bien soin de lui. Ne le quittez pas des yeux. L'affreux petit *démon* ! Si je m'écoutais, je l'étranglerais ! Vous êtes *sûre* qu'il n'est pas blessé ? Dieu vous bénisse, Tam ! Nous arrivons.

Phil reposa mollement le récepteur sur la fourche. Elle était en larmes et tremblait de la tête aux pieds.

— George, vous pouvez conduire la Mini ? Je... je ne crois pas que j'en serais capable. Oh ! George, *je veux Tim !*

George l'aida à se remettre debout et à regagner la

voiture. Ni l'un ni l'autre n'accordèrent ne fût-ce qu'un regard à Miss Rachel, raide et sur la défensive dans son imposant fauteuil.

A peine Phil et George avaient-ils franchi la porte extérieure que, sans un regard pour le repas froid auquel elle n'avait pas touché, elle quitta précipitamment son sanctuaire, traversa lestement le salon dans toute sa longueur, puis la bibliothèque d'un pas dansant à l'instar d'une jeunesse aux muscles agiles jusqu'à ce que, ses cheveux gris défaits flottant sur ses épaules, le souffle lui manquât. Alors, après avoir rajusté sa splendide coiffure et recouvré sa non moins splendide assurance, elle sonna Alice pour lui ordonner de lui apporter de quoi manger.

Ils s'arrêtèrent juste le temps de prendre Tim au passage. Phil, haletante, se cramponna à lui sur la banquette arrière et, oscillant entre la joie et la fureur, le mit au courant de toutes les nouvelles, les bonnes comme les mauvaises. Tim, qui la sentait trembler contre lui, commença par l'implorer, puis il lui ordonna sans plus de succès de se calmer et enfin, les choses étant ce qu'elles étaient, de les envisager avec davantage de sérénité. N'étaient-ils pas convenus dès le départ qu'avec un enfant qui n'est pas le vôtre rien n'est jamais acquis d'avance, qu'il faut être deux fois plus attentif que ne le sont les parents naturels et avoir deux fois plus de maîtrise de soi ? Se battre pour gagner chaque parcelle de son affection ? Garder sa réserve, ne pas faire preuve d'un amour trop vorace, ne pas être d'une indulgence trop prodigue et se garder d'avoir des exigences trop rigoureuses : telle devait être la règle. Si, maintenant, Phil se laissait aller, cela aurait pour seul résultat de retomber sur le petit.

— Les voilà, dit George en se rangeant le long du trottoir, peu après la place.

Le trio qu'éblouissaient les phares de la Mini n'était

pas beau à voir. Une mince silhouette gravissait péniblement la pente, encadrée par deux autres à peine reconnaissables sous la boue qui les recouvrait et qui n'étaient autres que Tamsin et Dominic. Paddy s'était effondré quelques instants plus tôt, mais il se secouait, tous ses muscles bandés, dans l'attente du moment fatidique. Il se sentait dépassé. Il n'était pas prêt, mais comme il ne le serait jamais, autant affronter la rencontre et qu'on en finisse. Son visage blême était barbouillé de vase et ses yeux écarquillés étaient ceux d'un zombie. Phil avait déjà ouvert la portière avant même que la voiture se soit arrêtée.

— Calme-toi, je t'en supplie, Phil...

— Tu en as de bonnes ! s'exclama-t-elle, emportée par un élan de joie farouche et se précipitant sur Paddy en l'accablant d'injures, de mots d'affection et de reproches.

Cet ouragan de tendresse balaya le problème que le face-à-face avec ses parents posait à Paddy. Après tout, il n'avait nul besoin de se creuser la tête pour savoir quelle attitude adopter. Il n'avait qu'à laisser faire. La rencontre qu'il redoutait tant ne se passait absolument pas comme il l'avait craint. Arraché à ses deux sauveteurs, il se trouvait prisonnier des bras qui le serraient à l'étouffer, le secouaient dans tous les sens. Plus tard, il lui sembla même se rappeler avec autant de respect que de stupéfaction avoir reçu une gifle, une chose qui, aussi loin que remontaient ses souvenirs, ne lui était encore pas arrivée une seule fois dans sa vie. Après Phil, ce fut au tour de Tim, qui le tâta sur toutes les coutures, lui secoua copieusement les puces et lui ôta son pull trempé et dégorgeant de boue pour lui faire enfiler une chaude veste de sport beaucoup trop grande pour lui. C'était à peine s'il arrivait à dire un mot de temps à autre — « je suis désolé », « je ne voulais pas », « je n'ai pas pu m'en empêcher ». Il s'était attendu à ce qu'ils lui parlent avec douceur sur un ton patelin, qu'ils le traitent avec des précautions dans lesquelles il aurait inévitablement vu toutes sortes d'arrière-pensées. Or, en fait de douceur, ils parlaient si fort qu'il ne s'entendait même pas penser ! Et toutes les cajoleries dont il était l'objet n'allaient pas tarder à le faire craquer. Avec un pareil accueil, impossible de se tromper : *ils l'aimaient.* Maman le dorlotait frénétiquement et papa, c'était presque pareil. Ces bousculades, ces gronderies, ces caresses muettes, c'était *exactement* comme ça que des parents se conduisent.

— Allez, monte dans la voiture.

Le ton dc Tim s'était fait sévère — il pouvait se le permettre maintenant qu'il avait retrouvé son fils sans une égratignure ou presque.

— Tu vas demander pardon à Mr. Hewitt pour les ennuis que tu as causés à tout le monde. Et si tu veux un bon conseil, tâche que tes excuses soient valables.

Mais quand Tim l'eut confortablement installé sur la banquette arrière tout contre Phil, il l'enveloppa dans le vieux plaid de la voiture comme dans un cocon avant de démarrer pour faire les deux cents mètres qui les séparaient du commissariat.

Le reste de la soirée devait rester dans la mémoire de Paddy comme un imbroglio confus dont le détail se noyait dans la masse. Mais, et c'était là l'essentiel, c'était formidablement bon. Meilleur que cela n'avait jamais été. Meilleur, peut-être, que cela ne serait jamais. Avoir sa part de bonheur et savoir qu'on l'a, savoir quelle merveille c'est de le savoir, c'était presque trop pour une seule journée.

Il faisait chaud dans le commissariat et les lumières étaient si fortes qu'elles le forcèrent, épuisé comme il était, à cligner des paupières. Il était tellement aux anges que la bonne volonté avec laquelle il présenta ses excuses causa l'étonnement général. Il remercia toutes les personnes présentes qui avaient participé à la grande traque et leur demanda de transmettre ses remerciements à ceux qui n'étaient pas là. Hewitt, tellement soulagé qu'il en planait presque, gardait cependant un visage grave.

— Mais ne va pas t'imaginer que tout est réglé, petit galopin. Ton argent de poche pour les six mois à venir servira à remplacer mes chaussures de service. Je t'enverrai la facture.

Il sourit à Tim par-dessus la tête blonde du garçon qui commençait à avoir l'impression de peser pas loin d'une tonne.

— Ramenez-le à la maison, faites-lui prendre une bonne douche et mettez-le au lit, Mr. Rossall. Nous aurons un petit entretien tous les deux demain matin. Pour le moment, il ne tient plus debout.

Paddy se rappelait quelques visages. Il y avait Mr. Felse et sa femme. Et Tamsin, et Dominic, et le vicaire, et oncle Simon. Qui le regardait d'un air bizarre. Il souriait, mais cela ne faisait pas d'étincelles dans ses yeux, qui étaient deux fois plus durs que d'habitude. Et il n'était pas venu avec eux. Comment cela se faisait ? Ah oui ! bien sûr. Il devait avoir sa voiture et il fallait qu'il la ramène au bercail. Pourtant, ce n'était pas à ça qu'il semblait penser quand, secouant la tête, il avait dit à papa avec son sourire triste : « Non, mon vieux, je m'amènerai plus tard. Une réunion de famille comme ça... je serais de trop. »

Ce qui rappela à Paddy comment cette journée extraordinaire avait commencé. Il y avait encore pas mal de choses à apprendre en ce qui le concernait, mais, maintenant, cela n'avait plus aucun caractère d'urgence. A nouveau enveloppé dans le plaid avec Phil qui le serrait contre elle et dont il sentait l'épaule tiède et consolatrice sous sa joue, il somnolait avec bonheur, trop exténué pour fixer son esprit sur une idée claire. Sauf une seule. Géniale, et qui rejetait tout le reste dans l'ombre : le fait que tout allait bien. Parce que c'était à eux qu'il appartenait et il ne pouvait rien y avoir de plus chouette.

Même si cela n'avait pas été le cas avant, maintenant, il était à Phil et à Tim et rien qu'à eux. Malheur à qui chercherait à l'arracher à eux ou à les arracher à lui !

— Je suis content que vous sachiez que je sais, dit Paddy du plus profond de ses oreillers.

On l'avait baigné, on l'avait fait dîner, il avait chaud, il avait envie de dormir. C'était le bonheur.

— Sur le coup, ça m'a fait un drôle de choc. C'est pour ça que j'ai filé de chez tante Rachel sans rien dire à personne. J'essayais pas de faire peur, ni de partir très loin ou de faire ce genre de crétineries. Parole d'honneur. J'suis pas idiot à ce point-là.

— J'espère bien, fit Tim.

— Oui, mais j'avais peur que vous pensiez que... Simplement, j'étais secoué, quoi. Je ne voulais voir personne, je voulais être seul. D'abord, mon idée, c'était de rentrer à la maison. Et puis, j'ai compris que ce n'était pas possible tout de suite. Il fallait que je réfléchisse avant. Alors, je suis allé jusqu'à la Tête du Dragon, mais, là, c'était la grande foule. Des gens partout. Du coup, j'ai abandonné mon vélo et j'ai pris le chemin qui descend de la falaise pour aller dans la grotte où j'étais sûr d'être tranquille. Juste le temps de m'habituer un peu à cette idée, quoi. Et puis, y a des mômes qui sont venus jouer. Alors, je me suis enfoncé le plus loin possible dans les profondeurs de la grotte pour qu'ils me fichent la paix.

« Parce que tu étais totalement désemparé et que tu avais besoin de te cacher », dit silencieusement Phil, à qui les traces de larmes sur le visage barbouillé de Paddy n'avaient pas échappé.

— Maintenant, mon chéri, il faut dormir. On aura

tout le temps de parler de cela demain. Tu es rentré, il n'y a que ça qui compte.

— Oui, mais je voulais que vous sachiez que je ne m'étais pas planqué là pour bouder comme un môme idiot. C'est tout à fait par hasard que je suis tombé sur le passage au fond de la grotte. C'était rien qu'une espèce de trou. Il fallait ramper sur les mains et sur les genoux. Je ne voyais rien dans le noir et c'est parce que je me suis cogné l'épaule dedans que je l'ai trouvé. Il est long, ce passage. Il n'en finit pas. C'est pour ça que j'ai perdu du temps. J'avais pas de lampe, alors j'étais forcé d'y aller mollo. Finalement, j'en ai eu marre et j'ai décidé que ça suffisait comme ça et que je reviendrais une autre fois avec une torche. Seulement, faute de pouvoir regarder l'heure, je n'avais pas vu le temps passer et quand je suis revenu à mon point de départ, la marée avait monté et l'eau arrivait presque en haut de l'entrée de la grotte. J'ai pas osé plonger. Il ne m'est plus resté qu'à attendre, allongé au bord du trou. Qu'est-ce que j'avais la trouille !

Tim vit briller dans les yeux de Paddy le souvenir de sa terreur.

— J'aurais eu autant la trouille que toi. Même en sachant que la partie supérieure de la cheminée reste à sec.

— Même comme ça, qu'est-ce qu'on dérouille ! Et le bruit que ça fait ! J'avais l'impression que ça ne finirait jamais. Je ne savais pas l'heure qu'il était. Le seul repère, c'était le niveau de l'eau qui baissait, et alors il me suffisait de descendre avec l'eau. Et dans le noir, il fallait être super-prudent. Mais j'avais déjà commencé quand Tamsin et Dominic sont arrivés et qu'ils m'ont retrouvé.

Phil écarta la lampe de chevet pour que son visage reste dans l'ombre et que Paddy n'y lise pas le reflet trop visible de la torture qu'il avait subie.

— C'est fini, dit-elle en repoussant doucement la

frange blonde qui cachait le front du garçon. Maintenant, tu oublies et tu dors.

— Oui, d'accord. Je voulais seulement que vous sachiez comment c'était. Je demande pardon à tout le monde pour les ennuis que j'ai causés. J'étais tellement malheureux que je ne savais pas quoi faire, ajouta Paddy, déjà à moitié endormi, avec une déchirante simplicité.

Posant son poing au coin de la mâchoire de son fils, Tim fit osciller sa tête sur l'oreiller jusqu'à ce qu'un sourire penaud apparaisse sur ses lèvres.

— Tu n'as pas dit que tu n'étais pas un idiot ? Un peu plus et je tombais dans le panneau ! Tu es sûr de savoir maintenant où tu habites ?

Paddy secoua la tête. Son sourire était étrangement timide. Timide, mais ravi.

— Et à quelle heure la marée monte ? Bien. Alors, il ne te reste plus qu'à faire un bon roupillon. Si tu as besoin de quelque chose, on est là.

Tim se leva et lança une petite claque sur la bosse que le derrière de Paddy faisait sous la couverture.

— Bonne nuit, fils.

— Bonne nuit, p'pa.

Les trois mêmes mots qu'ils se répétaient depuis toujours. Et qui n'avaient jamais eu autant de signification.

Phil embrassa Paddy sur le front à la naissance de sa tignasse blonde et suivit Tim.

— Maman !

Le ton solennel, presque guindé, de Paddy la fit revenir précipitamment sur ses pas. Quand elle fut devant son lit, il repoussa brusquement les couvertures et, tendant les bras, enfonça sa figure dans le cou de Phil.

— C'est juste pour être sûr, murmura-t-il. Tu es bien ma maman, hein ?

— Oui, Patrick Rossall, je suis ta maman et si j'ai un conseil à te donner, c'est de ne jamais l'oublier.

Elle emporta les vêtements du petit en sortant. Ils étaient bons pour aller à la laverie. Assise sur le tapis à côté de Tim, elle entreprit d'en vider les poches en souriant avec une tendresse ridicule aux objets qu'elle sortait parce que chacun était une projection de la personnalité de Paddy en modèle réduit : un mouchoir crasseux comme il n'était pas permis et encore poisseux d'eau de mer, un moignon de stylo-bille mâchouillé, deux ou trois timbres étrangers, un billet de bus poinçonné, un caramel à moitié fondu et quelques pièces de monnaie qu'elle posa sur le bras du fauteuil de Tim.

— Il est en bonne forme, hein ? fit ce dernier qui tendait l'oreille, à l'affût du moindre bruit en provenance de l'étage.

— Oui, en parfaite forme, répondit-elle avec un sourire maternel. Ne te fais pas de souci pour lui. Je suis heureuse, Tim. Heureuse qu'elle lui ait dit la vérité. Et qu'il sache, maintenant.

— C'est un bon gosse.

Tim se mit à tripoter les pièces de monnaie que sa femme avait récupérées.

— Tiens ! Un demi-penny tout neuf !

Il l'examina plus attentivement et fronça les sourcils.

— Pourtant, non, ce n'est pas un demi-penny. Qu'est-ce que cela peut bien être ? Regarde, Phil ! Ce n'est pas du cuivre. On dirait de l'or !

Phil laissa tomber le pantalon plein de boue de Paddy et tendit la main avec curiosité. Tim déposa la pièce sur sa paume. L'effigie représentait un profil de femme. Elle avait le cou épais et une mèche auréolait son épaule dodue.

— C'est sûrement une guinée, Tim ! Ou une demi-guinée, peut-être... non, elle est trop grosse, tu ne crois pas ? ANNA DEI GRATIA. Et il y a VIGO écrit sous le portrait. Qu'est-ce que cela veut dire ? Et de l'autre côté, une date, 1703. REG. MAG. BR. FR. et HIB.

La paume toujours tendue, Phil regarda Tim, la bouche grande ouverte.

— Tim, où diable notre Paddy a-t-il bien pu trouver une guinée frappée à l'effigie de la reine Anne ?

6

SAMEDI MATIN

La première chose que fit Phil quand elle se leva fut d'entrebâiller la porte de Paddy pour jeter un coup d'œil dans sa chambre. Les rideaux étaient tirés et la pièce était noyée dans la pénombre. Confortablement roulé en boule, il dormait profondément, le visage enfoui dans les oreillers. Comme, attendrie, Phil battait silencieusement en retraite, elle perçut un mouvement dans l'ombre.

C'était Simon. Le fauteuil dans lequel il était assis avait été repoussé dans un coin pour être à l'abri de la lumière. Il la regardait, mais jusqu'à cet instant, il n'avait pas quitté un instant Paddy des yeux, elle en eut immédiatement la certitude. Il donnait l'impression d'avoir passé la moitié de la nuit ici. Et ce n'était peut-être pas seulement une impression. Il avait sa clef et elle ne l'avait pas entendu rentrer.

A peine quelques jours plus tôt, sa présence aurait aussitôt éveillé les soupçons et la jalousie de Phil, dont le regard glacé aurait suffi à lui faire comprendre qu'il n'avait rien à faire ici. Mais, aujourd'hui, elle avait seulement de la peine pour lui. Ce qui était bien la première fois. Ce matin, elle était triste pour tout le monde sauf pour elle-même ou pour Tim. Triste pour ceux qui n'avaient pas un fils tel que Paddy. Et elle était plus particulièrement triste pour Simon Towne qui en avait eu un et n'avait pas eu le bon sens de le garder quand il était à lui.

Elle lui sourit. Il avait les yeux fatigués et le regard désabusé. Il se leva en prenant garde à ne faire aucun bruit comme si elle lui en avait donné l'ordre, et sortit de la chambre derrière elle.

— Je vais moudre le café, lui proposa-t-il en la suivant dans la cuisine.

Pour ce qui était des travaux ménagers, il se débrouillait mieux que Tim. Cela devait venir plus facilement chez les hommes qui vivent seuls depuis longtemps — et il y avait près de quinze ans maintenant qu'il était veuf. Phil se mit en devoir de préparer le petit déjeuner. Même les grosses tasses et les assiettes de faïence bleu et blanc avaient l'air d'être neuves. Comme si, aujourd'hui, tout était neuf.

Sauf pour Simon.

— Tu ne t'es pas couché ? lui demanda-t-elle en commençant à couper des tranches de pain.

— Non. Après avoir rapporté la bicyclette de Paddy dans la Land-Rover, je suis allé rechercher ma voiture et j'ai fait une longue balade. Quand je suis rentré, je me suis allongé un moment, puis j'ai pris une douche. J'espère que je ne t'ai pas réveillée ?

— Non, je ne t'ai pas entendu. Depuis combien de temps veillais-tu sur le sommeil de Paddy ?

Elle ne paraissait ni méfiante ni irritée. Simon en fut surpris et, sans qu'il sût pourquoi, il en éprouva un certain dépit.

— Je ne sais pas. Deux heures, quelque chose comme ça. J'aime le regarder. Tu y vois un inconvénient ?

— Au contraire, j'en suis heureuse. Moi aussi, j'aime le regarder dormir.

Elle sortit de l'office une coupe pleine d'œufs dans une main, un cruchon de lait dans l'autre. Simon abandonna le moulin à café pour prendre les œufs et, impulsivement, sans excuse ni explication, il l'embrassa sur la joue.

Phil lui sourit.

— Je sais ce que tu ressentais quand tu redoutais que Paddy soit parti pour de bon. Mais sais-tu ce qui s'est passé pour lui ? Une bulle de savon qui éclate au bout de quinze ans et aucun d'entre nous ne sera plus jamais ce qu'il était avant. Miss Rachel s'est mise en colère parce qu'il était insolent et qu'il n'appréciait pas son petit chez-soi comme il aurait dû. Alors, elle lui a dit qu'il devait s'estimer heureux d'avoir au moins un semblant de foyer. Il sait maintenant qu'il...

Phil n'alla pas jusqu'au bout de sa phrase, incapable qu'elle était de dire « il n'est pas notre enfant ». Parce que ce n'était pas vrai. Parce que ce serait encore plus monstrueusement mensonger que cela ne l'avait jamais été.

— Il sait que nous l'avons adopté. Voilà ce qui s'est passé pour Paddy.

Simon posa avec le plus grand soin les œufs sur la table. Phil fut frappée par la gravité avec laquelle il la fixa. Jamais il n'avait manifesté une aussi totale indifférence pour ce qui était de son image de marque.

Ce fut d'une voix contrôlée qu'il demanda après un long moment de silence :

— Lui a-t-elle révélé que c'est moi qui suis son père ?

— Non. Mais elle m'a dit qu'elle aurait pu le faire. Pourquoi le lui as-tu dit, toi, après tout ce temps ?

— Je ne sais pas, répondit Simon, et il était sincère. Je suppose que je voulais simplement que *quelqu'un* le sache. Quelqu'un avec qui je pourrais parler et qui me comprendrait. Et qui, de préférence, pour être tout à fait franc, serait touché et compatirait. Mais je n'ai jamais souhaité que les choses tournent de cette façon, Phil. Je présume qu'elle gardait en réserve, en quelque sorte, les confidences que je lui avais faites comme une sorte de fouet qui, le cas échéant, lui servirait à corriger Paddy et à le ramener à de meilleurs sentiments si elle estimait qu'il méritait une bonne leçon. Je suis désolé ! Je n'avais jamais imaginé qu'elle en arriverait là.

— Je sais, je ne te fais pas de reproches.

— Mais puisque maintenant il sait, plus rien ne devrait m'empêcher de lui dire le reste.

A gestes lents et mesurés, Simon alluma le gaz et mit la bouilloire sur le feu. Une petite étincelle brillait à présent au fond de ses yeux.

— Ne te fais pas de souci, dit Phil. Je le lui dirai moi-même.

— Toi ?

Contre toute attente, il éclata de rire.

— Crois-tu que j'ai le choix ? Tu sais très bien que la première question qu'il me posera quand il commencera à réfléchir sérieusement à la situation sera : Qui est-ce que je suis ? Et, naturellement, je lui répondrai.

Phil se retourna pour lui décocher un regard aigu. C'était bien ce qu'elle avait prévu. Le triomphe et l'espoir, la confiance en soi illuminaient le visage de Simon. Elle referma d'un coup sec la porte du four.

— Allons, Simon, réveille-toi pendant qu'il est encore temps. Cela ne t'apportera rien, tu sais.

— Crois-tu ? Tu es purement et simplement en train de m'inviter à montrer de quoi je suis capable. Tu n'as pas peur que je te le vole sous le nez, même maintenant ? Tu crois que je ne pourrais pas ?

— Je *sais* que tu ne pourrais pas, répondit-elle calmement. Et je doute même que tu essaierais si je te suppliais à genoux de ne pas le faire. Mais comme tu vois, je ne te supplie pas. Pour la bonne raison que je n'ai aucun besoin de le faire, Simon. Il te serait désormais impossible de nous déposséder de Paddy par quelque moyen que ce soit. Longtemps, tu as charmé les oiseaux dans les arbres et il te suffisait de sourire pour que les pommes d'or te tombent sur les genoux. Seulement, tu ne te rendais pas compte que cela ne peut pas durer toujours, je me trompe ? C'est fini, maintenant, Simon. Tu n'as plus longtemps à attendre pour devenir un monsieur d'âge mûr. Tu ferais aussi bien de prendre conscience de tes limites parce que les grandes vacances, c'est bientôt fini. Et quoi que tu fasses, tu n'auras pas Paddy.

L'espace de quelques instants, Phil eut l'impression que l'auréole lumineuse qui nimbait Simon perdait de son éclat et que ce que ses yeux fixaient, il aurait préféré ne pas le voir. Mais l'étincelle se ralluma et gambada au fond de ses prunelles.

— Qu'est-ce que tu paries ? demanda-t-il d'une voix lente.

Se rappelant toutes les années durant lesquelles Tim avait patiemment suivi son vieil ami pas à pas, ramassant ce qu'il laissait tomber, recollant ce qu'il cassait, Phil se demanda fugitivement si ses motivations étaient aussi pures qu'elle l'aurait souhaité. Mais si c'était le plaisir de la vengeance qui l'incitait à précipiter Simon dans la dégringolade, pourquoi cet instant était-il si triste, pourquoi était-il le négatif de la sérénité et de la joie qui avaient fait des premières heures de la matinée un si souriant prodige annonciateur de bonheur ? Et pourquoi ne s'était-elle encore jamais sentie aussi proche de Simon, n'avait-elle encore jamais éprouvé une telle tendresse pour lui ?

— L'objet du pari doit être Paddy, c'est ça ? lui demanda-t-elle doucement. Que veux-tu de plus ?

Paddy ouvrit les yeux et s'étira avec délectation. Brusquement, il se rappela pourquoi tout paraissait différent aujourd'hui. Pas forcément mieux ou pis — pas encore. Juste différent. Et comme pour répondre à un appel qui n'avait certainement jamais été formulé, sauf, peut-être, au fond de son cerveau, Phil surgit brusquement, un pantalon et une chemise propres sur le bras.

— Bonjour, mon loupiot ! Comment tu te sens, ce matin ?

Il se sentait... bizarre. Plus grand que d'habitude, plus responsable et plus sociable. A cause de tout ce à quoi il allait falloir qu'il réfléchisse. Mais une chose, en tout cas, était sûre : il se sentait bien. Bon et vertueux.

— Très bien. Oh ! Il est vraiment cette heure-là ? Et je dois aller au commissariat, hein ?

Il s'assit, la mine solennelle. La mémoire lui revenait.

— M'man !

Sa voix s'était brusquement faite grave et Phil devina ce qui allait suivre. Mais il mit plus longtemps à formuler sa question qu'elle ne s'y attendait et, quand elle sortit enfin, ce fut une révélation.

— *Qui c'est que j'étais*, m'man ?

Le cœur de Phil bondit de joie. C'était gagné. « Pauvre Simon ! » pensa-t-elle. Elle posa les vêtements propres qu'elle apportait sur une chaise et vint s'asseoir sur le bord du lit. Paddy, qui n'avait pas encore les idées tout à fait claires, la regarda d'un air sérieux et confiant, attendant la réponse. Une réponse importante parce que les questions qu'il devait se poser sur lui-même en dépendaient, mais elle ne pouvait affecter en quoi que ce fût ce qu'il y avait maintenant entre « m'man » et lui.

— Tu sais ce que je veux dire, ajouta-t-il.

— Oui, je sais. Ta mère était une amie à nous, Paddy. Quelqu'un d'adorable. Elle n'avait que vingt et un ans quand elle est morte des suites d'une maladie qui l'a emportée après ta naissance. Son mari... ton père... tu le connais, Paddy. Très bien, même. Et il t'aime énormément. C'est celui que tu appelles oncle Simon.

Paddy ne poussa pas d'exclamation, son visage ne trahit ni surprise, ni consternation, ni soulagement, ni plaisir. Rien. Strictement rien. Il enregistrait l'information et la digérait.

— Quand sa femme est morte, laissant le bébé que tu étais entre ses mains, il commençait à être connu et il devait faire son premier grand reportage. Le contrat était signé. Mais il ne pouvait partir avec un bébé. Il se trouve que j'avais perdu mon enfant quelques mois plus tôt et les médecins étaient formels : je ne pourrais pas en avoir d'autres. Aussi, il ne faut pas trop lui en vouloir. Il adorait sa femme et son décès l'avait rendu affreusement malheureux. Il voulait partir. Ce n'était pas seulement la peur de ne pas profiter de la chance qui se présentait.

Comme c'était elle qui avait suggéré ce combat singulier, Phil se sentait obligée de le mener scrupuleusement. En outre, on ne doit jamais laisser un enfant se demander s'il n'a pas su se faire aimer. Mais était-ce un enfant qu'elle avait en face d'elle ? Ces mèches vaporeuses, ce cou gracile, ce front pas encore tout à fait formé répondaient par l'affirmative. Mais ces yeux graves et quelque chose dans le modelé de ses traits n'étaient pas sans suggérer que cette image juvénile était déjà quelque peu dépassée.

— Cela ne signifie pas qu'il ne t'aimait pas, dit-elle d'une voix ferme.

Et pourtant, c'était la vérité : il ne l'aimait pas. Il ne faisait pas partie des gens pour qui les bébés sont tout à fait des êtres humains. Il n'était d'ailleurs pas le seul dans ce cas et il ne pouvait rien y faire.

— Mais tu le connais bien, après cette visite. Tu n'as jamais eu à lui reprocher de manquer d'affection, non ?

Paddy ne fit pas de commentaires. Il continuait de

réfléchir. Sa concentration avait presque quelque chose d'inquiétant.

— O.K., maman, laissa-t-il finalement tomber. Merci de m'avoir dit ça. Maintenant, les choses sont nettes.

Il sortit ses jambes de dessous les couvertures.

— Il faut que je me grouille un peu, sinon Mr. Hewitt va envoyer une escorte pour me chercher. Encore que je croie pas que je lui serai d'une grande utilité. Ce n'est pas mon petit voyage dans la grotte qui lui apprendra qui a assommé le père Trethuan et l'a flanqué à l'eau, pas vrai ?

— Oh ! A propos, cela me rappelle quelque chose, dit Phil, bien contente que la conversation eût changé d'objet. Tu sais ce que j'ai trouvé dans ta poche hier soir ?

Et elle tendit triomphalement la main. La petite pièce d'or brillait au milieu de sa paume.

— Oh ! Ça ? fit Paddy.

Il était visiblement déçu, mais quand il réalisa qu'il n'avait jamais vu une pièce de cette forme et de cette couleur, il s'exclama :

— Mince alors ! C'était donc ce truc-là ? Mais ça a l'air vachement précieux !

Il s'en saisit et l'examina avec étonnement.

— Tu sais ce que ça peut bien être, toi ?

— Tu es quand même un drôle de pistolet, répliqua Phil avec amusement. Tu commences par dire : « Oh ! Ça ? » avec mépris. Et puis tu la regardes avec des yeux ronds comme si tu ne l'avais encore jamais vue.

— Ben justement, je ne l'avais pas vue. L'obscurité était totale, je te l'ai déjà dit. C'est d'ailleurs pour ça que j'ai fini par renoncer et faire marche arrière. Mais la pièce, je l'avais déjà *sentie*.

— C'est donc dans ce fameux passage que tu l'as trouvée ?

— Oui. A un moment donné, je suis tombé et je me

suis retrouvé à quatre pattes. C'est là qu'elle s'est collée contre ma main. J'ai tout de suite compris que c'était une pièce de monnaie. Mais tout ce que j'ai pensé, c'est que si j'en héritais, c'était que quelqu'un qui avait exploré le passage avant moi devait avoir sa poche trouée. On dirait que c'est de l'*or*, ajouta Paddy sur un ton où perçait l'incrédulité. Tu crois que c'est possible ?

— Absolument. Les guinées et les demi-guinées étaient en or et celle-ci semble avoir été frappée du temps de la reine Anne. Pour en avoir le cœur net, tu devrais la montrer à quelqu'un du musée qui l'expertisera.

— Tu veux dire que ça vaut vraiment une guinée ?

Les yeux de Paddy, écarquillés sur des visions de fortune, avaient pour le moment perdu leur gravité et leur concentration.

— Elle vaut sûrement davantage si elle est authentique, et je ne vois pas pourquoi elle ne le serait pas. Mais il va falloir s'informer. Techniquement, c'est peut-être un trésor que tu as découvert.

Paddy adressa un sourire radieux à Phil.

— Mais il y en a peut-être encore d'autres. Qui sait si les contrebandiers n'en ont pas planqué des tas ?

Il était manifestement en train de se creuser le crâne et de tirer des plans sur la comète.

— Maman ! fit-il d'une voix douce et enjôleuse qu'il s'efforçait de rendre assurée.

« C'est le grand moment, songea Phil. Quoi que tu fasses, il ne faut pas marquer une ombre d'hésitation. »

— Maman, ça ne te ferait rien que je retourne là-bas pour voir ça de plus près ? Mais avec une lampe électrique, cette fois, naturellement.

Tous les deux étaient maintenant au pied du mur. Sachant qu'il l'avait fait à moitié mourir de peur et qu'elle avait à peine eu le temps de récupérer, et terrifié à l'idée qu'elle risquait de le traiter en bébé, mais conscient qu'il lui serait difficile d'accepter de revivre ces heures d'épouvante, Paddy ne réussissait pas tout à fait à adopter le ton dégagé qui s'imposait. Mais Phil ne devait à aucun prix le laisser se rendre compte qu'elle s'en rendait compte.

— Bien sûr que non, chéri, je n'y vois aucun inconvénient. Tu n'auras qu'à prendre la grosse torche de papa, la pile est toute neuve. Il ne faudrait surtout pas que tu te retrouves plongé dans les ténèbres. Mais est-ce que j'aurai droit à une commission si jamais tu deviens légalement le propriétaire de ce trésor ?

Un ange passa avant que Paddy, à la fois étonné et touché jusqu'au cœur par la confiance totale et sans réserve que lui témoignait ainsi Phil, soit en mesure de répondre d'une voix bourrue :

— Tu parles ! Ce sera moitié-moitié.

— La marée sera à son niveau le plus bas vers midi moins le quart. Tu pourras démarrer après dix heures. Aussi, si tu te dépêches d'aller voir Mr. Hewitt, tout sera réglé avant l'heure du déjeuner.

Phil était tranquille : un jour aussi merveilleux pour lui, il n'y avait aucun risque qu'il manque le déjeuner, même pour toutes les guinées qu'avait frappées la reine Anne !

— Je ferai attention, dit-il d'une voix encore plus bourrue.

Il enfila précipitamment ses pantoufles et fonça vers la porte. Mais il s'arrêta brusquement en tendant l'oreille quand il entendit dans la cour le grondement bien reconnaissable de la Porsche de Simon qui démarrait. Phil le vit se raidir en même temps que son visage retrouvait son expression résolue.

Elle aurait donné gros pour savoir ce qui se passait dans sa tête, mais sa physionomie ne trahissait rien de ses pensées. Pas le moindre indice ! Et son seul et énigmatique commentaire n'apporta guère de lumière :

— Je suppose que je dois être plus marrant maintenant, se contenta-t-il de dire en entrant dans la salle de bains.

Trois quarts d'heure plus tard, Paddy était dans le bureau de Hewitt.

— J'ai bien peur de ne pas pouvoir vous aider beaucoup, lui disait-il. En fait, je n'ai pas levé les yeux vers la Tête du Dragon et je n'ai pas vu âme qui vive avant que Dominic arrive en criant. Je n'ai vu personne tomber de là-haut, vous comprenez. Et je n'ai pas la moindre idée du temps qui s'est écoulé. J'étais en maillot comme d'habitude et je n'avais pas ma montre. Je suis désolé.

— A l'impossible nul n'est tenu. C'est comme ça. Inutile de te casser la tête, mon gars.

Si Hewitt, assis derrière son bureau fatigué, flanqué de George Felse et de Simon Towne aussi silencieux l'un que l'autre, n'était ni plus ni moins lugubre que d'habitude, il était nettement plus loquace.

— Et vous ne croyez pas que ce passage dans la grotte et cette guinée — si c'est réellement une guinée — aient quelque chose à voir avec Treverra ?

— Je n'ai pas dit cela, mon petit Paddy. Je pense que c'est peu plausible, mais je n'ai pas dit que c'était sans intérêt. Seulement, je n'ai pas le temps d'enquêter sur ce point aujourd'hui.

— Et si je retournais explorer à nouveau le passage moi-même, vous seriez d'accord ? Je n'ai pas beaucoup de temps non plus, vous savez. Je retourne au lycée lundi.

Le lycée où Paddy était pensionnaire était la meilleure boîte de la région. Son ombre assombrissait quelque peu sa dernière semaine de vacances, mais la rentrée aurait, au moins, l'avantage de le faire échapper à ses présentes difficultés. Il semblait qu'il n'avait pas posé un instant les yeux sur Simon depuis qu'il avait eu la surprise de le voir en entrant dans le bureau, mais pas une seule expression du visage sombre et tiré de ce dernier ne lui avait échappé. Il remarqua que Simon serrait les dents tout en décochant fugacement un coup d'œil inquiet à George.

— Ma mère m'en a donné la permission, annonça alors Paddy avec une dignité impressionnante.

— Je n'y vois pour ma part aucune objection, dit Hewitt sur un ton cordial. Vas-y donc. Je te souhaite bonne chance. Et préviens-moi si tu découvres où le trésor est enterré.

A ces mots, Paddy considéra avec un regard éloquent la pièce d'or posée sur le bureau et Hewitt la fit glisser vers lui d'un mouvement si décontracté qu'il paraissait spontané.

— Tiens, autant que tu conserves ton spécimen. Je ne doute pas que tu me le montreras si nécessaire.

Un sourire rayonnant aux lèvres, le garçon fit prestement disparaître la pièce scintillante dans les profondeurs de sa poche.

— Bien sûr, Mr. Hewitt, ça va de soi.

— Pourquoi n'emmènerais-tu pas Dominic avec toi ? suggéra Simon d'un ton dégagé. Tu lui dois bien cela.

— Il ne demanderait sûrement pas mieux que de t'accompagner, appuya Felse. Je vais vraisemblablement être occupé pendant un bon moment et s'il y a une chose dont je suis certain, c'est que Dom n'aura aucune envie de faire la tournée des boutiques de souvenirs avec sa mère. Tu devrais lui passer un coup de fil.

— D'accord, Mr. Felse. Et merci.

« Il pige au quart de poil, Mr. Felse, se dit Paddy en sortant du bureau. Mais pour un inspecteur, c'est normal. Il a compris le message d'oncle Simon en même temps que moi. Il ne voulait pas que je retourne seul dans la grotte. Maman me fait toujours confiance, mais pas lui. Il a peur qu'il m'arrive quelque chose. »

Du coup, Paddy fut sidéré : « Oncle Simon qui peut faire n'importe quoi mieux que n'importe qui, qui va partout, qui est prêt à affronter tout et le reste, qui ne sait pas ce que c'est que d'avoir peur... il a peur pour *moi* ! Il s'inquiète pour *moi*. Jusque-là, je lui donnais du "oncle Simon" mais je ne sais plus comment l'appeler maintenant. Je ne sais pas ce qu'il est.

« En revanche, je sais ce que je suis, moi. Je sais *qui* je suis. Et maman s'inquiète pour moi, elle aussi. Peut-être qu'elle a autant la trouille que lui — plus, même, parce que c'est une femme. Mais tout de même, elle m'a fait confiance, elle ne m'a même pas dit d'emmener Dominic avec moi.

« N'empêche que Dominic, on peut pas dire que c'est de sa faute. Bon. » Il ferait comme il avait dit. Il lui téléphonerait pour lui demander de l'accompagner dans la grotte. « Bien sûr, il est peut-être un peu monsieur-je-sais-tout, mais à son âge, c'est difficile de ne pas être comme ça. Et, hier soir, il a été impec. Il a eu le tact de s'effacer discrètement dès que le branle-bas de combat a commencé. La tournée des boutiques de souvenirs à l'usage des vacanciers... oui, il mérite bien de couper à cette corvée ! »

— Eh bien, nous ne sommes guère plus avancés, dit Hewitt lorsque Paddy eut refermé la porte et qu'on l'entendit dévaler l'escalier. Le contraire m'aurait d'ailleurs étonné. Nous avons donc toujours deux cadavres qui ne devraient pas se trouver là où ils se trouvent. Et, petit détail à ne pas oublier, un troisième, qui, lui, aurait dû être là brille par son absence. En ce qui concerne le plus ancien, nous n'avons pas grand-chose à nous mettre sous la dent. Avant tout, il va falloir l'identifier. D'après les premiers examens, il avait une trentaine d'années, mesurait dans les un mètre quatre-vingts et il était du genre costaud. Il avait les oreilles percées et un anneau en or est encore passé dans le lobe de l'une d'elles. Le corps ne présente pas de blessures sauf pour ce qui est du crâne, et il saute aux yeux que ces lésions sont la cause de la mort. Il semblerait qu'il a été frappé par-derrière à deux ou trois reprises avec un objet aux arêtes vives, vraisemblablement un morceau de rocher. Les lambeaux de vêtements qui subsistent laissent penser que c'était un marin — un pêcheur selon toute probabilité.

— Ce qui donnerait à penser que c'était sans doute un enfant du pays, dit lentement Simon.

— Pas obligatoirement, mais c'est néanmoins une probabilité qu'on ne doit pas négliger. Sa mort remonte à deux ou trois ans — en tout cas pas à deux siècles. Le seul élément d'identification sérieux dont nous disposons est sa mâchoire. Ses dents ont été parfaitement soignées, très vraisemblablement après une longue période de négligence. Le dentiste qui l'a soigné connaissait son travail et il a forcément un dossier. Autrement dit, il va falloir interroger tous les dentistes de la région, peut-être même plus loin. Nous finirons bien par mettre la main sur lui et alors, avec un peu de chance, nous saurons à qui nous avons affaire.

« Pour l'autre client, c'est différent. Celui-là, tout le monde le connaît. Il a été vu vivant pour la dernière fois mercredi à seize heures et, en se basant sur les rapports d'autopsie et sur les horaires des marées, il était déjà mort le même jour à vingt et une heures. Le coup — ou les coups — dont sa figure porte la trace n'a fait que l'assommer, ce qui était, semble-t-il, l'objectif de son agresseur. A part ça, il est à peu près indemne. Il est mort par immersion. Il avait de l'eau salée dans les poumons. On a transporté le corps dans le caveau Treverra. La clef de Miss Rachel était alors en votre possession, Mr. Towne, mais nous savons maintenant qu'il en existe une autre. Elle était accrochée dans un endroit où quiconque connaissant plus ou moins les lieux ou qui aurait bénéficié d'un coup de chance pouvait facilement s'en emparer. Ce qui n'est pas fait pour réduire le nombre des suspects, loin de là. Peut-être pensez-vous que seul quelqu'un qui ignorait qu'on allait ouvrir le caveau pouvait se dire que ce serait une bonne cachette où planquer la victime d'un meurtre. Mais même si l'on admet cette théorie — et, pour ma part, je n'y crois guère —, il nous reste encore une foule de suspects sur les bras.

« Notre client était un personnage peu sympathique qui vivait presque en reclus et qui tapait tellement sur les nerfs des gens qu'on ne demandait pas mieux que d'avoir le moins de rapports possible avec lui. Il va évidemment falloir vérifier avec le plus grand soin les faits et gestes de son gendre. Ce n'est en effet un secret pour personne que le jeune Jim s'est bien souvent querellé avec Trethuan avant d'épouser Rose, et les relations entre les deux hommes ont toujours été tendues, pour employer une litote, depuis leur mariage. Je ne veux pas dire pour autant que Jim Pollard fasse un assassin très vraisemblable, mais il lui arrive d'avoir des coups de colère et quand on perd son sang-froid, cela se produit souvent sans avertissement. Il y a dans son alibi des trous qui ne seront pas faciles à combler. Dans l'après-midi de mercredi, il s'est rendu au chantier au sud de Maymouth pour chercher du bois de charpente parce qu'il avait de petits travaux de réparation à faire chez lui. Ensuite, il est allé une ou deux fois en ville parce qu'il avait besoin de peinture et de différentes bricoles. Après quoi, il a, selon ses dires, travaillé jusqu'à une heure tardive sur un vieux bateau à l'ancre dans le port de Pentarno. Autrement dit, il a fait pas mal d'allées et venues, et il est loin d'être impossible qu'il ait eu une prise de bec avec le père de Rose pour peu qu'il soit tombé sur lui alors qu'il était de mauvaise humeur.

« Mais ce n'est là qu'une possibilité parmi beaucoup d'autres. Maintenant, si je vous demandais ce qui vous a paru le plus bizarre dans le comportement de Trethuan dans les jours qui ont précédé sa mort, que me répondriez-vous ?

Hewitt avait posé la question en regardant Simon, mais celui-ci demeura muet. Et quand son regard débordant d'innocence se posa sur George, celui-ci répondit par une autre question :

— Pourquoi était-il aussi vivement opposé à l'ouverture du caveau ?

— Excellente question ! Pourquoi ? Pour des raisons religieuses ? Par superstition ? Ça n'aurait rien d'étonnant de la part de ce personnage qui critiquait tout et qui jouait les prophètes de malheur. Mais il y avait forcément autre chose. Il était farouchement opposé à votre projet, Mr. Towne. Trouvez-vous que je vais trop loin en disant cela ?

— Non, cela m'a également frappé, répondit Simon.

— Alors, pourquoi ? Je sais à peu près tout ce qui se passe ici et je n'hésite pas à vous dire que je suis au courant du défi que vous avez lancé au bar du *Dragon* mercredi soir. Et j'ai constaté — et Mr. Felse aussi, si vous ne vous en êtes pas aperçu vous-même — que le caveau avait été soigneusement balayé et qu'on y avait répandu du sable avant mon arrivée et sans doute avant la vôtre. La contrebande est un vieux métier qui se perd dans la nuit des temps. Vous savez aussi bien que moi que c'est une profession toujours à l'honneur chez nous. Je doute fort qu'il y ait un seul débitant de boissons sur la côte qui ne serve pas de l'alcool clandestin. Nous savons que le caveau servait d'entrepôt, nous savons qu'il y avait une clef toute prête, celle que Sam Shubrough a innocemment trouvée par le plus grand des hasards quand il portait des culottes courtes. Et nous savons que les fraudeurs n'utiliseront plus cette cache maintenant qu'ils ont déménagé leur stock, si cela peut vous rassurer. Ils ne l'ont pas fait sous le coup de l'affolement. L'avertissement que vous leur avez discrètement donné n'est pas tombé dans des oreilles de sourds. Une fois prévenus, ils n'ont rien eu de plus pressé à faire que mettre la marchandise en lieu sûr. Et s'ils vous ont payé un verre aux frais de la maison pour vous remercier, je n'en serais pas autrement étonné. La seule personne que cette histoire a mise dans tous ses états était Trethuan. C'était un loup solitaire qu'une organisation de ce genre n'aurait jamais admis dans ses rangs. Et qui, d'ailleurs, n'aurait jamais cherché à poser sa candidature.

« Aussi, je ne crois pas que sa mort ait quoi que ce soit à voir avec je ne sais quelles activités de contrebande ou de trafic illicite. Croyez-moi, vous n'avez pas besoin de vous en faire pour les personnes, par ailleurs respectueuses des lois, qui n'ont pas le sentiment que passer quelques barils d'eau-de-vie en douce soit un péché. Je ne suis pas douanier et la fraude n'est pas mon affaire. Mon affaire, c'est le crime. Ce qui nous intéresse, c'est Trethuan et la raison pour laquelle il était d'une importance capitale à ses yeux que Treverra repose en paix... à supposer qu'il ait reposé dans ce caveau, ce qui, comme nous l'avons constaté, n'était pas le cas. Zeb craignait-il que la découverte de cette réserve d'alcool clandestin le mette directement en difficulté ? J'en doute. Non, je serais plutôt tenté de croire que s'il y avait quelque chose qu'il ne voulait pas qu'on trouve, cela n'avait rien à voir avec quelques caisses de brandy. Tout ce que l'on peut dire, c'est que c'était quelque chose d'autre qu'il avait planqué quelque part dans le caveau. Sinon, pourquoi se serait-il si vivement opposé à ce que vous l'ouvriez ?

— Et, ce quelque chose, pourquoi ne pouvait-il pas le dissimuler autre part ? fit George.

— Et où se trouve-t-il ? ajouta Simon. La sépulture est aussi nue que la paume de ma main, à l'exception des deux tombeaux de granit. Nous en avons déjà ouvert un. Il ne reste plus que celui de Morwenna.

— Je ne vous le fais pas dire, Mr. Towne. En l'occurrence, vous représentez les intérêts de Miss Rachel. A ce titre, je vous propose de procéder à l'ouverture du second tombeau. Le vicaire estime qu'il peut licitement approuver l'opération, puisque l'autorisation a déjà été accordée en ce qui concerne l'époux de Mrs. Treverra. Si vous êtes d'accord pour m'accompagner sans plus attendre à St. Nectan, nous pourrons au moins voir s'il y a dans le caveau quelque chose qui pourrait expliquer pourquoi Zeb Trethuan se comportait comme un homme aux abois.

— Excellente suggestion, dit Simon, les yeux brillant d'excitation. Si jamais le cercueil se révèle rempli de montres suisses qui n'ont pas payé de droits de douane, alors nous aurons un point de départ.

— En tout cas, si le précédent fait loi, dit George d'une voix lugubre, il y a une chose que nous sommes sûrs de ne pas trouver dedans : la défunte Mrs. Treverra !

Mais George se trompait. En effet, quand ils eurent délicatement posé par terre le couvercle du tombeau de Jan Treverra, puis soulevé à l'aide de leviers la mince dalle du second, gravée de vers sibyllins aux audacieuses fioritures, pour la déposer à son tour sur le sol à côté du premier, il n'y eut plus de doute possible : la dame était bien là.

On eût dit que c'était presque à contrecœur qu'elle émergeait de l'ombre. A la lumière des lampes, un fin nuage de poussière s'élevait dans l'air en même temps que montait une odeur âcre, une odeur morte et nostalgique comme si des fleurs séchées pas plus épaisses que du papier à cigarettes s'étaient désintégrées en une poudre impalpable. Un bref courant d'air fit fugitivement se gonfler et ondoyer les soies et les étoffes, mais elles s'affaissèrent, retombèrent et ne furent plus que des lambeaux secs comme de l'amadou.

Mais ce mouvement avait découvert le squelette de deux bras et de deux genoux figés dans un frénétique et vain effort, un crâne bien galbé qui s'arquait au milieu d'un fouillis de dentelles effritées et une chevelure jadis noire et luxuriante qui, désormais flétrie, n'était plus que l'irrévocable poussière de la mort.

Non, Morwenna ne reposait pas en paix. Se contorsionnant et luttant pour sortir de cette boîte, elle sembla un instant prête à se redresser en tendant les os fragiles de ses mains vers le petit groupe. Puis ses os commencèrent à s'effriter pour s'effondrer lentement au fond du tombeau où elle avait de toute évidence été enterrée vivante.

7

SAMEDI MIDI

— Ah ! C'est enfin vous ! s'exclama au téléphone Miss Rachel de son ton le plus belliqueux afin que son interlocutrice ne puisse soupçonner qu'elle pourrait être effleurée ne serait-ce que par l'ombre d'un remords. Il était temps ! Ma parole, disparaître comme cela sans rime ni raison, c'est quasiment de l'insubordination ! Et puis-je vous demander où vous êtes ?

— Je suis à l'*Hôtel du Dragon*. Vous m'avez dit qu'il était inutile de remettre les pieds chez vous, si vous vous en souvenez. Mais, en fait, j'ai téléphoné à Alice quand nous avons retrouvé Paddy. Ou plutôt, quand il est revenu. Il ne s'était pas perdu, il ne savait que trop bien où il était. Peut-être que personne n'a osé vous le dire, mais, moi, je vous le dis sans détour : tout ça, c'est votre faute. Je n'ai pas besoin de prendre des gants. Qu'est-ce que j'ai à perdre ? Vous m'avez déjà pratiquement flanquée à la porte.

— Il n'a jamais été question de cela, mais si vous ne rentrez pas immédiatement au manoir, vous êtes renvoyée, mademoiselle. N'importe comment, vous me devez un mois de préavis et, même si vous me donniez votre démission dans les formes, je ne l'accepterais pas. Alors, inutile de prendre ce ton arrogant. Est-ce que Paddy est là ? J'ai cru entendre sa voix.

Effectivement, on l'entendait rire nerveusement en fond sonore.

— Oui, il est venu chercher Dominic. Il veut aller quelque part avec lui et, si vous voulez savoir, je vais les accompagner. Moi qui adore les jeunes et beaux garçons, j'en aurai deux à la fois, voilà. Ne m'attendez pas pour le déjeuner, je ne rentrerai que bien après... Comment ?... Mais non, ne dites pas de sottises. Quand nous sommes arrivés, il était tard et comme j'étais très sale et que j'avais faim, j'ai accepté l'offre de Mrs. Felse qui m'a invitée à dîner et m'a donné de quoi me changer. Puis j'ai appelé Alice qui m'a dit que vous saviez qu'on avait récupéré Paddy sain et sauf et que, soulagée mais épuisée par ces heures d'inquiétude, vous vous étiez mise au lit. Alors, j'ai pensé que je ferais aussi bien de passer la nuit ici. Bunty a eu la gentillesse de me prêter tout ce dont j'avais besoin... Ah bon ? Vous n'étiez pas inquiète ? Dans ce cas, pourquoi vous comportiez-vous comme une poule qui a perdu ses poussins ?... Alors, expliquez-vous avec Alice. C'est elle qui m'a dit que vous grimpiez aux rideaux. Bien... je rentrerai dans l'après-midi... Oui, il va bien. Vous voulez lui dire un mot ?

Paddy prit l'appareil.

— Allô, tante Rachel, fit-il tout d'une traite sans reprendre sa respiration, je suis vachement désolé pour le reste des abricots, j'étais complètement paumé, mais j'avais l'intention de revenir. Y en aura qui seront encore valables demain ? Maman fait de la confiture avec... Non, ça m'est égal. Tout à fait égal. Je suis bien content... Oui, c'est vrai. Est-ce que Tamsin peut rester avec nous aujourd'hui ? C'est elle qui m'a retrouvé cette nuit. Enfin, elle était avec Dominic. En tout cas, je reviendrai le plus vite possible... Demain. Forcément, parce que je reprends l'école lundi, tu sais bien... O.K. ! je lui dirai. A bientôt, tante Rachel.

Paddy raccrocha.

— Elle me charge de vous dire qu'Alice a ordre de ne pas vous garder votre déjeuner au chaud, annonça-t-il avec un grand sourire.

— C'est parfait.

Tamsin prit Paddy et Dominic chacun par un bras.

— Comme ça, j'ai toute ma journée de libre. Et maintenant, en avant pour jouer les chercheurs d'or dans la grotte de Paddy.

Se tenant tous les trois par le bras, ils descendirent le cœur léger le chemin escarpé où Simon avait failli se rompre le cou sur le vélo de Paddy. En arrivant au port, ils achetèrent trois immenses barbes à papa et descendirent les marches en une procession de porteurs de flambeaux. Ils ne prêtaient attention à rien ni à personne. Seule comptait la joie des vacances après les heures sombres de la veille. Cependant, une jeune femme, qui sortait d'un pas pressé de l'étroite allée empierrée bordant les six pavillons de Cliffside Row passés au badigeon, fit halte en les voyant et se dissimula derrière les rochers jusqu'à ce qu'ils se fussent éloignés.

C'était presque marée basse et au-delà des lignes de galets, le sable fin et humide luisait au soleil. Le trio qui suivait bras dessus, bras dessous le bord de la falaise prit le temps de finir la barbe à papa avant de disparaître dans la gueule obscure du Trou du Dragon.

Quand Paddy se retourna pour jeter un dernier coup d'œil à la plage qui avait tout de la carte postale en couleurs, il remarqua l'éclat d'une autre barbe à papa au coin de l'allée sombre derrière les cottages et reconnut la mignonne petite nana rondouillarde vêtue d'un pull en shetland et d'un pantalon écossais. C'était Rose Pollard. Elle avait l'air — il n'aurait pas pu le jurer, mais c'était l'impression qu'elle donnait — de les guetter. Et d'hésiter. Quand elle bougea, ce fut pour s'enfoncer encore davantage dans l'ombre. Mais Paddy était sûr qu'elle était toujours là et son intuition, déjà plus acérée que d'habitude ce matin, l'avertissait qu'elle continuait à les observer.

— Mais ce n'est pas possible ! s'exclama Tamsin avec dépit. On a fait... combien ? presque un kilomètre sous terre et tout ça pour se retrouver brutalement devant un mur nu. Tu as dit toi-même qu'on avait creusé par endroits la pierre à coups de pioche. Donc, quelqu'un a aménagé le boyau pour des raisons précises. J'aimerais bien savoir pourquoi ça s'arrête brusquement alors qu'on n'est encore arrivé nulle part.

Dominic suivit des yeux le pinceau de la torche de Paddy qui glissait de la voûte au sol. Dire que c'était un mur nu n'était qu'une façon de parler. La réalité n'était pas aussi simple. Il s'agissait plus exactement d'un fouillis de roches entassées dans tous les sens qui fermait hermétiquement la petite salle à laquelle aboutissait le boyau qu'ils avaient emprunté. Mais le fait était là : il n'y avait pas le moindre interstice, la moindre faille par où ils auraient pu se glisser. C'était la fin du voyage.

— Peut-être que le passage n'allait pas plus loin, dit Dominic. Il y a suffisamment de place dans quelques-uns des recoins devant lesquels nous sommes passés pour y emmagasiner toutes les marchandises de contrebande qu'on voudra. L'ensemble constitue une excellente cachette. Et les trafiquants avaient peut-être même encore mieux dissimulé l'entrée quand ils l'utilisaient comme telle.

— Mais si la galerie leur servait de planque, rétorqua Paddy, ils n'avaient pas besoin de la creuser sur un kilomètre. Une centaine de mètres aurait suffi. Ils auraient pu décharger toute la cargaison d'un bateau dans la première niche. On ne s'amuse pas à se tailler un chemin d'un kilomètre dans la roche si ce n'est pas pour aller *quelque part*.

— Je dois admettre que ce que dit Paddy n'est pas

idiot, fit Tamsin d'une voix songeuse après un instant de réflexion.

— On a peut-être raté un tournant quelque part... un embranchement allant dans une autre direction.

— Il faudra regarder avec plus d'attention en ressortant. On aura le temps, il n'est guère plus de midi. En tout cas, ici, il n'y a rien.

Ils repartirent quand même un peu à contrecœur. Personne n'aime emprunter le même chemin pour faire marche arrière. Il est dans la nature humaine, Paddy l'avait déjà observé, d'atteindre à tout prix l'objectif qu'on s'est fixé, même si, à l'arrivée, on est le plus souvent déçu.

Des pierres plates avaient été délibérément disposées par endroits pour faciliter la marche. A la roche succédait par moments une sorte de tronçon de chaussée empierrée, et, quand l'étroit passage s'élargissait, on avançait sur une épaisse couche de fin sable gris. Grâce à leur torche, la marche était relativement aisée. Le sol était sec car il s'élevait très doucement en s'éloignant du Trou du Dragon.

— Où est-ce qu'on peut bien être ? demanda Paddy en éclairant les parois de roc qui s'allongeaient devant eux. La galerie fait un kilomètre. A cette distance, on a dépassé le col du Dragon. On devrait se trouver sous la partie la plus haute de la ville.

— Je ne pense pas que nous sommes allés aussi loin, objecta Dominic. A mon avis, on doit être quelque part sous les dunes, juste de l'autre côté de la Tête.

— Le chemin est tellement droit que c'est à peine si on a besoin d'une lampe, fit observer Tamsin en prenant avec satisfaction la tête de la colonne.

A peine avait-elle prononcé ces mots qu'elle trébucha sur une pierre qui, traîtreusement, sortait obliquement du sable, et elle poussa un cri de protestation quand elle se retrouva à quatre pattes.

Dominic et Paddy se précipitèrent pour l'aider à se

relever, mais la jeune fille resta un moment à s'essuyer les mains en contemplant ses collants d'un air maussade.

— Il ne manquait plus que cela ! grommela-t-elle, pas contente du tout. Maintenant, il va falloir que quelqu'un me paie une nouvelle paire de bas.

Il y avait effectivement une échelle sous son genou droit.

— Je vous en offrirai des neufs, fit généreusement Paddy. Comme ça, ma guinée aura au moins servi à quelque chose. C'est d'ailleurs à peu près comme ça que je l'ai trouvée, sauf que j'avais davantage d'excuses puisque je n'avais pas de lumière. Vous êtes sûre que ce n'est pas sur le trésor d'un pirate que vous êtes assise ?

— Dans ce cas, c'est que son trésor se composait de morceaux de granit. Mais il y avait quelque chose de pointu dans le sable. Regarde. Ça m'a écorchée.

Tamsin tâta le creux que son genou avait fait dans le sable et en extirpa un mince anneau de métal jaune dont les bords ne se touchaient pas tout à fait.

— La voilà, l'arme secrète ! En fait de trésor du pirate, c'est peut-être une boucle d'oreille perdue par un contrebandier.

L'anneau se mit à briller quand elle le frotta sur sa manche.

— Oui, c'est sûrement une boucle d'oreille. On dirait qu'elle est en or.

Ils examinèrent soigneusement chaque centimètre de la couche de sable avec la torche, mais ce fut peine perdue : ils ne trouvèrent rien d'autre. Il y avait bien ici et là des ouvertures dans les roches, mais toutes étaient désespérément vides.

A mesure qu'ils approchaient du Trou du Dragon, de minuscules filets d'eau commençaient à suinter des parois, formant un ruisselet par terre. Ils atteignirent enfin l'extrémité du tunnel donnant sur la mer. Comme l'ouverture n'allait pas plus haut que la cuisse, ils furent obligés de ramper avant de pouvoir se mettre debout.

Quand ils eurent descendu la pente schisteuse parsemée de coquillages que caressait la lumière de septembre, quelques gosses jouaient encore sur le sable, mais leurs parents et les grandes sœurs eurent tôt fait de les rappeler pour déjeuner. Le calme de midi envahissait les plages de Maymouth. La marée avait commencé à monter, mais la mer n'envahirait pas la caverne avant deux bonnes heures.

— Tu peux déjeuner avec nous si le cœur t'en dit, proposa Dominic à Paddy. Tamsin reste. Il n'y aura qu'à passer un coup de fil à ta mère pour l'avertir.

Mais Dominic avait fait cette suggestion sur un ton hésitant et il ne fut pas surpris par le refus poli avec lequel Paddy l'accueillit. Cela faisait trois heures qu'il n'avait pas vu sa mère et il y a des moments où trois heures, ça fait une petite éternité. De plus, il lui fallait démontrer, et pas seulement affirmer haut et clair, qu'il était un grand garçon qui tenait compte du mouvement des marées, et prouver qu'on pouvait lui faire confiance quand il déclarait qu'il ne prendrait plus ce genre de risques.

— T'es chouette. Je te remercie, mais je crois qu'il vaut mieux que je rentre à la maison.

— Comme tu voudras. Mais viens quand même prendre une glace avec nous avant de t'en aller.

Paddy ne se le fit pas dire deux fois. Ils grimpèrent le chemin escarpé qui montait à l'assaut de la Tête du Dragon et, quand ils l'eurent atteinte, attaquèrent le sentier de la falaise menant à l'hôtel.

— Mieux vaut que tu mettes ça avec ta guinée, dit Tamsin en sortant l'anneau d'or de sa poche. Je ne pense pas que cela ait une valeur folle, mais on ne sait jamais. Garde-le.

— Vous ne croyez pas qu'on devrait en parler à

Mr. Hewitt ? Je lui ai dit que j'allais jeter un nouveau coup d'œil à ce passage, mais ça n'a pas eu l'air de le passionner.

— C'est une question de priorités, dit Dominic avec gravité. Attends pour lui en parler qu'il ait le temps de t'écouter. Pour le moment, il est sûrement en train de suivre une douzaine de pistes et il y en a de plus urgentes.

Ils longèrent le bord herbeux de la falaise qui surplombait la plage et le port. A présent, tous les enfants étaient rentrés et la grève était déserte. Comme il balayait le paysage du regard, un mouvement attira soudain l'attention de Paddy.

Une silhouette avait jailli comme une flèche de l'étroite et sombre allée qui passait derrière les cottages d'opérette de Cliffside Row. C'était celle d'une femme qui prenait soin de rester dans l'ombre de la falaise. Un fichu noir dissimulait ses cheveux d'un blond lumineux, mais il reconnut tout de suite son pull fauve et son pantalon écossais. Elle courait tête baissée en serrant un paquet informe sous son bras. La corniche faisait une saillie et il la perdit de vue une minute. Quand elle se manifesta à nouveau, elle était presque arrivée au Trou du Dragon. Elle s'y précipita et disparut.

Paddy ouvrait déjà la bouche pour prévenir Dominic et Tamsin, mais au dernier moment il la referma et continua d'avancer en silence. Sans parvenir, toutefois, à chasser Rose Pollard de son esprit. Et plus il pensait à elle, plus il était persuadé qu'elle se préparait à se lancer dans la même expédition ce matin, mais qu'elle y avait renoncé quand elle les avait vus, Tamsin, Dominic et lui, descendre sur la plage et pénétrer dans la grotte. Elle les avait donc guettés pendant tout ce temps. Il se rappelait maintenant la petite silhouette raidie, figée dans l'immobilité, qu'il avait aperçue aux aguets dans l'ombre. L'entrée de la caverne était dégagée, la plage presque déserte. C'étaient donc eux qui avaient empêché Rose de faire ce qu'elle avait l'intention de faire. Il ne faisait pas de doute qu'elle les avait vus ressortir, regagner l'escalier menant au port et faire l'ascension de la falaise. Il n'y avait plus un seul gosse en vue. Pas un chat sur la plage. Elle pouvait enfin faire ce qu'elle voulait faire.

Mais quoi ? Il connaissait Rose depuis sa tendre enfance parce que sa mère l'embauchait de temps en temps comme baby-sitter et Paddy l'aimait bien parce qu'elle était gentille. Il la faisait tourner en bourrique, il restait debout aussi longtemps qu'il en avait envie, faisait un désordre pas croyable et refusait de se laver autre chose que le bout du nez. Rose ne ferait en aucun cas quoi que ce soit de dangereux ou d'illégal, et, même si jamais elle s'y essayait, elle ne serait pas assez maligne pour tenir le coup jusqu'au bout. A moins, peut-être, qu'elle soit capable de faire pour Jim des trucs qu'elle n'oserait faire pour elle-même ? C'était son père qui était mort et elle ne l'aimait pas plus que tous ceux qui le connaissaient. Et Jim le détestait à cause d'elle. Mais que tous deux aient pu faire quelque chose de mal, non. Ça, c'était impossible. Ils étaient trop ouverts. L'ombre, le secret, ce n'était pas leur genre. Rose, se balader dans les grottes ? Elle qui avait tellement peur du noir ? Qu'est-ce qu'elle pouvait bien faire dans la caverne ?

Quand il eut terminé sa glace, muet et perdu dans ses pensées, Paddy dit au revoir à Tamsin et à Dominic. Mais quand, invisible depuis la terrasse de l'hôtel, il eut rejoint le sentier, ce fut vers Maymouth qu'il se dirigea. Il se laissa témérairement glisser jusqu'au port sur l'herbe jaunissante de la fin de l'été, dégringola les escaliers et fonça tel un pigeon voyageur en direction de la gueule béante du Trou du Dragon.

Dès qu'il se fut glissé dans la grotte, son intuition l'avertit qu'elle n'était pas dans la vaste salle enténébrée. Il ne percevait pas le moindre écho. Seul parvenait à ses oreilles le sourd et omniprésent murmure de l'eau que les voix et les mouvements noyaient immanquablement. Elle avait pu descendre directement dans le port de Pentarno qui était encore à sec à cette heure-ci, mais il continua délibérément tout droit jusqu'à ce qu'il retrouve la lumière du jour. Son regard balaya alors l'étendue de la plage adossée aux dunes. Rose n'était nulle part en vue.

Il pressentait depuis le début où elle devait se trouver. Abandonnant la rigole qui coulait dans le sol, il escalada aussi silencieusement que possible les amas de rochers du fond pour atteindre l'entrée du boyau. Alors, il s'immobilisa, hésitant.

S'il continuait, il se retrouverait fatalement face à face avec elle et il se sentait incapable de précipiter une pareille rencontre avant de savoir, au moins, comment il affronterait cette situation. Il regarda tout autour de lui et finit par se résoudre à se glisser tant bien que mal dans une anfractuosité voisine où il s'accroupit, les bras noués autour de ses genoux et le cœur battant. Quoi que Rose fasse dans la galerie, elle n'y resterait pas longtemps. Elle serait bien forcée de battre en retraite par le même chemin avant que la marée ait envahi la grotte. Mais si elle ne venait pas, que faire ? Ressortir à temps et prévenir Jim ? Mais Jim était sûrement déjà au courant. Entre mari et femme, il n'y a pas de secrets. Alors, avertir Hewitt ? Ou rester pour s'occuper d'elle ? Mais non ! Il ne pouvait pas refaire encore le même coup à sa mère ! Plus il se creusait la tête, moins Paddy savait ce qu'il devait faire.

Ce fut Rose elle-même qui lui épargna la peine de prendre une décision. Avant d'avoir entendu le bruit de ses pas, il vit un mince pinceau de lumière filtrer à travers une fissure de la paroi rocheuse et tracer des spirales sur le sol de schiste. Elle se dépêchait, peut-être parce qu'elle redoutait la montée des eaux, bien que d'après ses calculs à lui elle eût encore largement le temps. Des galets grincèrent sous les pieds de la jeune femme. Elle courait d'une allure irrégulière. Puis il y eut un choc sourd quand elle se laissa choir pour s'introduire dans l'étroite ouverture. Le faisceau de sa lampe faisait des cabrioles chaque fois que sa main bougeait. Elle rampait avec acharnement sans se soucier du bruit qu'elle pouvait faire comme si elle avait le diable aux trousses. Quand elle se redressa, chancelant sur ses jambes, la lampe éclaira d'une lueur papillotante ses cheveux de lin libérés du foulard qui les dissimulait et qui était retombé sur ses épaules. Son visage encore enfantin, désespérément contracté, était un masque d'angoisse aux lèvres crispées. Ses joues étaient mouillées de larmes.

Passant devant Paddy sans le voir, elle dévala précipitamment la pente en trébuchant, la respiration hachée et coupée de sanglots légers, mais si affreux que les cheveux de Paddy se hérissèrent sur sa nuque. Le grincement des pierres sous les pieds de la jeune femme s'éloigna et ce fut à nouveau le silence.

Paddy resta un moment accroupi dans la même position, hésitant à sortir de sa cachette, ne voulant surtout pas qu'elle sache qu'il l'avait vue dans un tel état. Il trouvait maintenant sa propre attitude malhonnête. Il n'aurait jamais dû l'espionner ainsi. Mais ce qui était fait était fait. Et il n'avait pas voulu lui causer le moindre préjudice. Bien au contraire. Mieux valait ne rien dire à personne parce que Rose, si effrayée et si désespérée qu'elle fût, n'avait certainement rien pu faire de tordu. Elle était trop douce, trop gentille pour faire quoi que ce soit de mal. Le mieux était encore de rejoindre le côté de Pentarno par le Trou. Il allait devoir retrousser son pantalon et sortir en rampant parce que, là-bas, l'issue se trouvait une cinquantaine de centimètres au-dessous de celle qui donnait sur Maymouth. Bah ! S'il n'y avait que ça, ce ne serait pas grave. Il serait de retour à la maison avant que sa mère commence à s'inquiéter.

Il redescendit en hâte jusqu'au filet d'eau qui commençait à gonfler dans le canal et s'enfonça dans la grotte. Enfin, après avoir pataugé dans l'écume de plus en plus abondante, il posa les talons sur une surface solide. Il avait atteint la plage de Pentarno. Mais l'image de Rose Pollard, les bras écartés pour garder son équilibre, sa lampe dans la main droite, ne cessait de le hanter.

Une chose, en tout cas, était certaine. Quand elle était revenue de sa mystérieuse expédition, elle n'avait plus de paquet sous le bras.

8

SAMEDI SOIR

Phil débarrassait la table après le thé quand Hewitt appela.

— C'est pour toi, Simon, dit-elle en glissant la tête par la porte de la salle à manger. Hewitt m'a annoncé que le médecin légiste va venir examiner le cadavre de Morwenna Treverra. Il aimerait que Tim et toi soyez présents. Je suppose qu'il souhaite que la famille soit représentée pour qu'il n'y ait pas de plaintes ou de réclamations plus tard. Qu'est-ce que je lui dis ? Que tu seras là ?

Tous les trois levèrent la tête, même Paddy, sensible au changement d'atmosphère, qui sortit du calme inhabituel dans lequel il s'était enfermé. Tout l'après-midi, Tim et Phil avaient échangé des regards inquiets pardessus sa tête, se demandant combien de temps il fallait le laisser tranquille, quand il conviendrait de le secouer pour qu'il remette les pieds sur terre. Plongé dans ses pensées, cet enfant soumis, silencieux et d'une parfaite politesse, ne ressemblait en rien au garçon qu'il avait été jusque-là.

— Qu'est-ce que tu en penses, Tim ? Je ne prétendrai pas que ce sera le spectacle le plus plaisant qui soit au monde, mais si cela nous permet d'apprendre quelque chose, je crois que nous devrions y aller.

— D'accord, répondit sobrement Tim. Mais comme rigolade, il y a mieux.

— Bon. Il vous donne rendez-vous dans un quart d'heure à St. Nectan. Ils ne veulent pas la bouger, sauf si c'est absolument nécessaire. Je lui dis que vous y serez.

Tim dévisagea Paddy. Impossible de deviner ce que le petit avait dans la tête, mais il était visible qu'il en était toujours à essayer de digérer les chocs de la veille. Depuis hier, il n'avait pas dit un seul mot à Simon sauf lorsque celui-ci s'était directement adressé à lui et, d'un commun accord, tout le monde s'était abstenu de faire allusion en sa présence à l'inexplicable tragédie de Morwenna. Mais comme il faudrait bien qu'il réapprenne tôt ou tard à respirer le même air que Simon et trouve un compromis qui lui permettrait de vivre en sa compagnie, autant commencer sans plus attendra.

— Et toi, Paddy ? demanda Tim après un instant d'hésitation. Ça te dirait de nous accompagner ?

Paddy lui rendit son regard et un sourire indécis lui releva les lèvres.

— Si je comprends bien, ça veut dire que je n'entrerai pas ?

Mais il se leva avec un plaisir évident.

— Je préfère pas. Mais je t'expliquerai en chemin.

— O.K., p'pa. N'importe comment, je viendrai.

Il n'avait presque pas vu Tim aujourd'hui et il avait envie d'être avec lui.

C'était bon d'être assis à côté de lui dans la Mini et d'appuyer de temps à autre son épaule contre la sienne. C'était réconfortant. Et rassurant. Oui, il serait obéissant et raisonnable. Il ne demanderait pas de faveurs. Si on voulait qu'il reste dans la voiture pendant que les autres descendraient dans la sépulture, il n'en bougerait pas. Il n'irait même pas en douce en haut de l'escalier dans l'espoir d'entr'apercevoir fugitivement des bribes du spectacle interdit. Tout ce qu'il voulait, c'était faire plaisir à Tim. Avec sa mère, on peut se montrer expansif et exubérant, mais faire comprendre à un père les sentiments qu'on éprouve pour lui n'est pas aussi simple. Il faut employer les moyens du bord en espérant que ça marchera.

Ils suivirent le chemin creux jusqu'à la route du bord de mer qu'ils traversèrent pour s'engager sur le sentier qui serpentait entre les dunes. L'arôme des herbes fanées se fondait aux effluves de la mer. Cela sentait déjà l'automne.

— Je ne savais pas qu'on ouvrirait aussi le cercueil de Mrs. Treverra. Pourquoi ils l'ont fait ? Et quand ? Ce matin ?

Avant, ç'aurait été à Simon que Paddy aurait posé ces questions et il aurait bu ses paroles avec avidité comme un petit chien qui quémande un morceau de gâteau. Mais c'était maintenant à Tim qu'il les posait, de sa jeune voix grave avec une hésitation touchante.

— Ce matin, oui. Après ton départ, je suppose. Je n'étais pas là. Mr. Hewitt a estimé nécessaire de fouiller tous les endroits possibles du caveau parce qu'il doit sûrement y avoir quelque chose qui pourrait expliquer pourquoi Trethuan ne voulait pas qu'on l'ouvre. Et le tombeau de Morwenna était le seul endroit qui n'avait pas encore été visité. Voilà pourquoi on l'a ouvert.

Tim arrêta la Mini dans la cuvette de sable sillonnée d'ornières.

— Elle, elle est bien là, reprit Tim après un instant de silence, ce n'est pas comme l'autre. Bref, le légiste va nous dire si elle a bien été enterrée à la bonne date, *et cetera*, mais je crois qu'il n'y a guère de doute sur ce point. Mais ce qui est terrible, c'est qu'elle... enfin, elle ne repose pas en paix. Elle est... elle était tout habillée et elle a cherché à sortir de son cercueil. Elle... elle devait être encore en vie quand on l'a inhumée.

Ce sont des choses qui arrivent parfois. Cela s'est déjà produit.

Tim sentit l'épaule de Paddy se raidir tellement il était épouvanté et il essaya d'adoucir l'insoutenable vision qui l'horrifiait en la situant en son temps — deux siècles plus tôt — pour qu'elle ne soit plus qu'une sorte de rêve ou de chanson triste.

— A l'époque, on ne bénéficiait ni des connaissances ni des techniques modernes. Il pouvait arriver que l'on croie qu'une personne était morte alors qu'elle ne l'était pas. Nous savons aujourd'hui faire la différence. Mais il y a deux cents ans et plus, ce n'était pas possible. Les choses ne se sont pas tout à fait passées pour Morwenna comme tu l'imagines. La provision d'air que contenait le tombeau s'est vite épuisée et elle s'est endormie progressivement, tu comprends. Cela n'a pas duré longtemps.

Simon aurait aussi bien pu ne pas être là. Paddy se serra encore davantage contre Tim. C'était comme s'il n'y avait personne d'autre dans la voiture.

— On peut avoir l'impression qu'elle s'est farouchement débattue, mais ça a été très bref. Elle s'est très rapidement assoupie. Simplement, elle essayait de repousser le couvercle du cercueil et elle est restée dans la même position, mais elle avait perdu conscience. Elle dormait, c'est tout. Et quand elle est morte... Eh bien, tu as lu son épitaphe. Cela me fait penser qu'elle l'a écrite elle-même. Ne me demande pas pourquoi, je n'en sais rien. C'est comme ça, voilà tout.

— Elle m'a toujours paru si belle !

La voix pas encore adulte de Paddy était quand même peut-être d'un ou deux tons plus basse que d'habitude.

— Moi aussi. Elle le retrouvera, tu peux être tranquille. Une femme comme elle, ce n'est pas la mort qui peut l'arrêter.

La Mini redémarra et, braquant à gauche, s'enfonça

dans les dunes. Le petit lanterneau de St. Nectan se découpait nettement sur le ciel.

— Cela n'a rien eu d'horrible, laissa inopinément tomber Simon. Une odeur, un courant d'air et un peu de poussière, c'est tout. Elle était très petite, comme dans le portrait, et entièrement enveloppée dans une sorte de mante de voyage à capuchon. C'est, du moins, l'effet que cela m'a fait. Une opulente chevelure noire et des os absolument minuscules.

Paddy n'ajouta pas un mot. Il ne bougea pas de son siège quand Tim et Simon descendirent de la voiture arrêtée entre deux dunes. Il ne sortit de l'hébétude dans laquelle il paraissait plongé que lorsqu'il entendit d'autres voix. Alors, il tourna la tête. Hewitt s'approchait pour accueillir les arrivants. George Felse se tenait un peu à l'écart en compagnie d'un étranger qui ne pouvait qu'être le médecin légiste. Paddy les vit ouvrir le cadenas de la grille et descendre en file indienne l'escalier du caveau. Il entendit la lourde porte s'ouvrir, mais il ne bougea pas. Si la vitre de la portière n'avait pas été baissée, il n'aurait pas entendu le chœur d'exclamations consternées qui s'éleva.

Il se passait quelque chose de pas normal. Quelque chose à quoi ils ne s'étaient pas attendus. La première réaction de Paddy fut de tendre la main vers la poignée, mais, le geste à peine amorcé, il ramena son bras en arrière, redoutant de connaître la vérité.

Mais on ne peut pas refuser de savoir sous prétexte que cela risque d'être désagréable. Si, par exemple, quelqu'un d'autre a besoin de savoir ? Quelqu'un à qui vous tenez et qui ne sait pas encore tout ce que vous savez ?

Prenant sur lui, Paddy mit pied à terre et se glissa à pas de loup jusqu'à la grille de la sépulture. Par la porte béante du caveau, il n'apercevait qu'un coin du tombeau vide de Treverra, la moitié de la silhouette de George Felse et celle de Tim qui lui cachaient le pied du second tombeau. En revanche, les voix lui parvenaient, claires et distinctes.

— Ça n'y était pas ce matin, disait Hewitt. Il n'y avait rien dans sa tombe à elle. A l'exception de Mr. Rossall, nous pouvons tous nous en porter garants.

— Il n'est pas possible que cela nous ait échappé, renchérit Simon. Si nous n'avons ni touché ni dérangé le cadavre, nous avons tout examiné avec la plus grande attention. Et il n'y avait rien de tout ça. Rien !

— Mais si vous aviez tout le temps les deux clefs en votre possession et si vous avez bien fermé ce matin, cela semble impossible, fit une autre voix faussement douce — celle de l'étranger.

— C'est foutrement impossible, mais c'est pourtant comme ça !

C'était la première fois que Paddy entendait Hewitt parler sur un ton exaspéré.

— C'est bien réel, non ? Il n'y avait strictement rien de tel à onze heures du matin. Et c'est là, éparpillé tout autour d'elle, à six heures du soir. Et je vous le dis — je me le dis aussi à moi-même : la porte est restée tout le temps fermée et les deux clefs n'ont pas quitté ma poche. Alors, qu'on m'explique pourquoi quelqu'un, coupable, innocent, fou ou tout ce que vous voudrez, a apporté ça ici et l'a laissé pour que nous le trouvions ?

Suivit un bruit qui faisait penser au tintement de la petite monnaie dans le sac que secoue une dame quelque peu négligente, et la main de Hewitt apparut l'espace d'un instant dans le champ de vision de Paddy. Il brandissait une poignée de piécettes et de bijoux qui avaient sans discussion possible, malgré l'usure du temps, le lustre et l'éclat de l'or ancien.

A nouveau tapi sur le siège du passager, Paddy se tenait la tête entre les mains. Il sentait que son crâne ne tarderait pas à éclater s'il se pressurait trop la cervelle. Une petite guinée dans le sable au milieu du boyau souterrain et une poignée d'autres dans le cercueil de Morwenna. La porte fermée, les deux clefs entre les mains de la police. C'était impossible. A moins — c'était la dernière chose qu'il avait entendue avant de filer — à moins qu'il n'y ait une autre clef.

Ou bien une autre porte ! Personne n'avait dit ça, mais cette idée l'obnubilait. Pas une porte ordinaire. Non, une porte dérobée. Tout ce qu'il y avait de dérobée. Et tout ce qu'il y avait de difficile à trouver.

Pendant la randonnée souterraine, il avait pratiquement perdu tout sens de l'orientation, mais Dominic avait dit... il avait dit : « Quelque part sous les dunes. » Paddy traça une ligne imaginaire reliant l'église et la Tête du Dragon et s'efforça d'en évaluer la longueur. Oui, c'était possible. Il ne pouvait pas en être autrement, parce qu'il n'y avait pas d'autre explication possible.

Les autres restèrent près d'une heure dans le caveau. Paddy, lui, ne bougea pas de la voiture. Pour la bonne raison que s'il les épiait, ou même s'il les interrogeait à leur retour, ce serait du donnant donnant : il serait bien forcé de leur dire un certain nombre de choses en échange. Et, ça, il ne le pouvait pas. Pas encore. Pas sans l'accord de tierces personnes. Non, il n'y avait qu'une chose à faire : aller directo chez les Pollard, leur dire ce qu'il savait et tenter de leur faire comprendre que c'était maintenant à eux de prendre le relais.

Mais rien ne l'empêchait de se servir de ses yeux quand les cinq hommes émergèrent enfin du caveau. Hewitt alla à sa voiture et prit dans le coffre un petit tapis de sol avec lequel il redescendit. Lorsqu'il remonta pour la seconde fois, il serrait le tapis de sol roulé en boudin sous le bras. Cette espèce de balluchon aurait pu renfermer trois livres de farine, mais cela avait l'air d'être beaucoup plus lourd. Aussi lourd qu'un de ces petits sacs à lacets qui servaient de bourses au XVIIIe siècle, par exemple. Et cela avait en tout cas le même aspect que le paquet informe dont Paddy avait vu Rose chargée vers midi.

Quand Tim reprit sa place au volant, il s'attendait à essuyer une avalanche de questions. Mais Paddy ne lui en posa pas une seule.

— Alors, tu ne veux pas savoir si c'est réellement Morwenna ? lui demanda-t-il, inquiet de cette absence de curiosité si peu dans la nature du garçon.

— Si, bien sûr. Mais je pensais que tu me raconterais tout au moment voulu. Je ne veux pas franchir la ligne jaune que tu as tracée.

— Tsst ! tsst ! Je ne te savais pas si respectueux de la parole donnée. Tu ne couverais pas quelque chose, par hasard ?

Tim mit le contact. La Mini roula doucement jusqu'à l'église et rejoignit la route en suivant la voiture de police.

— Oncle Simon est monté avec eux, cette fois ?

— Oui, il voulait parler avec le légiste. Nous sommes à peu près sûrs que c'est bien le cadavre de Morwenna. Tout correspond. L'âge, le temps écoulé depuis l'inhumation, la taille et la conformation. Il n'y a pas de raison de penser que ce soit quelqu'un d'autre. Il va encore falloir analyser les tissus et procéder à quelques examens complémentaires, mais il ne semble pas qu'il puisse y avoir le moindre doute.

— Où est-ce qu'on va, maintenant ?

— On retourne au commissariat pour faire le point. Mais, si ça t'ennuie, je peux te ramener d'abord à la maison ?

— Non, fit vivement — presque trop vivement — Paddy. Dépose-moi simplement en ville. Il y a quelqu'un que j'aimerais bien voir pendant que tu seras à ta conférence avec les officiels.

L'horloge de l'église sonnait la demie de sept heures quand Paddy toqua à la porte du second cottage rose de Cliffside Row. Il fit aussitôt un ou deux pas en arrière, regrettant presque d'avoir frappé, car les conséquences de ce toc-toc se manifestèrent avant même qu'on lui eût ouvert. Quelque chose — un verre, apparemment — se fracassa en tombant sur le carreau. Une femme poussa un petit cri de frayeur et une voix d'homme bougonna :

— Mais ça ne va pas, aujourd'hui, bon Dieu ? On croirait que c'est un coup de canon qui vient de péter ! C'est seulement la porte. Qu'est-ce qu'il t'arrive ? S'il y a quelque chose qui ne va pas, j'aimerais mieux que tu me le dises. Non, laisse. J'y vais.

Quelques secondes plus tard, la porte d'entrée s'ouvrit à la volée.

— Qu'est-ce que c'est ?

Jim Pollard, les sourcils froncés, considéra le visiteur d'un air qui manquait pour le moins d'amabilité.

— Ah ! C'est toi... le petit Rossall. Qu'est-ce que tu veux ?

Il était déjà moins renfrogné, mais avait visiblement hâte de se débarrasser de l'intrus pour reprendre la scène que sa femme et lui jouaient dans le salon de cette maison de poupée. Le coup frappé à la porte n'avait rien été de plus qu'un signe de ponctuation. Paddy se sentait tout petit, tout seul, et commençait à avoir des doutes qu'il n'avait pas deux minutes plus tôt pour ce qui était de l'harmonie sacrée des ménages. Mais maintenant qu'il avait pris l'initiative, il n'y avait plus moyen de faire marche arrière.

— Je voudrais vous parler... à vous et à Rose, s'il vous plaît. C'est très important.

— Mrs. Pollard, si ça ne t'écorche pas la bouche, hein ? Eh bien, qu'est-ce que tu attends pour entrer ?

— Excusez-moi. Elle veut bien que je l'appelle Rose, mais si ça vous déplaît, je dirai Mrs. Pollard.

Paddy entra et Jim referma la porte derrière lui. Dans le minuscule coin cuisine au fond du couloir, Rose, armée d'une pelle à poussière et d'une balayette, ramassait fébrilement les débris du verre qu'elle avait laissé tomber. Elle lança un coup d'œil furtif à Paddy et sembla soulagée, mais quand elle s'approcha, son regard était évasif et ses mains mal assurées.

— Bonjour, Paddy, fit-elle. Qu'est-ce qui t'arrive ?

— A moi ? Rien, répondit-il, décidé à aller droit au but et à foncer tête baissée. C'est de *vous* qu'il s'agit. Si je suis venu, c'est pour vous dire que je sais où vous êtes allée ce matin. Et ce que vous avez fait. Je vous ai vue descendre dans le Trou du Dragon avec un paquet et je sais où vous l'avez laissé. C'est bête de vous conduire comme une coupable alors que vous n'avez rien fait de mal, vous ne trouvez pas ? Mr. Pollard, il faut que vous la décidiez à aller tout raconter à la police. C'est le mieux, je vous assure. Les pièces d'or et les bijoux, je suis au courant. Je sais qu'elle les a rapportés...

Poussé par son impétuosité, Paddy était allé plus loin qu'il ne le voulait. Il se tut brusquement et ce fut soudain le silence. Un silence stupéfait pour l'un, le silence du désespoir pour l'autre. Et l'enfer, un mini-enfer qui demeurait enclos entre les quatre murs, se déchaîna. Rose éclata en sanglots et se laissa choir dans un fauteuil, la tête contre le dossier. Jim, bouche bée, la regarda, regarda Paddy, puis, poussant un cri de fureur étouffé, de sa main droite dure comme une bêche flanqua une taloche sur son oreille si brutalement que le jeune garçon fut projeté contre le mur, au grand dam d'un des ravissants calendriers des postes dont Rose faisait collection — un adorable bébé aux cheveux d'or tendant un bouquet de myosotis — qui se décrocha et dont le verre se brisa en mille morceaux.

— Sale petit moutard ! gronda Jim entre ses dents. Alors, comme ça, tu as l'audace de venir chez moi pour raconter des mensonges sur ma femme ! Et la menacer de la police, espace de...

Personne n'avait jamais frappé Paddy comme ça et, au lieu de calmer son ardeur, cela ne fit que l'emplir de fureur.

— Je ne l'ai pas menacée ! s'exclama-t-il rageusement en portant la main sur sa joue endolorie. Je n'ai pas raconté de mensonges, j'ai dit...

— J'ai parfaitement entendu ce que tu as dit. Qu'elle avait volé de l'argent et des bijoux...

— Arrêtez ces conneries ! s'époumona Paddy que la fureur étranglait. Je n'ai jamais dit qu'elle les avait volés. J'ai dit qu'elle les avait *rapportés* ! Vous ne pourriez pas écouter, non ?

C'était là un langage que ni ses parents ni ses professeurs n'auraient approuvé, mais il eut pour résultat de pétrifier Jim qui se préparait à lui envoyer un méchant coup de poing sur le menton. Ce fut comme si Pollard avait brusquement le souffle coupé. Ses bras retombèrent tandis que sa physionomie passait tour à tour du doute à la consternation, puis à la suspicion.

— Laisse-le, Jim, l'implora Rose d'une voix indistincte entre deux sanglots. Il ne nous veut pas de mal.

Jim se tourna vers sa femme.

— Ça, alors, c'est un peu fort ! Apparemment, le seul type qui n'est pas dans le secret des dieux, c'est moi. Eh bien, je vais les connaître, tes petits secrets, et vite fait, encore ! Peut-être qu'il y a quelque chose dans ce qu'il dit, ce môme, après tout. Tu as une drôle d'attitude depuis deux jours et il se pourrait bien que ça cache quelque chose de pas normal. Quelque chose à quoi tu es mêlée. Dans ce cas, je veux savoir de quoi il s'agit. Et tout de suite !

Maintenant, son ton était d'un calme inquiétant. Empoignant par les épaules Paddy toujours collé au mur, il le laissa retomber sans ménagement dans un fauteuil.

— Si je t'ai flanqué une baffe et que tu es réglo avec moi, je le regrette, mon gars. Mais je veux d'abord savoir de quoi il retourne. Alors, tu vas tout me raconter. Ça fait je ne sais combien de temps que j'essaie de la convaincre de me dire ce qu'elle a sur la patate, mais elle m'envoie sur les roses à tous les coups, soi-disant qu'elle n'a rien, et elle n'arrête pas de tourner en rond comme un canard affolé dans la tempête. Alors, moi, j'en ai jusque-là. Si tu sais quelque chose, parle, et qu'on sache enfin où on en est.

Paddy prit une profonde inspiration et se mit en devoir de raconter ce qu'il savait et ce qu'il avait deviné. Rose, silencieuse et épuisée, cachait toujours son visage.

— Je suis venu vous dire, conclut-il sur le ton de la dignité offensée, que je sais très bien que vous n'avez rien pu faire de mal et que c'est complètement idiot de vous conduire comme si c'était le contraire. Je ne sais pas ce qu'il y a derrière tout ça. Tout ce que je sais, c'est que vous allez avoir de drôles d'ennuis si vous continuez vos cachotteries. La seule chose à faire, c'est d'aller dire à la police tout ce que vous savez. Il n'y a pas d'autre moyen de vous en sortir.

— C'est vrai, ce qu'il dit, Rose ? Est-ce que tu...

Un nouveau flot de larmes jaillit des yeux de la jeune femme, mais elle les essuya avec la détermination stoïque née du désespoir.

— Il fallait que je m'en débarrasse. Ça ne pouvait pas rester dans la maison. Je ne voulais pas que tu saches. Je n'y étais pour rien et toi encore moins. Je voulais te tenir en dehors de cette histoire.

— Va te passer de l'eau sur la figure et refais-toi une beauté, dit Jim. On va aller à la police. Tout de suite.

Il décocha un regard sévère, mais à présent dépourvu d'animosité, à Paddy.

— Tous les trois, ajouta-t-il en martelant les mots.

— Oui, c'est vrai, il y a une entrée. Je vous la montrerai.

Rose, le visage pâle, était assise droite comme un I sur une des inconfortables chaises du bureau de Hewitt.

— Il suffit de pousser sur le bon côté de la bonne pierre du caveau. Mais comme elle est placée, on ne peut pas s'appuyer dessus par hasard. C'est une des dalles du coin. Elle pivote le long d'un barreau qui va du sol à la voûte et qui date de la construction de la sépulture. Mais elle ne tourne que dans un seul sens et quand on ne sait pas de laquelle il s'agit, il n'y a pratiquement pas moyen de la trouver en sortant du tunnel.

« C'est vrai quc jc suis allée là-bas comme Paddy vous l'a dit. Je voulais remettre tout ça dans la tombe de cette pauvre dame — mais ces bijoux et le reste, je ne les ai jamais volés. Je voulais seulement les rendre et je ne voyais pas comment faire autrement. Mon idée, c'était de les jeter comme ça dans le caveau parce que je n'aurais pas pu déplacer la pierre. Mais elle... elle... vous l'aviez découverte. Je l'ai vue...

Rose se prit la figure entre les mains et lâcha un sanglot hystérique. Son regard fixe était horrifié. Jim posa la main sur son épaule et lui caressa furtivement le cou de l'index. Ce geste de tendresse inattendu eut pour effet de la calmer. Il lui rappelait qu'elle avait sa vie à vivre. La mort, c'était bien loin, et elle était capable de faire face et de se battre si les événements menaçaient son mode d'existence ou celui de Jim. Elle posa fugitivement sa joue sur la main de son mari. Les autres le virent et ne purent s'empêcher d'être émus.

— Comment se fait-il que vous connaissiez le passage souterrain et le moyen d'entrer dans le caveau ? demanda Hewitt de ce ton neutre qui se révélait si profitable.

— C'est mon père qui m'a montré.

— Et comment l'avait-il découvert ?

— Je ne sais pas. Par hasard, je suppose. C'était un fouineur et il passait son temps à fureter un peu partout. Ça devait forcément arriver un jour ou l'autre à quelqu'un et il s'est trouvé que c'est tombé sur lui. Il ne m'a jamais dit comment il l'a trouvé, mais le fait est qu'il l'a trouvé. Il y a quelque chose comme trois ans de ça. Il a commencé par rapporter chez lui des petites choses qu'il cachait, mais la maison n'était pas grande et ce n'était pas facile de les cacher. Et puis, moi, je suis curieuse. J'ai cherché ses trucs. J'ai trouvé des boutons en or. Mais je ne savais pas que c'était de l'or avant qu'il me le dise.

— Ainsi, vous l'avez interrogé sur ces objets ?

— Oui. Au début, il ne voulait rien me dire, mais il a fini par céder. Il a commencé par m'en montrer quelques-uns. Une fois un anneau, une autre fois trois pièces d'or. Et puis, un jour, il m'a emmenée avec lui et il m'a montré le passage souterrain et comment on pouvait pénétrer par là dans le caveau. C'était la première fois que je voyais les cercueils. Il m'a expliqué que c'était dans le plus petit, celui de la dame, que se trouvaient les choses qu'il rapportait à la maison. Moi, je ne voulais pas être mêlée à ça. Je l'ai supplié de tout remettre là où il l'avait pris et de ne plus toucher à brien, mais il n'a jamais voulu tenir compte de mes prières. J'avais peur, mais je ne voulais parler de ça à personne. Est-ce que je pouvais dénoncer mon propre père ? A personne, même s'il y avait eu quelqu'un d'assez proche de moi à qui j'aurais pu parler.

Rose caressa la main de Jim, toujours posée sur son épaule.

— Et, à l'époque, il n'y avait personne.

— Est-ce que, à votre connaissance, il a vendu quelques-uns des objets provenant du tombeau ?

— Oui, il a commencé à en vendre. Je crois qu'au début il ne savait pas trop quoi en faire, mais au bout d'un certain temps, il s'est mis en cheville avec un pêcheur qui me faisait la cour, un type bizarre. Ruiz, il s'appelait. Il était espagnol. Enfin, d'origine espagnole. En fait, il avait toujours vécu en Cornouailles et ses parents aussi. Mon père s'est mis à encourager ses avances. Il voulait que je sois gentille avec lui, mais il ne me plaisait pas trop. Il a fini par devenir le grand copain de papa, ce qui était drôle parce que papa n'avait pas beaucoup d'amis. Ils faisaient tout le temps des virées ensemble. Je pensais que Ruiz passait peut-être de la marchandise à l'étranger pour lui. Il connaissait des tas de gens en France et en Espagne. Il parlait d'ailleurs le français et l'espagnol. Cela a duré à peu près six mois comme ça, et puis ils se sont fâchés. Selon moi, c'est peut-être parce que Ruiz devenait plus gourmand et qu'il menaçait de laisser tomber s'il ne touchait pas une plus grosse part du gâteau.

— Ils parlaient de leurs petites affaires devant vous ?

— Non. Sauf le jour où ils se sont chamaillés. Et encore, ils n'ont pas dit grand-chose. Ruiz est parti furieux en claquant la porte. Alors, mon père est allé le rechercher et ils ont passé le reste de la soirée à discuter en tête à tête. Mais Ruiz a disparu en mer peu de temps après. Il était allé pêcher un jour de forte houle, je ne sais pas si vous vous rappelez, et son bateau n'est jamais rentré. On a retrouvé son corps quelques semaines plus tard à l'Ossuaire. J'espérais que maintenant qu'il n'était plus là pour revendre ce qu'il récupérait dans le tombeau, mon père mettrait fin à ce petit jeu et, effectivement, je pense que pendant près d'un an il s'est tenu tranquille. Et puis, il a recommencé à rapporter des choses à la maison. De temps en temps, il disparaissait deux jours de suite sans jamais me dire où il allait.

— Et où supposiez-vous qu'il allait ? Vous deviez bien avoir une petite idée ?

— Non, je ne savais pas. Pas exactement, mais je pensais qu'il s'était mis à vendre les bijoux lui-même, qu'il faisait la tournée des boutiques d'antiquités et des magasins du même genre. Quand j'ai cherché à l'en dissuader, il s'est borné à me dire que je ferais mieux de ne pas raisonner comme une andouille. Et c'est justement à ce moment que Jim est entré dans ma vie.

Rose avait rougi en prononçant le nom de son mari.

— On s'est un peu crêpé le chignon avec papa parce qu'il ne voulait pas être privé de sa petite ménagère, mais nous avons finalement décidé de nous marier. Et j'étais heureuse de m'en aller et d'avoir ma maison à moi.

Hewitt, jouant placidement avec son stylo, considéra Rose de son expression la plus bienveillante, mais toujours aussi impénétrable.

— Mais cela ne l'a pas empêché de continuer, n'est-ce pas ?

— Si. Jusqu'à la semaine dernière.

Elle réfléchit en se mordillant la lèvre.

— C'était lundi... il y a cinq jours. Jim était sorti et j'étais seule chez nous. Papa est venu avec un sac plein de choses — des pièces de monnaie, des bagues... Tout ce qu'il lui restait, il m'a dit. Il voulait que je les lui garde. J'aurais dû refuser, je sais, mais il me faisait peur. Et quand on a eu peur de quelqu'un toute sa vie, on ne peut pas arrêter d'une minute à l'autre. Il m'a prévenue que, si je refusais, il se vengerait sur Jim. J'ai pensé que le plus simple était encore de cacher son sac dans un coin jusqu'à ce que je trouve une solution. Et puis, hier, vous êtes venu nous annoncer qu'il était mort.

Il y avait maintenant de l'angoisse dans les yeux de Rose fixés sur le commissaire.

— Et il était évident que vos hommes allaient poser des tas de questions à tout le monde sur Jim et sur moi. J'étais terrifiée à l'idée que si jamais vous décidiez de perquisitionner, vous trouveriez tout ça chez nous. Il fallait que je me débarrasse de ce sac et le meilleur moyen me paraissait encore de remettre ce qu'il contenait là où papa l'avait pris. C'est ce que j'ai fait. Seulement, elle... ça, je ne pourrai jamais l'oublier... quand je l'ai vue...

— Tu aurais dû tout me dire au lieu de te lancer dans une aventure pareille sans m'en parler, fit Jim sur un ton réprobateur.

— Jim a toujours tout ignoré. Il ne savait pas que les bijoux étaient chez nous. Et c'était contre mon gré. Je ne voulais à aucun prix être mêlée à cette histoire.

— Bon, Rose. Maintenant, vous avez fait ce que vous auriez dû commencer par faire immédiatement. Et si jamais vous vous retrouvez un jour dans des embrouilles comparables, je vous conseille de venir tout de suite tout me raconter avant de risquer d'attirer les soupçons sur vous. Cela dit, il y a une chose que vous pouvez faire pour nous aider — en plus de nous indiquer comment on peut entrer dans le caveau en passant par le souterrain. Est-ce que vous vous rappelez ce que votre père avait rapporté chez lui pendant tout ce temps ?

— Oui, en partie. C'étaient des bijoux très anciens. Ils étaient différents de ceux qu'on fabrique maintenant.

— Parfait. Quand vous serez rentrée, tâchez d'établir la liste de ceux dont vous vous souvenez en les décrivant de votre mieux pour qu'on tente de les retrouver. D'accord ?

— Oui, Mr. Hewitt, j'essaierai.

— Et si vous voulez vivre tranquillement, n'ayez

plus de secrets pour votre mari. Bien ! Demain, j'aurai peut-être encore quelques questions à vous poser, mais, pour l'instant, je vous laisse vous reposer et réfléchir. J'aimerais que vous restiez avec elle, Jim. Snaith va vous amener à la vieille église où je vous rejoindrai dans quelques minutes. Après, vous pourrez rentrer tous les deux. Et surveillez-la de près, hein ? Qu'elle ne recommence pas à faire des sottises.

— Vous pouvez être tranquille, dit Jim sur un ton sévère en tirant furtivement sur une mèche de Rose.

Avant de sortir, il s'arrêta en face de Paddy et considéra d'un air dubitatif, mais pas particulièrement embarrassé, la joue enflée du garçon où l'on voyait encore la marque qu'avaient laissée ses cinq doigts. Paddy paraissait fatigué, étourdi et assommé, mais pas mécontent. Il lui rendit son regard — un regard qui n'avait rien de vindicatif. Un regard qui le jaugeait, simplement. Le courant passait entre eux. Ils sympathisaient. Certes, Paddy redoutait que Jim lui fasse des excuses, ce qui aurait eu pour effet d'attirer l'attention de tout le monde sur la baffe qu'il avait encaissée.

Il aurait dû savoir qu'il n'avait pas de bile à se faire.

— Merci, mon pote, dit calmement Pollard. Un autre jour, je te donnerai ta chance. Comme ça, on sera quittes.

— O.K., mon pote, répondit Paddy, le masque impénétrable, tout en cherchant l'angle idéal sous lequel son poing s'abattrait sur la mâchoire de Jim. Je ne la laisserai pas passer.

Jim l'observa d'un œil critique.

— Tu seras à peu près mûr pour ça d'ici trois, quatre ans.

Paddy manquait encore un peu de muscle, mais question allonge et rapidité, il ne craignait personne. Et pour ce qui était de l'ardeur, il en avait à revendre.

— Je pense aussi.

Ce fut sous le signe d'un respect mutuel qu'ils se séparèrent.

A peine la porte refermée, et quand le bruit des pas du couple ne fut plus qu'un écho lointain, ils s'étirèrent, se levèrent et se rapprochèrent du bureau, tout à la fois soulagés et surpris. Tous posaient des questions.

— Vous croyez l'histoire qu'elle nous a racontée ? demanda Simon à Hewitt.

— Oui, j'y crois. Pour la plus grande part, en tout cas. Jim est peut-être assez finaud pour avoir fait semblant de ne rien savoir, mais j'en doute.

— Il ne savait rien.

C'était avec autorité que Paddy intervenait. N'était-ce pas grâce à lui et à lui seul que les événements avaient pris cette nouvelle tournure ?

— Quand je suis allé les voir, c'était la bagarre. Elle était en pleine crise de nerfs et lui essayait avec presque autant de frénésie de lui tirer les mots de la bouche. Pourquoi aurait-il joué la comédie puisqu'ils étaient seuls et sans témoins ?

— Je suis prêt à admettre ce point de vue, lui accorda Hewitt. Rose nous a éclairés sur beaucoup de choses, mais qui a assassiné son père ? Cela reste toujours un mystère. Jusqu'à présent, rien ne nous permet de rayer son mari de la liste des suspects possibles.

— Il ignorait l'existence du passage souterrain, répliqua Paddy avec obstination. Aussi, il n'a pas pu l'utiliser pour pénétrer dans le caveau.

— Oh ! Mais si, il l'a pu, mon garçon. Tu oublies tout simplement la porte. Tout le monde ou presque pouvait mettre la main sur la clef. Mais, naturellement, d'autres personnes pouvaient aussi connaître l'existence de l'entrée secrète. Rassure-toi, je ne vais pas jusqu'à prétendre que Jim soit le suspect numéro un, mais il demeure tout de même un doute raisonnable.

Nous avons encore du pain sur la planche. Examiner un peu les finances de Trethuan, notamment.

Étouffant un bâillement, il tendit la main vers son chapeau.

— Bon. Je vais aller voir un peu cette fameuse dalle qui bascule. Quelqu'un veut venir avec moi ?

— Pas moi, dit fermement Tim après un bref coup d'œil à son fils. Je rentre à la maison avec Paddy.

Celui-ci se fit rapidement une raison. Il avait eu suffisamment d'émotions comme ça pour la journée et, une fois localisé, un simple trou dans un mur n'était pas tellement passionnant. Les tunnels secrets, c'était assez excitant, d'accord, mais il y avait gros à parier que cela faisait au moins deux cents ans que les contrebandiers les avaient creusés. Juste pour le plaisir ou pour des raisons purement commerciales. Ça pouvait attendre. Son père, qui le tenait par les épaules, et les autres descendirent l'escalier.

— Toujours est-il, dit Simon au moment où ils sortaient dans la fraîcheur du soir qui n'était plus celle de l'été, mais pas encore celle de l'automne, que nous savons à présent pourquoi Trethuan était si cachottier et ne voulait à aucun prix qu'on ouvre le tombeau.

— Vraiment ? fit George Felse.

— C'est évident, non ? Avec toute la camelote qui s'y trouvait...

— Mais c'est qu'elle n'y était pas, justement. Nous n'avons rien trouvé ce matin en dehors du cadavre. Il avait dû faire une descente dimanche dernier pour emporter tout ce qui restait du trésor de Morwenna. C'est lundi qu'il l'a confié à Rose pour qu'elle le cache. Dès lors, qu'est-ce qui aurait pu le trahir ? Personne ne savait qu'il l'avait volé, personne ne pouvait savoir qu'il y avait eu un trésor qui s'était envolé. Non, ajouta pensivement George, nous ne savons toujours pas pourquoi Trethuan tenait tellement à ce que vous ne fourriez pas votre nez dans le caveau. Ce n'était sûrement pas à cause de la fortune et des bijoux de Mrs. Treverra : les faire disparaître n'était pas un problème. C'était beaucoup plus facile à déménager que... disons que des tonneaux d'alcool. Le vrai mystère est ailleurs. Il s'agit de quelque chose de tout à fait différent.

Ils s'étaient arrêtés à la hauteur des voitures.

— Par exemple ? demanda Simon.

— Par exemple, qu'est-ce que cette camelote faisait là ? C'est là la première question.

— Exactement, murmura Hewitt en prenant place derrière le volant. Il semblerait que personne n'ait jamais dit à Mrs. Treverra que quand on est mort, on n'emporte pas ses petites économies avec soi.

9

DIMANCHE APRÈS-MIDI

Dominic s'était mis sur son trente et un pour le déjeuner. De la démarche posée propre à un maître en élégance, il se fraya un chemin entre les tables pour rejoindre sa mère au bar et s'assit sur le tabouret voisin en affectant la désinvolture qui convenait.

— Un Martini sec, s'il vous plaît, Sam.

— Ça alors, mon chéri ! s'exclama Bunty avec émerveillement. A t'entendre, on pourrait croire que tu t'attends à ce qu'on te le serve.

— Faut y aller doucement, dit Sam, le visage inexpressif. Mon vermouth est fort en alcool.

Bien que ce fût l'heure de pointe, comme tous les dimanches après la messe, il s'accorda un instant de pause, histoire d'admirer l'allure grave du jeune homme.

— J'ai entendu dire que vous avez invité l'ami Hewitt à déjeuner.

Dominic resserra son nœud de cravate qui ne faisait pas assez strict pour son goût.

— Je ne la garderai pas plus tard que deux heures, mais c'est le moins que je puisse faire. Après tout, papa avait mis un col et une cravate le soir où nous avons fait connaissance avec Simon et les Rossall. Faut ce qu'il faut, ajouta-t-il en plongeant le nez dans son verre.

— Non mais, écoutez-le ! fit Bunty. Il y a dix minutes, on aurait dit qu'un épagneul l'avait sorti de l'eau et ramené sur la plage. Si quelqu'un est en droit d'être félicité pour sa tenue, cela devrait être moi !

— Alors, Mrs. Felse, je vous fais tous mes compliments, dit Sam avec respect. C'est une réussite.

Dominic fit mine de se lever de son tabouret en y mettant toute la dignité requise, mais assez lentement pour qu'il soit évident qu'il n'avait pas vraiment l'intention de partir.

— Si je te fais de l'ombre, je peux m'en aller, tu sais.

— Laisse ton verre, fit Bunty sur un ton lénifiant. Je m'en chargerai.

— Essaie un peu d'y toucher !

Dominic s'cmpara jalousement de son verre et s'installa confortablement, les deux coudes sur le comptoir. Par la fenêtre donnant sur la terrasse à moitié vide aujourd'hui — le vent soufflait du mauvais côté et, malgré le soleil trompeur, le fond de l'air était nettement frais —, ils virent arriver George et Hewitt. Ils avaient une conversation animée.

— Ah ! Les voilà. Tant mieux, parce que j'ai une de ces faims ! Oh, Sam ! A propos de vos alcools fortiches, vous ne croyez pas que vous pourriez nous trouver une goutte de vrai McCoy pour accompagner le café ? Le spécial, pour Mr. Hewitt. Je crois que vous devriez l'offrir, avec les compliments de la maison.

Sam sourit.

— C'est dans le domaine des choses possibles.

— Et le servir vous-même. Rien que pour montrer que vous avez la conscience tranquille.

— Elle l'est toujours. Simple question d'entraînement, c'est tout.

— Je parie que vous n'oserez pas, dit Dominic, une flamme espiègle dans les prunelles.

— Vous pariez quoi ?

— Le prix du brandy.

— Plus les taxes ?

— Oh ! Un peu de cœur, quand même ! s'écria Dominic d'une voix offensée.

Bunty se laissa glisser de son tabouret et secoua sa jupe bleu paon qui, par contraste, faisait flamboyer ses cheveux châtains.

— Je suis au regret de devoir troubler cette parfaite union entre deux si grands esprits, mais je crains que le moment soit mal choisi pour faire des misères au sergent Hewitt. Êtes-vous sûrs tous les deux que vos alibis soient inattaquables ? Il est bien possible qu'il ait un mandat d'arrêt dans sa poche.

George et Hewitt franchissaient déjà la porte. Sam, qui les regardait approcher, arborait une expression aimable sur son visage enfantin. Enfin... qui aurait été enfantin s'il n'y avait pas eu ces favoris, bien sûr. Pour lui, songea Dominic, ils devaient représenter une fortune.

— Ne vous en faites pas, dit Sam, recouvrant son sérieux. Mon alibi, il y a belle lurette qu'il le connaît jusqu'au bout des ongles, il a peut-être l'air lourdingue, c'est le métier qui veut ça, mais il n'y a pas grand-chose qu'il laisse échapper. Il a tout vérifié au poil près et il m'a donné le feu vert. Sinon, on l'aurait vu plus souvent traîner ses guêtres par ici.

— Et moi, fit Dominic, j'ai participé à la tentative de repêchage du prétendu noyé. Tout le monde sait où j'étais.

— Cela pourrait être une très bonne couverture pour quelqu'un qui l'aurait balancé à la mer, dit sombrement Bunty. Viens, il faut accueillir notre invité, ajouta-t-elle en prenant fermement son fils par le coude. Mets ton masque d'hôte accueillant.

— Mais je l'ai mis ! protesta Dominic avec indignation.

— Alors, c'est qu'il a glissé. Redresse-le.

Sam, souriant d'une oreille à l'autre, apporta le café et posa devant les convives les verres à dégustation qu'il réservait pour les grandes occasions.

— Avec les compliments de la maison, Mr. Felse, dit-il cérémonieusement devant le regard interrogateur de George, en commençant à verser le brandy avec tout le respect qui s'imposait.

— C'est très généreux de votre part, Sam, fit aimablement George.

Il regarda Bunty. Son visage était limpide et innocent. Il regarda Dominic. Le sien était satisfait et suave.

— Pas du tout, rétorqua Sam en frottant joyeusement son pouce et son index derrière le dos de Hewitt à l'intention de Dominic.

Celui-ci conservait une sérénité tout angélique, encore qu'il fût assez roublard pour garder un rien d'étudiant dans le personnage d'homme du monde qu'il s'efforçait de jouer. Ce qui ne trompait d'ailleurs nullement George. Mais une bonne fine était une bonne fine.

— Qu'est-ce que c'est, Sam ? Du spécial ?

— Mon préféré, répondit l'interpellé amoureusement et en toute sincérité.

Et il reprit judicieusement la bouteille, dont il ne versa qu'une dose des plus parcimonieuses dans le verre de Dominic. Ça aurait dû mettre en pièces le calme que Dominic affectait, si quelque chose avait pu le briser, mais il se contenta de décocher au barman un regard incompréhensible pour les autres et refoula son juste courroux, se promettant de le manifester à un moment plus opportun. Le sourire de ravissement qu'il arborait ne quitta pas ses lèvres une fraction de seconde.

— Quelle est votre opinion, Mr. Hewitt ? Je sais que vous êtes bon juge en la matière.

Hewitt caressa le verre qu'il tiédissait entre ses larges paumes et le huma.

— Un bouquet splendide, Sam. Pas la moindre trace de cette odeur de cuivre qu'ont parfois les alcools.

— C'est bien ce qui me plaît dans ce brandy, dit Sam avec chaleur. Je suis heureux qu'un connaisseur tel que vous confirme mon jugement. Est-ce que vous permettez que je vous cite, Mr. Hewitt ? Goûtez, vous ne serez pas déçu.

Hewitt goûta. Il ne fut pas déçu. Il se perdit quelques instants dans la contemplation béate de son verre, puis sa lourde paupière se souleva, découvrant un œil rond et scintillant qui scruta attentivement Sam avant de passer à Dominic sur qui il s'attarda. Dominic plongea timidement son regard dans son propre verre, mais jeta un bref coup d'œil par-dessus le bord, si rapide qu'il aurait pu passer inaperçu. Hewitt lui lança un clin d'œil. Le jeune homme baissa à nouveau le nez sur son verre comme s'il avait remarqué qu'il y avait dedans quelque chose qui n'aurait pas dû y être. C'était presque le match nul.

— Ce brandy est une pure merveille, Sam. Continuez de l'acheter tant qu'il y en aura sur le marché, c'est le meilleur conseil que je peux vous donner.

— Je n'y manquerai pas, Mr. Hewitt. Votre opinion favorable me va droit au cœur.

Ce fut malheureusement le moment que choisit Mrs. Shubrough pour émettre la seule note discordante :

— Téléphone pour vous, Mr. Hewitt. C'est Mr. Rackham qui vous appelle du commissariat. Il dit que c'est très important.

La petite comédie qui se jouait autour de la table éclata comme une bulle qui crève. Tandis qu'ils suivaient des yeux la silhouette massive qui s'éloignait, la réalité les rattrapa ; ils étaient à nouveau devant l'énigme de ce double meurtre.

— J'ai honte, déclara Dominic au bout d'un moment après avoir fait son autocritique.

— Tu es infatué, mon garçon, rétorqua sèchement son père. Tu te figures peut-être que le destin a le temps de jeter un regard désapprobateur sur tes petites plaisanteries d'un goût douteux ? D'ailleurs, tu ne te sens pas honteux le moins du monde, tu as seulement l'impression de devoir l'être. Maintenant, si tu veux te rendre utile, va donc faire une petite promenade avec ta mère, parce que quelque chose me dit que je vais disparaître de la circulation tout l'après-midi. Et fais tous les croche-pieds que tu voudras à tous ceux que tu voudras. Némésis ne sera pas là pour te prêter l'oreille. Elle a des choses plus importantes à faire, Némésis.

La route descendait presque à pic sur la ville et Hewitt ralentit.

— Depuis vendredi, dit-il, deux de mes hommes mettent tout en œuvre pour retrouver le dentiste qui a soigné notre cadavre non identifié. Rackham a réussi à mettre la main sur lui. Enfin, il semble bien que ce soit lui, mais c'est un type prudent. Il ne veut pas s'engager de façon formelle tant qu'il n'aura pas comparé avec nos dossiers. Il veut voir les molaires avant de se prononcer, mais il est sûr et certain qu'il reconnaîtra son propre travail si c'est bien le type qu'il pense.

— S'il est aussi circonspect, je présume qu'il n'est pas encore prêt à lâcher un nom, dit George. Où votre limier l'a-t-il déniché ? Il n'est évidemment pas de Maymouth.

— Il habite Plymouth. Mon gars vient de rentrer avec lui.

— Quel genre d'homme est-ce ? J'espère qu'il sait ce qui l'attend à la morgue.

— D'après Rackham, c'est un petit bonhomme tiré à quatre épingles et très nerveux. Il tiendra le choc, ne vous en faites pas. Ce sont en général les gros malabars qui flanchent.

Le dimanche à cette heure-ci, la petite place où s'engagea la voiture était presque déserte. Les rideaux des antiques boutiques qui l'entouraient étaient tirés et les volets étaient clos.

— Puisqu'on ne peut pas faire grand-chose jusqu'à demain en ce qui concerne l'affaire Trethuan, on pourra peut-être avancer un peu pour ce qui est de l'autre, reprit Hewitt. Son compte en banque et ce qu'il y avait chez lui — je parle de Trethuan — correspondent à peu près à ce que peuvent être les économies d'un homme qui fait attention à ses sous, mais j'imagine que son petit commerce lui rapportait gros et qu'il a planqué beaucoup d'argent. Peut-être sur un compte discret, peut-être sous les lames du plancher. Nous n'avons pas encore fait une fouille en règle de son domicile. Il faut bien que ce fric soit quelque part et nous le trouverons. Pour autant qu'on puisse le dire, nous avons saisi tout ce qu'il n'avait pas déjà revendu. Rose a identifié une partie de la prise et elle nous a donné une liste des pièces qu'il avait rapportées auparavant chez lui. Nous devrions pouvoir retrouver la trace d'un certain nombre d'entre elles en faisant le tour des antiquaires. Voilà, nous sommes arrivés ! Pas la peine de venir à la morgue avec nous si cela ne vous dit rien, George. Vous avez déjà assisté à la grande première.

— Je suis capable de supporter ce spectacle, et qui sait s'il ne m'apprendra pas quelque chose ? Il est toujours instructif d'entendre les commentaires d'un expert.

Son allant et sa physionomie avenante, sa stature

massive et son entrain donnaient à Rackham l'apparence trompeuse d'un brave garçon extraverti et sans histoire. A côté de lui, le dentiste de Plymouth paraissait rabougri. Il avait quelque chose d'irréel et semblait aussi nerveux que l'avait dit son compagnon, mais il suffisait de l'observer avec attention pour que cette impression première s'efface. On se rendait alors compte que l'on avait affaire à quelqu'un d'énergique, d'entêté et d'une rare compétence. Il était venu avec tout son arsenal de fiches et de dossiers dans l'intention bien arrêtée de tout examiner dans les moindres détails. Ce n'était pas un cadavre, fût-il réduit en charpie, qui lui ferait baisser les bras, pour autant que la mâchoire soit demeurée intacte. Insensible à l'atmosphère glaciale de la morgue installée en sous-sol, il s'absorba entièrement dans son travail de comparaison. Quand il en eut fini et eut remis ses dossiers sous leurs bracelets de caoutchouc, il se déclara satisfait, et prêt à identifier sous serment le mort dès que la justice l'aurait fait comparaître à la barre.

— J'étais déjà pratiquement certain de l'identité de cet homme après avoir vu les documents que votre subordonné avait apportés, mais il était essentiel que j'aie sous les yeux le travail dentaire qui a été exécuté, déclara-t-il à Hewitt. C'est effectivement moi qui l'ai soigné. Je peux vous donner les dates des différentes étapes du traitement. Il s'est poursuivi durant huit semaines environ au cours du printemps 1961. Il a fallu à plusieurs reprises modifier les rendez-vous parce que le patient, marin-pêcheur de son état, devait prendre la mer. Il aurait dû revenir me voir pour un examen de contrôle six mois après sa dernière visite, mais je ne l'ai jamais revu. Cela n'a rien d'extraordinaire, naturellement, et, en soi, cela ne veut rien dire. Mais cela pourrait signifier qu'il a été dans l'impossibilité de passer à mon cabinet à la date voulue. Il m'a donné une adresse à Maymouth. Je l'ai ici. Il s'appelait

Walter Ruiz, conclut allégrement le petit homme sans se rendre compte le moins du monde qu'il lançait une bombe.

Hewitt tournait comme un ours en cage dans le minuscule bureau.

— C'est tout bonnement impossible, il n'y a pas à sortir de là, grommelait-il. Walter Ruiz est enterré dans le cimetière de St. Mary tout en haut de la ville. Sa pierre tombale est là pour le prouver. Il y a eu une enquête et il a été formellement identifié.

— Il vient de l'être une seconde fois, fit sèchement George. Et de façon fichtrement impressionnante, si vous voulez mon avis. Apparemment, une erreur a été commise au cours d'une de ces identifications aussi catégoriques l'une que l'autre. Le tout est de savoir laquelle des deux est sujette à caution.

— Vous avez entendu ce dentiste comme moi. On n'a jamais vu une documentation aussi complète pour un traitement dentaire. Si l'on ajoute à cela la structure osseuse du sujet et tout le reste, la mâchoire de ce type est aussi unique qu'un jeu d'empreintes digitales. C'est là une évidence sur laquelle on se cassera toujours les dents.

— Mais il y a quelque chose d'autre, quelque chose qui a paru tout aussi irréfutable lors de la première enquête. Selon la déclaration de Rose, Ruiz, qui était allé pêcher par une nuit de gros temps, n'est jamais rentré au port. La mer a rejeté son corps sur la plage de l'Ossuaire quelques semaines plus tard. Or, quelques semaines passées dans la mer ne facilitent pas l'identification d'un noyé, pas besoin d'être un marin pour le savoir. Pourtant, quelqu'un l'a identifié. Qui ? Ses parents ? Un frère ? Sa femme ? Ah ! non, il n'était pas marié puisqu'il faisait la cour à Rose dont le père voulait qu'elle soit gentille avec lui. Il était utile à Trethuan jusqu'au moment où il est devenu un peu trop exigeant et en savait un peu trop long.

Hewitt s'assit à son bureau qu'il resta à contempler en silence pendant une bonne minute.

— Si vous essayez de me faire entrer des idées dans la tête, George, vous avez un temps de retard. Elles y sont déjà.

Il décrocha le téléphone et forma posément un numéro.

— Je suis en train d'essayer de mettre en ordre celles qui sont dans la mienne, répliqua George, mais on dirait que nous en sommes arrivés tous les deux au même point. Ruiz avait-il de la famille ? Il me semble que seul un solitaire comme lui-même devait sembler être un complice idéal pour Trethuan s'il estimait nécessaire d'en recruter un.

— Vous avez mis dans le mille, George. Ruiz n'avait pas de famille. Nous sommes au coude à coude, on dirait.

Hewitt leva vivement le menton quand on décrocha à l'autre bout du fil.

— Salut, Henry ! Tom Hewitt à l'appareil. Désolé d'interrompre votre sieste dominicale, mais j'ai de toute urgence besoin de renseignements à propos d'un événement qui remonte à deux ans et demi ou quelque chose comme ça, et vous êtes la source d'information la plus rapide et la plus infaillible du coin. Je vais vous demander d'avoir la gentillesse de plonger dans vos archives. Vous connaissez probablement déjà la réponse, mais regardez quand même. Il faut que ce soit officiel. Il s'agit d'une enquête ouverte à propos d'un marin mort noyé dont on a retrouvé le corps sur l'Ossuaire. Je pense que cela devait être en mars ou en avril 1962. Le noyé était un dénommé Walter Ruiz. On a considéré à l'époque que c'était une banale enquête de routine, mais je voudrais savoir par qui il a été identifié. Rien de plus. Rappelez-moi le plus vite possible. Je vous remercie d'avance.

Hewitt raccrocha, croisa les mains et regarda George.

— Pas de famille. Ni frère ni sœur. Je me rappelle que sa mère était veuve. Ils avaient un cottage au sud de la baie. Depuis sa mort, survenue il y a environ sept ans, Ruiz a vécu tout seul. Il s'occupait de ses affaires et n'embêtait personne. Les agents du fisc le tenaient à l'œil, mais s'il buvait peut-être un peu de brandy clandestin en douce, il n'a jamais fait l'objet de poursuites. C'était un loup solitaire de plus, voilà tout. S'il lui fallait un coup de main, il engageait les hommes d'équipage intérimaires qu'il lui fallait et les congédiait quand il n'en avait plus besoin. Il n'a jamais employé régulièrement de main-d'œuvre. Et il ne faisait de confidences à personne.

— C'est à un responsable de la feuille locale que vous avez téléphoné ?

Les journaux locaux sont des institutions d'une importance capitale. S'ils traitent les événements de portée nationale par-dessus la jambe, il est impératif que, dans ce qui est leur domaine, ils donnent le nom de tous les protagonistes, la date exacte de l'événement et tous les détails.

— Son propriétaire ? Son rédacteur en chef ? Ou les deux ?

— Oui, les deux. Il habite au-dessus de ses propres bureaux. Il ne mettra pas longtemps : c'est un maniaque du classement et ses archives sont tenues dans un ordre impeccable. J'aurais pu obtenir le renseignement en m'adressant à trois autres sources au moins, mais cela n'aurait pas été aussi rapide.

Le téléphone sonna à peine un quart d'heure plus tard. Hewitt décrocha avant même que la seconde sonnerie retentisse. Son visage demeura indéchiffrable tandis qu'il écoutait.

— Merci, Henry. C'est juste ce que je voulais savoir. Je vous suis infiniment reconnaissant. Au revoir.

Il reposa le récepteur sur son berceau et regarda George.

— Le corps retrouvé sur l'Ossuaire et enterré sous le nom de Walter Ruiz a été identifié par celui qui était considéré comme son plus proche et peut-être son seul et unique ami. Zebedee Trethuan.

Cela expliquait tout. Les détails de l'histoire de Rose s'engrenaient comme les pièces d'un puzzle et ce qui jusque-là semblait être la partie la plus mystérieuse de toute cette affaire ne présentait plus le moindre soupçon d'obscurité.

— Eh bien, je sais à présent laquelle des deux identifications est la bonne, dit avec une surprenante placidité Hewitt, qui arpentait de nouveau le bureau — mais, cette fois, ses enjambées étaient plus longues et son allure plus détendue. La mer a la bonne idée de rejeter sur l'Ossuaire un cadavre méconnaissable au moment où vous avez justement besoin d'un fantôme. Le fantôme d'un homme dont tout un chacun sait que vous le fréquentiez et qui a disparu, sans doute parce que son bateau a fait naufrage et a coulé corps et biens. Vous parlez d'une aubaine ! Quoi de plus simple que de dire que c'est bien le prétendu ami et de le faire mettre sous une pierre tombale portant son nom pour qu'il ne vienne à l'idée de personne de poser des questions embarrassantes ? Walter Ruiz est mort et enterré avec tout le respect qu'on doit aux défunts — nul ne l'ignore. Tout s'ajuste à merveille et il n'y a pas l'ombre d'une crainte à avoir. Seulement, voilà que cet enquiquineur de Simon Towne arrive comme un chien dans un jeu de quilles et qu'il met dans la tête de la vieille dame l'idée extravagante d'*ouvrir le caveau Treverra* !

— Je crains de jouer à nouveau les enquiquineurs, fit une voix sur le ton de l'excuse. Je suis désolé, mais j'ai frappé.

Surpris, les deux hommes se retournèrent. Ils étaient à tel point absorbés par ce fait nouveau et ses implications qu'ils n'avaient pas entendu Simon monter l'escalier. Il se tenait dans l'encadrement de la porte, les yeux plissés, une amorce de sourire aux lèvres.

— Le brigadier de garde m'a dit que je pouvais monter, reprit-il. Ne lui faites pas de reproches. Je lui ai dit que j'avais une information susceptible de vous intéresser à vous communiquer. J'ai bien frappé, mais vous ne m'avez pas entendu. Et j'arrive juste au moment où vous dites du mal de moi. Vous auriez peut-être préféré que j'attende en bas ?

— Non, pas du tout. Entrez donc, Mr. Towne. Autant que vous replaciez ces propos dans leur contexte, dit Hewitt sur un ton enjoué. Si je vous traitais d'enquiquineur, ce n'était pas mon jugement personnel. Disons que je me mettais à la place d'un tiers. Entrez et fermez cette porte.

— J'ai raté une bonne partie de votre conversation, semble-t-il.

Simon posa une fesse sur le coin du bureau et considéra tour à tour les deux hommes en plissant le front.

— Si j'ai bien compris, c'est de Ruiz que vous parlez ? Le type qui, d'après ce que nous a dit Rose hier soir, revendait les bijoux à l'étranger pour le compte de son père ? Qu'est-ce qu'il avait à voir avec le caveau Treverra ? Je croyais qu'il était enterré à St. Mary.

— C'est ce que tout le monde croyait, en effet, Mr. Towne. Tout le monde sauf une personne, la seule à savoir que c'était ailleurs qu'il dormait de son dernier sommeil. Dans le cercueil de Jan Treverra, où nous l'avons trouvé.

— *Nous l'avons trouvé ?*

Simon eut comme un hoquet de surprise et il posa sur George un regard incrédule.

— Vous parlez sérieusement ? Vous voulez dire que le corps non identifié, celui qui était en dessous... que *c'était Ruiz* ? Mais si l'on a enterré un homme sous ce nom, il a bien fallu que quelqu'un ait officiellement attesté que c'était lui.

— C'est précisément ce qui s'est passé. Après un séjour de six semaines dans la mer, il était pratiquement nu et n'avait plus visage humain. L'individu qui a déposé le vrai Walter Ruiz dans le cercueil de Treverra, où il espérait qu'il resterait jusqu'à la fin des temps sans que personne ne se soucie de lui, a sauté sur l'occasion qui se présentait et a fait en sorte qu'un autre soit publiquement et décemment inhumé sous le nom de Ruiz. Et c'est bien ce qui serait arrivé si l'idée de vous assurer que Treverra avait été réellement enterré avec ses poèmes ne vous était pas venue. Je vous laisse imaginer l'effet que la nouvelle a eu sur ce personnage quand il en a eu vent ! Cela avait vraiment de quoi le paniquer, non ? N'était-ce pas suffisant pour qu'il vous harcèle, qu'il brandisse des menaces et essaie de vous faire peur pour que vous renonciez à ce projet ? N'importe quoi pour que vous abandonniez et lui laissiez le champ libre.

— Trethuan ? murmura Simon, les yeux écarquillés de stupéfaction.

— Et qui d'autre voulez-vous que ce soit ? Tout s'enchaîne. Il a fait de Ruiz son complice pour écouler les objets précieux qu'il allait régulièrement prendre dans le cercueil de Mrs. Treverra. Cela a duré six mois, nous a dit Rose. Puis ils se sont disputés, Ruiz exigeant de toucher une plus grosse part du butin, et le menaçant peut-être même de lui causer des ennuis s'il n'obtenait pas satisfaction. Et une nuit, peu de temps après, son bateau a disparu corps et biens et il a été considéré comme noyé. Et puis la mer a rejeté sur l'Ossuaire un cadavre impossible à identifier et Trethuan a affirmé que c'était celui de Ruiz. Pour des raisons on ne peut plus claires, ce n'est pas votre avis ?

— Trethuan l'a vraisemblablement tué dans le caveau ou à proximité immédiate, dit George. Peut-être dans le tunnel. Autrement, pourquoi l'y aurait-il dissimulé ? Ruiz était un costaud. Certes, Trethuan était vigoureux, lui aussi, mais il n'aurait pas trimballé le corps plus loin que ce n'était nécessaire. Le balancer dans la mer aurait été le plus simple, mais c'était exclu. Les fractures du crâne provoquées par les coups auraient été inexplicables. Par contre, chez un noyé, comme dans le cas de Trethuan lui-même, des fractures n'ont rien d'anormal.

— Je vois deux possibilités, enchaîna Hewitt. Ou Ruiz, après avoir simulé une réconciliation, a épié Trethuan lors de son expédition suivante et l'a pris sur le fait, ce qui s'est soldé par son arrêt de mort. Vous pouvez parier tout ce que vous voudrez qu'un individu de la trempe de Trethuan tenait par-dessus tout à ce que personne en dehors de Rose ne connaisse l'origine de son butin, et il n'aurait en aucun cas mis de son plein gré son complice dans le secret. Ou alors — et cette hypothèse est peut-être la plus plausible — il a fait mine d'accepter les exigences de Ruiz, lui a proposé en témoignage de sa bonne foi de lui montrer la source de leurs bénéfices et l'a conduit au caveau dans l'intention bien arrêtée de le tuer et d'y abandonner son cadavre. S'il avait fouillé dans le cercueil de Morwenna, il avait aussi inspecté celui de Treverra. Il n'était pas homme à négliger quoi que ce soit. Il savait donc que ce cercueil était vide et il s'en est servi pour cacher le corps de Ruiz.

George se tourna vers Simon.

— Est-ce qu'un homme pourrait faire cela tout seul ?

— Sans aucun doute. Il ne parviendrait pas à ôter

une de ces dalles funéraires et à la remettre en place en bon état. Mais il pourrait sans problème la soulever par le bord en faisant levier. Suffisamment pour regarder à l'intérieur. Suffisamment pour y fourrer un cadavre et la rabattre ensuite sur lui...

Réalisant tout ce que cela impliquait, Simon, le souffle coupé, demeura sans voix, les yeux vides.

— Oui, c'était tout à fait faisable, approuva Hewitt. Trethuan ne s'est-il pas livré souvent à cet exercice ? La dalle du cercueil de Morwenna est moins lourde que l'autre. A chacune de ses expéditions, il devait lui suffire de la déplacer juste ce qu'il fallait pour pouvoir glisser son bras à l'intérieur et faire main basse sur les bijoux de la malheureuse. L'autre, il ne l'a vraisemblablement bougée que deux fois, la première quand il a visité les lieux et a découvert que le cercueil était vide, la seconde quand il y a flanqué le corps de sa victime.

— Il lui restait encore à faire couler le bateau de Ruiz, dit George.

— Cela ne posait aucun problème. Trethuan était un amphibie, comme tous les gens de Maymouth. Ils étaient pêcheurs de père en fils dans la famille et il possédait un petit youyou. Regagner la terre ferme sans encombre après avoir amené le bateau au large en profitant de la nuit ne devait pas être très compliqué pour lui. Il n'y a pas loin de la côte pour atteindre les bas-fonds. Et il avait tout son temps. Ruiz vivait seul. Personne n'ameuterait la population s'il ne rentrait pas à l'heure du dîner. On va reprendre toutes les investigations et on finira par savoir qui a signalé le premier qu'il n'était pas rentré de la pêche. Et quand. L'opération a même pu avoir lieu deux jours plus tard, le temps d'attendre une nuit où le vent soufflerait bien fort.

— Mais n'y aurait-il pas eu un certain risque à se précipiter comme ça pour identifier un corps ? objecta George. Supposons qu'il ait affirmé que c'était celui de

Ruiz et que quelqu'un d'autre ait réellement reconnu le mort... grâce à une bague ou quelque chose de ce genre ?

— Mais il ne s'est pas précipité ! Il a agi prudemment. Il a attendu d'être certain que personne ne l'avait identifié. Henry m'a dit que la police avait lancé un appel à témoins pour l'aider à identifier le noyé plusieurs jours avant que Trethuan se manifeste. Et même alors, si la taille du noyé, son âge ou son physique ne correspondaient pas, il n'avait qu'à dire : « Désolé, mais je ne le connais pas. » Non, il a tout arrangé minutieusement. Et il n'a plus touché aux bijoux pendant près d'un an et a laissé le trésor dans ce qu'il estimait être la plus sûre des cachettes avant de commencer à chercher des amateurs. Et puis, vous êtes arrivé, Mr. Towne, et vous avez joué les éléphants dans le magasin de porcelaine. Vous avez démoli tous ses plans et réduit à néant toutes les précautions qu'il avait prises. Jusque-là, personne n'avait manifesté le moindre intérêt pour le caveau. Il a déménagé en hâte le reste des objets précieux, mais la seule idée de déplacer le corps le terrorisait. Pas étonnant qu'il ait fait l'impossible pour vous effrayer afin que vous renonciez à votre projet ! Il savait que le cadavre qu'on y trouverait ne pourrait pas passer pour celui de Treverra une fois qu'on aurait fait appel aux experts et aux spécialistes en antiquités.

Simon leva la tête qu'il tenait entre ses mains. L'air hébété, il regardait droit devant lui. Ce fut à cet instant que George remarqua les cernes bleuâtres qu'il avait sous les yeux et les creux qui ombraient ses joues maigres. Même maintenant, cela ne l'aurait peut-être pas frappé si le hasard n'avait voulu qu'il se fût trouvé en compagnie de Phil Rossall le soir de la disparition de Paddy. Un étranger n'avait aucune raison de voir ce qui se cachait derrière la brillante image que Simon

Towne donnait de lui, les échecs et les frustrations qui le déchiraient secrètement.

— Voulez-vous réellement dire que celui qui a tué Trethuan l'a transporté jusqu'au caveau et l'a déposé dans le cercueil avec... *avec l'homme qu'il avait lui-même assassiné* ?

Simon avait parlé lentement comme si ses lèvres étaient engourdies et qu'il devait faire un effort pour articuler chaque syllabe.

— Oui, c'est précisément ce que je veux dire, fit Hewitt sur un ton triomphant. C'est comme ça et pas autrement que les choses se sont passées. Pour moi, il n'y a pas l'ombre d'un doute. Et quelle suprême ironie !

— Allons donc ! s'exclama Simon avec fureur. Si je publiais dans un journal un article racontant une histoire pareille, je serais la risée de la profession. Personne, pas même un auteur de romans, n'aurait l'audace de concocter une coïncidence aussi énorme.

— Il ne s'agit nullement d'une coïncidence, rétorqua Hewitt avec brusquerie. C'est pour des raisons on ne peut plus logiques que Ruiz devait finir là et de cette manière. Nous en avons fait la démonstration. Et la présence du corps de Trethuan dans la même cachette est due à des causes tout aussi logiques. N'oubliez pas qu'elle est entourée de sable. Et que la dalle qui ferme un cercueil est une excellente couverture. Mais, en ce qui concerne Trethuan, les causes exactes restent encore à découvrir, je vous l'accorde. Il est mort noyé en mer, il n'y a pas de doute sur ce point. On a transporté son cadavre dans le caveau. Mais pourquoi ? Et comment ? Nous ne le savons toujours pas. Peut-être l'a-t-on fait passer par la porte en se servant d'une des deux clefs. Peut-être a-t-on utilisé le souterrain. Si le jeune Paddy l'a effectivement aperçu dans l'eau vers cinq heures et demie de l'après-midi, il est tout à fait possible que le cadavre se soit échoué sur la plage de l'Ossuaire à marée haute. Peut-être tout près de St. Nectan. Et quelqu'un qui ne savait pas que l'on allait l'ouvrir pouvait très bien penser que le caveau constituait une cache parfaitement sûre.

— Il n'y avait pas beaucoup de gens qui n'étaient pas au courant. J'ai annoncé mon intention à haute et intelligible voix. Et cela pour des raisons évidentes.

— C'est précisément une des choses sur lesquelles nous allons devoir nous pencher. Mais on peut considérer que cette affaire est pratiquement close. Quelques détails à examiner, quelques éléments à vérifier, mais, pour moi, le résultat est clair comme de l'eau de roche. C'est quand même un peu agaçant de ne connaître ni le début ni la fin d'une histoire, mais seulement le milieu, conclut Hewitt d'une voix songeuse.

— On finira par les connaître le moment venu.

Simon se leva, tâta ses poches avant de sortir de l'une d'elles un paquet de cigarettes tout froissé qu'il présenta à la ronde. Il se fouilla à nouveau à la recherche d'allumettes.

— Bon Dieu ! s'exclama-t-il. J'allais oublier le but de ma visite !

Il sortit de sa poche de pantalon un objet minuscule enveloppé dans du papier de soie.

— Avec toute cette agitation, Paddy a oublié de vous remettre ça hier soir. Je lui ai dit que je vous l'apporterais. Ils l'ont trouvé dans le boyau souterrain pas loin de l'entrée du caveau.

Il se pencha pour allumer sa cigarette à la flamme du briquet que lui tendait George, la téta longuement et souffla la fumée avant de déplier le papier de soie et de présenter son contenu sur sa paume tendue. C'était un mince anneau d'or brisé et légèrement déformé. Hewitt le prit entre le pouce et l'index et l'examina d'un air méfiant comme s'il allait se refermer pour le mordre.

— Je ne pense pas que cela ait une grande importance, ajouta Simon sur un ton d'excuse, mais j'avais promis de vous le remettre. Paddy ne pourra pas me reprocher de ne pas tenir mes promesses. Est-ce que je peux vous raccompagner au *Dragon*, George ? C'est sur ma route.

— Mr. Towne !

Hewitt avait passé l'anneau au bout de son gros index et continuait de le contempler. Une petite lueur de satisfaction dansait dans ses prunelles.

— Où dites-vous que Paddy a trouvé ça ?

— Dans le tunnel qui va du Trou du Dragon au caveau. A moins de vingt mètres du fond, m'a-t-il dit. Mais je suis sûr qu'il pourra vous montrer l'endroit exact. En fait, c'est Tamsin qui l'a trouvé. C'est important ?

— L'endroit où était cet objet pourrait fort bien être celui-là même où Ruiz a été tué, c'est tout, répondit béatement Hewitt. C'est la sœur jumelle de la boucle qu'il porte encore à l'oreille gauche.

10

DIMANCHE SOIR

Quand, en regagnant Maymouth plongée dans son sommeil dominical, ils passèrent devant l'étroit portail de l'église St. Mary, Simon freina brutalement et fit marche arrière.

— Ça ne vous ennuie pas si nous nous arrêtons quelques minutes, George ? Je me suis dit brusquement que j'aimerais jeter un coup d'œil à la tombe de l'autre type... celui qui n'est pas Walter Ruiz.

La voiture fit halte sur la petite place gravillonnée que bordait la grille du cimetière. Signe annonciateur de l'automne, le feuillage des jeunes tilleuls commençait à jaunir.

— Triste fin, reprit Simon tandis qu'ils s'enfonçaient dans le labyrinthe des petites allées qui quadrillaient les tombes. Mourir seul, noyé en mer et être à nouveau projeté parmi les humains pour être manié comme un pion par un malfaisant, affublé pour l'éternité d'un nom qui n'est pas le sien ! Ce sera un fantôme qui ne cessera de nous hanter. Quelqu'un que l'on a été jusqu'à déposséder de son identité. Après tout, c'était un homme, lui aussi, un homme que quelqu'un avait peut-être aimé, qui avait peut-être des enfants. J'ai soudain l'impression que c'est lui le plus à plaindre. J'aimerais voir où on l'a mis pour attendre le Jugement dernier. Il a eu droit à une pierre tombale, je crois ?

— C'est ce qu'a dit Hewitt. Je me demande qui l'a payée.

— C'est la question que je me pose également. Où pensez-vous qu'il se trouve ? Cela fait deux ans et demi qu'il a été enterré. Il devrait être dans le nouveau cimetière.

Le vicaire, revêtu de sa soutane, sortit de la sacristie au moment où les deux hommes passaient devant et il les rejoignit aussi naturellement qu'un ruisseau se mêle à un autre ruisseau. Il tenait à la main une planchette à pince portant la liste des cantiques prévus pour le service du soir.

— Ah ! Dan ! Vous êtes justement l'homme qu'il nous faut, lui dit Simon. Nous cherchons une tombe. Celle de l'homme que vous avez inhumé sous le nom de Walter Ruiz il y a un peu plus de deux ans.

— Dans ce cas, vous n'avez pas pris la bonne direction, répondit le vicaire d'une voix tranquille.

Le doute jeté sur l'identité réelle du défunt ne lui avait pas échappé, mais il ne fit pas de commentaires. Comme si c'était là un détail totalement dépourvu d'importance.

— C'était un marin pêcheur et il repose dans la partie ancienne du cimetière, où l'on enterrait tous les marins au siècle dernier. J'ai pensé qu'il se sentirait en pays de connaissance. C'est par là.

Chacun de ses pas de géant faisait voler sa soutane. Se faufilant le long d'un sentier qui s'enfonçait dans les herbes épaisses, il conduisit Simon et George à un angle éloigné du mur de pierre, à l'ombre des aubépines.

— 235, déchiffra Simon à l'envers sur la liste des cantiques. L'hymne d'Abélard. Je devrais peut-être venir à l'église ce soir.

— Peut-être, mais ne comptez pas sur moi pour vous y pousser.

— Vous n'allez pas me croire, mais quand j'étais gosse, j'étais enfant de chœur. J'avais une voix d'alto avant de muer, et après, j'ai continué. Je peux d'ailleurs encore, c'est une simple question de technique. Je suis né avec ce don. Il y a un splendide passage alto dans *O Quanta Qualia*.

Et Simon commença à chanter d'une voix douce — et en latin — quelques tons au-dessus de la voix de baryton qui était normalement la sienne :

— *Vere Jerusalem est illa civitas,*
Cujus pax jugis et summa jucunditas,
Ubi non praevenit rem desiderium,
Nec desiderio minus est premium.

« Là où le vœu n'est jamais séparé de son exaucement ni la prière de son objet ! J'ai toujours trouvé que c'était là la définition la plus parfaite du Paradis. Mais qui a composé ces vers ? Un pauvre diable dont les vœux n'ont jamais été exaucés et les prières jamais réalisées.

— Je ne sais pas si je devrais vous admirer pour cela, Simon, dit le vicaire, mais je crois n'avoir encore jamais rencontré quelqu'un d'assez effronté pour traiter Abélard de pauvre diable. Nous y sommes, c'est là qu'est...

« Walter Ruiz », allait dire le vicaire, mais il se reprit pour dire courtoisement et sereinement :

— ... l'homme que vous cherchez.

C'était une tombe basse que ceinturait un rebord de granit, surplombée d'une aubépine. Les vieilles pierres grises étaient cernées de mousse. Une inscription était gravée sur celle qui servait de stèle :

WALTER RUIZ
Né le 8 mai 1929
Péri en mer en mars 1962
Je ressortirai mon peuple
des profondeurs de la mer.

— Mais ce n'était pas Ruiz, dit Simon, la mine sombre. Personne ne saura jamais qui était réellement cet homme. Je ne sais pas pourquoi, mais ça me turlupine. Si seulement on pouvait lui donner un nom, un visage et dire : « Pauvre vieux Smith ! Le mois prochain, cela fera trois ans que la mer l'a recraché. » Ce serait au moins quelque chose qui lui donnerait une existence, une dimension où il serait réel. Mais, maintenant, il n'est plus personne.

— Il est quelqu'un exactement comme vous êtes quelqu'un, dit placidement le vicaire. Rien ne saurait être plus certain.

— Mais qui était-il ? Cela n'a pas d'importance ?

— Qui il était, oui, c'est important. Mais que nous le sachions ou pas n'a aucune importance.

Le vicaire glissa la planchette sous son bras.

— Il y a longtemps qu'il a été identifié de la seule manière qui compte désormais. Et par un témoin qui ne commet pas d'erreurs.

— Je vois ce que vous voulez dire. « Je ressortirai mon peuple des profondeurs de la mer. » C'est vrai, il aurait pu faire pire. Qui a fourni la pierre ? Vous ?

— Ici, la tradition veut que l'église prenne en charge les funérailles de ceux qui ont péri en mer et n'ont pas de famille. Regardez autour de vous si vous croyez que l'on est un étranger sous prétexte que le nom qu'on porte est un nom étranger.

Ils se penchèrent sur les stèles. La moitié des nations maritimes européennes étaient représentées. Edvard Kekonnen, matelot. Hugh O'Neill, capitaine. Alfonso Nunez, capitaine. Vassilis Kondrakis, matelot. Deux marins espagnols demeurés anonymes. Sean MacPeake, capitaine. Jean Plouestion, marin pêcheur. Walter Ruiz, ou X, marin pêcheur, matelot ou capitaine. « Je ressortirai mon peuple des profondeurs de la mer. » Peu importait, somme toute, que personne ne sût comment ils s'appelaient : la voix qu'ils écoutaient connaissait leurs noms.

Un sourire sans joie retroussa les lèvres de Simon.

— Oui, c'est le point de départ en direction de pas mal de pareils. Le Walhalla, Tir-nan-Og, et tous les autres. J'imagine que ce sont les gens de mer qui ont fait un paradis des Antilles.

Et Simon se remit à chanter tout doucement :

— *Le ciel sans nuages épand son azur*
Par-delà les îles vertes sous le soleil.

« On dirait que c'est Treverra lui-même qui décrit ce paradis, non ?

« Nous déambulerons librement, toi et moi,
Sur le chatoiement blanc de leur sable,
Rêvant sous les étoiles.

— C'est ce que je pensais, dit George avec un sourire. Qu'est-ce que disait Dom à propos de vos deux épitaphes le soir où nous sommes allés au manoir ? Quelque chose qui faisait de la vie dans l'au-delà une croisière sous le soleil des Bahamas.

Simon, qui commençait à se diriger vers l'allée de gravier, les mains dans les poches, savourant les dernières notes de la chanson écossaise, fit brusquement halte en se raidissant. Il resta quelques instants parfaitement immobile. Quand il se retourna, il était pâle sous son hâle tant était grand l'effort qu'il faisait pour contenir sa soudaine excitation.

— Dom a dit *quoi* ? Pourriez-vous répéter ?

— Que ces épitaphes donnaient l'impression que la vie dans l'au-delà ressemblait à une croisière sous le soleil des Bahamas. Pourquoi ? Quel nerf cela vous chatouille-t-il ?

— Celui qui aurait dû me chatouiller au moment où il a dit ça si j'avais été seulement à moitié réveillé. J'étais là ! s'exclama-t-il rageusement. J'ai entendu ça. Et je n'ai pas fait le rapprochement ?

— Vous avez fait comme tout le monde. Vous avez ri, répondit George avec patience, mais dérouté.

— J'ai ri ! Et je suis passé à côté d'une phrase clef. Pourquoi est-ce que, en dehors de moi, je n'écoute jamais personne avec l'attention qui convient ? Bon Dieu ! Maintenant, je vois comment tout a commencé... la première partie de l'histoire. Il suffit de mettre une pièce en place et toutes les autres s'ajustent aussitôt. George, pouvez-vous venir au manoir ce soir ? Nous dînons chez la vieille dame parce que Paddy retourne demain à l'école. Venez prendre le café avec Bunty et Dominic. J'aimerais que vous veniez, vous aussi, Dan.

— Ce sera avec plaisir, si vous le souhaitez.

— Oui. Je désire que tous ceux qui ont participé aux recherches depuis le début soient là.

La fraîcheur de l'air qui se refroidissait en cette fin de journée et la tension qui l'habitait firent soudain frissonner Simon.

— Parce que, maintenant, tout est clair. Je crois être en mesure d'expliquer l'étrange et triste sort de Jan et de Morwenna, ce mystère qui a été à l'origine de tous les autres mystères. Et c'est ce que je compte faire ce soir.

Ils étaient dix réunis autour de la grande table de la bibliothèque du manoir. Les rideaux étaient tirés. Dehors, dans la nuit lumineuse, la marée, qui avait déjà largement dépassé son point culminant, fouettait en hurlant la pointe avancée du cap avec une force qui allait décroissant. Miss Rachel, trônant à la place d'honneur, était toute à la joie de servir le café en grande pompe. Elle avait fait asseoir Paddy à sa gauche, car elle tenait à ce qu'il ne la quitte pas maintenant qu'il avait récupéré, recouvré son humeur angélique et qu'il lui avait généreusement pardonné sous prétexte qu'elle lui avait elle-même généreusement accordé son pardon. Simon, étrangement calme, tendu et animé, était à sa droite. Tamsin distribuait les tasses, aidée de Dominic. George et Bunty étaient d'un côté de la table, Tim, Phil et le vicaire de l'autre. Cela faisait longtemps que la vieille dame n'avait pas réuni une cour aussi satisfaisante et elle ne semblait même pas se soucier que c'était de moins en moins sa cour, mais celle de Simon. Plus il s'en défendait et se faisait petit, plus il faisait figure de roi de la soirée.

— Ce n'est pas moi qui ai percé l'énigme, disait-il avec force et gravité, c'est Dominic. Il a fallu qu'on me mette la vérité sous le nez pour que la lumière se fasse enfin.

— Moi ? s'écria Dom, éberlué. Mais je n'ai rien fait. En quoi est-ce que je mériterais des félicitations ?

— Il vous a suffi de jeter un coup d'œil sur les épitaphes des Treverra pour mettre le doigt sur le seul point important. Quand vous avez dit qu'elles donnaient l'impression que le paradis avait tout d'une croisière aux Bahamas.

— Moi, j'ai dit ça ? Alors, c'était sûrement manière de plaisanter, rien de plus. Je n'avais rien vu de significatif là-dedans.

— Et pourtant si, même si vous ne l'avez pas réalisé ou si vous ne parliez pas sérieusement. Toute cette jolie littérature évoquant les étés qui durent toute l'année, les plages aux sables d'or, les mers de saphir... vous avez compris intuitivement ce que cela voulait dire en réalité. Et que c'était beaucoup plus de ce côté-ci de la tombe qu'il s'agissait. Que vous ayez tourné ça dans votre tête ou pas, cela vous est sorti de la bouche et, moi, je n'ai pas eu l'intelligence de passer votre commentaire au crible et d'en tirer la leçon.

Les autres commençaient à voir vaguement où Simon les entraînait et tous les yeux étaient fixés sur lui. Il gardait les mains sur la table, ses longs doigts entrecroisés. Sa cigarette oubliée se consumait dans le cendrier. Ce n'était plus qu'un cylindre de cendre. Muets et figés dans l'immobilité, les convives étaient tous suspendus à ses lèvres.

— S'il y a jamais eu une enquête dingue, c'est bien celle-là. Pour commencer, nous trouvons le cercueil de Treverra... pas vide, non, mais sans le corps de celui qui aurait dû être dedans. Le cercueil de sa femme, lui, n'est pas vide, mais tragiquement occupé par la malheureuse qui a poussé son dernier soupir enfermée à l'intérieur et par un trésor en espèces et en bijoux comme nous l'avons découvert par la suite. Cette sinistre charade insensée et ces deux épitaphes en guise d'indices étaient les seuls éléments dont nous disposions.

« Vous vous rappelez que Treverra était le chef adoré des contrebandiers de la région. Nous savons qu'il possédait aussi au moins un navire qui faisait en toute légalité commerce avec les Antilles et l'Amérique. Nous savons aussi, maintenant que nous connaissons l'existence du tunnel, qu'il a dû le faire consolider et qu'il a fait construire le caveau où il aboutit afin de disposer d'une voie d'accès sûre pour rejoindre le port et Pentarno. Rien n'attire plus le respect qu'un caveau de famille. Et quelle meilleure couverture pour un passage secret aboutissant à la mer et aux bateaux ? Les travaux ont été terminés six ans avant sa mort. Peut-être avait-il toujours dans l'idée qu'il pourrait constituer une sortie de secours si jamais la Cornouailles devenait un terrain trop brûlant pour lui.

« Bon. Supposons maintenant que les autorités et les douanes aient eu des soupçons précis sur les activités de notre héros local, preuves formelles à l'appui. Tout permet de penser qu'elles n'auraient pas hésité à saisir la première occasion qui leur aurait été donnée de le descendre en flammes. Les membres de la noblesse pour la plupart ne se gênaient pas pour faire un peu de trafic par-ci par-là, mais cela se limitait à leurs besoins personnels. Treverra, lui, allait plus loin. Probablement plus pour le sport que par goût du profit, d'ailleurs. Son grand plaisir était de faire la nique à ses pairs et, ça, ils ne le lui pardonnaient pas. Il a quitté ses fonctions de juge bien qu'il ait eu la réputation d'être un magistrat aussi généreux qu'impartial. Je pense qu'il savait très bien que son champ d'action était de plus en plus limité. D'ailleurs, tous ceux qui, dans la population, avaient vent de menaces dirigées contre lui devaient l'avertir. Il était l'idole des marins et des pêcheurs. Oui, je pense qu'il savait qu'il ne lui restait plus beaucoup de temps et qu'il s'est organisé en conséquence. Il a, entre autres choses, composé son épitaphe. Et celle de sa femme a été rédigée à la même époque, j'en suis presque sûr, mais par qui ? Par elle, par lui ou par tous les deux ? Ça, il n'y a pas moyen de le savoir. Mais je les imagine très bien assis tous les deux dans cette même pièce, chacun lisant ce que l'autre a écrit avec de grands rires, enchantés de la suprême mystification qu'ils préparaient et de l'audace de leur projet. Regardez son portrait ! Cette ravissante et fragile créature était beaucoup plus qu'une compagne de lit.

« Alors voilà, Treverra n'a que cinquante-deux ans. Il est dans la force de l'âge, débordant de vigueur et au mieux de sa forme. Et que se passe-t-il ? Il “meurt” et on l'enterre. Dans le caveau qu'il a édifié avec la pierre qui bascule et donne accès à la caverne et, par là, au port.

« La nuit venue, après que les obsèques ont été célébrées en grande pompe et que le cortège funèbre est reparti, le “défunt” sort de la tombe. Peut-être y avait-il un pied-de-biche dans son cercueil. Et il est encore plus probable qu'il a été aidé par son fils aîné. Il avait deux fils. Le plus âgé avait tout juste vingt ans et le plus jeune quatorze. Il était écolier. Je crois que l'aîné était certainement au courant des plans de son père, vous verrez pourquoi quand nous en arriverons à Morwenna. Donc, Treverra sort on ne peut plus vivant et dynamique de son tombeau et disparaît allégrement par la galerie secrète qui lui permet, quand la marée est basse, de regagner au choix le port de Maymouth ou celui de Pentarno. Peu importe lequel il a rejoint : un navire — le sien ou un autre — l'attend dans l'un des deux pour le conduire jusqu'à la fortune qu'il a mise de côté quelque part aux Antilles à l'éternel été. Une croisière au paradis du soleil, comme a dit Dominic. Ah ! Si seulement j'avais prêté l'oreille ! Mais ce n'était pas Tir-nan-Og ! Même pas les Bahamas, peut-être, mais pas bien loin. D'après les archives, c'était avec la Trinité, Tobago et la Barbade qu'il faisait l'essentiel de son commerce. A mon sens, nous devrions encore pouvoir retrouver ses traces par là.

« Qui était dans le secret ? On ne peut que formuler des hypothèses, mais je dirais qu'il n'y avait qu'eux trois — Jan, Morwenna et leur fils aîné —, plus, peut-être, le capitaine du navire. Possible qu'un médecin de famille ait aussi été dans le coup pour attester du décès, mais, après, il s'est bien gardé d'ouvrir la bouche. C'était la seule façon de se protéger, et qui pourrait l'en blâmer ? Auraient-ils réussi sans lui ? Cela n'a plus guère d'importance aujourd'hui. Toujours est-il que je suis convaincu que c'est ainsi que les choses se sont passées. Cela explique le cercueil vide qui a connu après un excédent de population. Et cela explique également la suite des événements.

« Morwenna, comprenez-vous, n'aurait jamais donné son accord à un tel projet s'il n'avait pas été prévu qu'elle rejoindrait Jan. L'acte deux devait être sa propre volatilisation. Il était entendu qu'elle attendrait un certain temps avec toutes les apparences de la douleur avant de retrouver son seigneur et maître dans un paradis tout ce qu'il y a de terrestre. Six mois plus tard, le même scénario redémarre. Elle "meurt" après une crise cardiaque et on l'enterre dans le tombeau préparé à son intention.

Simon s'interrompit. Quelqu'un avait proféré un son presque inaudible, mais pourtant aussi déchirant qu'un cri. Un frémissement agita les convives, un bruissement de respirations comme s'ils sortaient tous d'un état de transe. Paddy, les joues cramoisies, se rencogna autant qu'il put dans l'ombre.

— Je vous demande pardon, bredouilla-t-il. Je pensais seulement... Elle était si *petite* !

— Ils avaient pris toutes les précautions possibles, Paddy. C'était, du moins, ce qu'ils croyaient. Oui, elle était toute menue et très frêle. Elle n'aurait pas pu soulever la dalle funéraire toute seule, ils le savaient. Aussi devait-elle attendre patiemment dans le cercueil que la nuit tombe et que son fils vienne la délivrer.

Il l'aurait conduite par le passage souterrain jusqu'au port où elle n'aurait plus eu qu'à monter à bord d'un navire à l'ancre. Le léger cercueil de bois dans lequel on l'avait couchée était percé de trous minuscules juste à la hauteur de sa figure... l'avez-vous remarqué, George ? Le tombeau de pierre contenait suffisamment d'air pour qu'elle puisse tenir jusqu'à la nuit. Et elle avait les fonds nécessaires pour le voyage en espèces et en bijoux. Le couvercle de bois ne devait pas être cloué à fond afin qu'elle puisse le soulever elle-même. Il était indispensable qu'elle eût, en outre, le cœur d'une lionne — et, de ce côté, elle était parée, pas de problème. C'est *elle*, j'en jurerais, qui a eu l'idée de mettre en exergue cette citation erronée de Dryden : « Seul le brave est digne du brave. » Attendre des heures et des heures, gisant dans cette boîte, toute seule dans les ténèbres, ne lui paraissait pas être une épreuve tellement épouvantable à côté de la récompense que devait lui apporter cette torture.

« Mais la nuit qui suivit ses funérailles fut, rappelez-vous, celle de la grande tempête au cours de laquelle tous les bateaux de pêche rompirent leurs amarres. Le jeune Treverra, nouveau seigneur du domaine, fut emporté par la tourmente. Dans le noir, il tomba du haut de la falaise et se noya. Un jeune homme pleurant sa mère qui se promène sur les falaises... personne ne se serait demandé ce qu'il faisait là.

« J'ai peur, j'ai terriblement peur que son intention était de descendre le sentier escarpé menant à l'église et au caveau pour se rendre auprès de sa mère ressuscitée et la faire embarquer à bord du navire à destination de la Barbade.

« Et personne ne connaissait la vérité.

« Personne. Elle était morte et on venait de l'enterrer, voilà tout. Si... je dis bien *si*... le docteur était au courant, il a dû penser que tout se déroulait conformément aux prévisions. Ou, au moins, que le fils s'occupait de sa mère. Jusqu'au moment où il a appris qu'il avait disparu. Et la nouvelle a fort bien pu ne lui parvenir que dans la matinée du lendemain. A ce moment, un médecin devait forcément savoir qu'elle était morte. Il a eu peur de parler. Il ne pouvait plus rien pour elle et, s'il parlait, cela risquait non seulement de lui nuire, mais de porter également tort à Treverra. Dès qu'on saurait qu'il était bien vivant, les autorités donneraient l'ordre de le rechercher. Et rien ni personne ne pourrait désormais lui rendre Morwenna.

— Mais le bateau ? se hasarda à demander Dominic d'une voix altérée. Le bateau qui l'attendait au large. Le capitaine n'aurait-il pas essayé de savoir ce qui s'était passé ?

— C'est précisément ce qui me fait penser que, cette fois, ce n'était pas un des navires de la flotte de Treverra. Le risque qu'il soit arraisonné dans les eaux territoriales était manifestement trop grand. Non, je crois qu'il s'agissait d'un simple accord commercial pris avec un quelconque capitaine. Si tel était bien le cas, tout ce qu'il savait était qu'il devait mettre un canot à la mer à tel ou tel endroit de la côte où une dame l'attendrait, rien de plus. Et si les hommes d'équipage ont réussi à mettre le canot à l'eau dans cette mer démontée, la dame n'était pas au rendez-vous. Ils ne pouvaient pas deviner ce que son absence signifiait en réalité. Pour eux, la dame leur avait posé un lapin, voilà tout. Peut-être ont-ils attendu aussi longtemps qu'ils ont pu, peut-être n'ont-ils pas pu aborder. Que pouvaient-ils faire sinon partir sans elle ?

« Et le trésor, l'argent et les bijoux qu'elle devait emporter, est resté à dormir pendant deux siècles dans son cercueil jusqu'à ce que Zeb Trethuan le découvre et entreprenne d'en tirer profit pour son propre compte. Et il s'est ensuivi une nouvelle mort.

« Personne n'était au courant, n'est-ce pas ? Le corps du jeune Treverra n'ayant pas été retrouvé, le caveau n'a pas été rouvert pour l'accueillir. Son jeune frère revint de son école pour devenir le nouveau seigneur des lieux, mais il n'avait pas été mis dans le secret. Son père et sa mère étaient morts et enterrés, pour lui, pas de mystère, pas de tragédie, sinon la tragédie banale et personnelle qui arrive un jour ou l'autre à tout un chacun quand on perd des êtres chers. Quand il mourut à son tour, St. Nectan menait une bataille perdue d'avance contre l'ensablement. On avait déjà construit une nouvelle église, St. Mary, sur les hauts de la ville, et abandonné le vieux cimetière du bord de mer. Morwenna y reposait seule, loin de son Jan bien-aimé, et Dieu seul sait lequel des deux en a été le plus malheureux.

Tamsin se leva et alla chercher sur le bureau le dossier contenant les archives des Treverra. Elle posa le texte des deux épitaphes sur la table.

— Je les connais par cœur, dit-elle d'une voix sourde. Pourtant, elles me paraissent maintenant tellement évidentes que j'ai l'impression qu'elles auraient dû nous donner la clef de l'énigme dès le début. Comment les indices que Jan a semés ont-ils pu nous échapper ? Parce que tout est là ! Ne l'entendez-vous pas ? Chaque fois qu'il entreprenait quelque chose, il fallait que le jeu qu'il avait décidé de jouer le mette directement en danger sinon cela n'aurait pas valu le coup. Tout ce qu'il se préparait à faire, il l'a mis noir sur blanc. Il s'est évanoui dans la nature en faisant un bras d'honneur aux lois et en mettant tout le monde au défi de suivre sa piste, à supposer que ses contemporains aient été assez malins pour comprendre. Ils n'ont rien compris. Et nous pas davantage.

« Sous cette Pierre jamais ne trouveras,
Muets Témoins ambigus, d'Ossements émiettés...

« Autrement dit : "Inutile de me chercher ici, vous ne m'y trouverez jamais." Et ce "dédale", ce "labyrinthe au-delà du tombeau", qu'était-ce donc sinon la galerie bien réelle qui servait de sortie de secours ? Il expliquait comment il s'était volatilisé et, en guise de pied de nez, concluait : "Suivez-moi si vous êtes assez astucieux pour comprendre." Quant aux quatre derniers vers, c'est à Morwenna qu'ils sont dédiés :

« Suis cette voie sans peur,
Là t'attend ton Seigneur.
Là tu savoureras enfin l'Amour dernier,
L'Amour dont la douceur est celle du premier

Le visage de Simon, dont le regard était fixé sur Tamsin, était impénétrable. Il était pâle sous son hâle et ses yeux avaient perdu tout éclat.

— Maintenant, écoutez Morwenna, poursuivit-il d'une voix impersonnelle. Ce sera elle-même que vous croirez entendre, je n'en doute pas.

« Que l'on grave ces mots sur la tombe de
[Morwenna :
SEUL LE BRAVE EST DIGNE DU BRAVE.
Ici point ne versez de larmes, elles sont sans objet.
Nul saint n'est plus que moi Mort heureux et en
[paix,
Assurée qu'en ce dur Nid de Roc point ne
[demeurerai.
Par l'Amour emportée, bientôt m'envolerai
Au Pays du Soleil dont j'ai la Nostalgie
Et là, délivrée, libérée, les ci-gît abolis,
Tout recommencera dans les bras retrouvés
De mon Maître et Seigneur qu'à nouveau
[j'Étreindrai.

« Alors ? N'est-ce pas sa voix que vous entendez ?

Oui, c'était la voix même de Morwenna, soudain véhémente, sacrilège, arrogante et joyeuse, à l'opposé de l'image que donnait d'elle son effigie conventionnelle. Miss Rachel s'agita nerveusement, refusant d'accepter, mais pourtant bien forcée de le faire, ce qu'elle discernait à présent dans la ravissante et gracile créature dont le portrait trônait au mur.

— C'était elle la plus folle des deux ! s'exclama-t-elle. C'est bien plus qu'un petit blasphème anodin ! Pauvre enfant ! Quelle terrible fin ! Pensez-vous, Mr. Polwhele, que ce qui leur est arrivé a été une sorte de Jugement divin ?

— Non ! répondit le vicaire avec une expression de dédain si inattendue de la part d'un ecclésiastique que sa propre véhémence parut le surprendre quelque peu lui-même. J'aurais bien honte d'attribuer à Dieu une malveillance que je ne me sens pas moi-même capable de manifester. Et je ne crois pas que le spectacle de deux de ses enfants téméraires et exubérants qui s'incitent mutuellement à dire des choses pendables sur mon compte serait de nature à m'inciter à cogner le crâne de l'un contre le crâne de l'autre, et encore moins à faire dégringoler sur eux une montagne pour les écraser. Je pense plutôt que j'irais même jusqu'à rire derrière leur dos. Cela dépendrait de la qualité de leur style. Et Morwenna avait du style, c'est indéniable. Non, je ne crois pas que le fait qu'il n'y ait plus personne pour soulever la dalle ait réjoui le Ciel. Ce fut plutôt ressenti comme une perte terrible. Morwenna était courageuse, loyale et pleine d'amour, suffisamment de vertus pour que l'accusation de « langue rebelle », pour reprendre les termes de la Version Autorisée, tombe d'elle-même. Non, il faudrait plutôt dire qu'ils mettaient tant d'obstination à jouer avec le feu qu'ils devaient inévitablement finir par s'y brûler. Mais, pour eux, jouer avec le feu rendait la vie deux fois plus digne d'être vécue. On ne peut pas gagner sur tous les tableaux.

— Si elle a commis le péché de blasphème, dit Phil en frissonnant, elle l'a payé. Et cher. Il n'y a pas de sort plus épouvantable que celui qu'elle a subi.

— Crois-tu ?

Simon leva les yeux et balaya la table du regard avec un bref sourire crispé.

— Je me demande combien de temps Treverra l'a attendue ou a attendu de ses nouvelles. Il ne pouvait pas rentrer au manoir, ni même écrire, puisqu'il passait pour mort. Et il fallait qu'il le reste sinon il aurait toujours été recherché. Peut-être a-t-il pensé que Morwenna avait changé d'avis et trouvé que la situation de veuve lui convenait à merveille. Peut-être a-t-il fini par penser qu'elle s'était remariée. Peut-être est-il allé jusqu'à imaginer qu'elle organisait déjà son avenir et se gaussait de lui alors même qu'il mettait la dernière main à sa mystification. A quarante et un ans, elle était d'une rare beauté. Et il était impossible à Jan de revenir livrer bataille pour l'arracher à son rival. La bonne farce qu'il avait préparée s'était retournée contre lui.

S'il avait quelque chose à payer, il l'a payé, croyez-moi. Une seule torture lui a été épargnée ; au moins, il n'a pas su comment sa bien-aimée était morte.

Les invités de Miss Rachel ne s'attardèrent pas et prirent congé assez tôt car Paddy prenait le train le lendemain matin et devait encore boucler ses valises. C'était l'heure de la marée montante. La lune était déjà levée. La plage était un ruban d'argent et les quelques nuages qui dérivaient dans le ciel paraissaient humides.

— Mon petit numéro vous a impressionné, n'est-ce pas ? dit Simon à George Felse en descendant le perron.

Il avait posé la question sur un ton délibérément léger, mais il y avait de la lassitude dans sa voix. Il était passé d'un pas raide devant Tamsin qui, hésitante, l'attendait devant la porte de la terrasse. Cela faisait déjà quelque temps qu'il se forçait à la snober ainsi. Il avait fallu plus d'une journée à la jeune fille pour s'en apercevoir et plus longtemps encore pour arriver à la conclusion que c'était intentionnellement qu'il l'évitait. Se voyant une fois encore traitée par le mépris, elle avait sans plus attendre rejoint Paddy et Dominic qui, eux, l'avaient accueillie avec plaisir. Tous trois bavardaient devant la Mini. Ils ne parlaient pas très fort et leurs voix retenues, aussi légères que le vent au goût de sel, avaient, elles aussi, quelque chose d'automnal.

— Oui, vous êtes un détective hors pair, répondit George à Simon.

Ce dernier avait les yeux fixés sur Paddy et il se laissait aller à sourire vaguement. Il n'avait aucune raison de penser que Felse en savait assez long pour que ce sourire imprudent puisse faire tilt dans la tête de l'inspecteur.

— Et si vous vous attaquiez au dernier mystère qui reste à élucider ? poursuivit George. Je suis sûr que vous pourriez porter avec autant de précision un doigt accusateur sur l'assassin de Trethuan si vous vous en donniez vraiment la peine.

Le sourire de Simon se figea un court instant avant de s'élargir un peu plus.

— J'essaierai peut-être, dit-il. Mais j'ai encore une question à poser avant de savoir ce que j'aurai à vous dire à ce sujet. Accordez-moi jusqu'à demain.

— Comme vous voudrez.

— Je peux vous déposer à l'hôtel, si vous voulez. On peut à la rigueur tenir à quatre. Ce n'est pas le comble du confort, mais c'est tolérable, sur un aussi court trajet.

— Je vous remercie, mais nous rentrerons à pied. Ce n'est pas loin et, à cette heure, cela fera une agréable promenade. Je crois d'ailleurs que nous allons dès maintenant faire nos adieux à Paddy. La journée de demain devra être réservée à la famille, vous ne pensez pas ?

La question destinée à mettre un point final à l'affaire Trethuan fut posée un peu plus tard dans la soirée. Et la personne qui devait y répondre n'était autre que Paddy Rossall.

Les bagages de Paddy étaient fin prêts, toute la famille était réunie devant la cheminée avant d'aller au lit, on faisait un sort à la dernière théière, quand Simon dit d'une voix volontairement neutre et dépourvue d'emphase, afin que le choc causé par ses propos soit amorti — comme la vague qui vient mourir sur la plage :

— Je n'avais pas l'intention de faire ça, et si la vérité n'avait pas surgi sans aucune intervention de ma part, je ne l'aurais jamais fait. Mais, à présent, nous savons tous où nous en sommes. Tu as quinze ans, Paddy. Tu es maintenant un homme. Tu sais que je suis ton père. Alors, je tiens à te parler en présence de Tim et de Phil. La loyauté l'exige.

Un silence de mort suivit cette déclaration.

— Tu crois que c'est juste, Simon ? demanda Tim quand il eut recouvré l'usage de la parole.

— Oui, je le crois. Non seulement juste, mais nécessaire. Absolument nécessaire. Nous rongeons notre frein depuis hier matin alors que nous savions les uns comme les autres la tournure que la situation avait prise. C'est indispensable pour nous tous, ne serait-ce que pour rendre l'atmosphère respirable. Paddy sait maintenant qui je suis. Alors, pourquoi ne pas le dire ? Dis-le, Paddy.

— Simon, tu n'as pas le droit...

Phil posa la main sur le bras de son mari pour le retenir. Il s'attendait à ce qu'elle éclate d'indignation, mais non. Elle demeurait muette. Cela le stupéfia, mais eut en même temps l'effet de le calmer, et il referma la bouche.

— Oui, je sais, dit Paddy dans un murmure.

Sa voix était tendue. Il posa sa tasse sur le foyer de la cheminée et essuya lentement ses paumes sur son pantalon. Son expression était indéchiffrable.

— Alors, écoute-moi. Je te respecte et je sais que tu répondras avec franchise. Nous voulons tous que tu sois heureux, que tu aies une vie pleine et satisfaisante. Maintenant, je vais parler en mon nom personnel. C'est la première fois que je suis en mesure de le faire et je ne vois pas pourquoi je n'en tirerais pas parti. Je sais que ma proposition arrive bien tard, Paddy, mais j'ai beaucoup à t'offrir. J'ai un contrat pour une série d'articles et d'émissions qui me feront pratiquement faire le tour du monde. Si tu veux, tu pourras venir avec moi. Le choix t'appartient. A toi et à toi seul. Je te donnerai tout ce que je pourrai te donner, je ferai tout ce que je pourrai faire pour toi. Je souhaite t'avoir auprès de moi, Paddy. Je le souhaite très fort. Et si tu es d'accord pour rester avec moi, je ferai tout ce qu'il me sera possible de faire pour le mériter.

— Écoute un peu, toi... gronda Tim.

— Non, laisse-le parler.

Phil obligea son mari à se rasseoir et le maintint de force sur sa chaise. Son étonnante sérénité était contagieuse : Tim ne bougea plus. N'importe comment, il était trop tard pour éviter l'affrontement. La question n'était plus entre leurs mains, mais elle n'était pas non plus dans celles de Simon. Paddy, lui aussi, avait son libre arbitre. Ils devaient lui faire confiance. Il n'y avait pas à débattre. Leurs arguments étaient dans la balance depuis quinze ans. Des arguments qui n'étaient pas agrémentés de promesses de voyages autour du monde, des arguments sans tralala. Maladroits, imparfaits, intimes. Mais Phil connaissait leur poids et elle avait déjà misé sur leur validité. Et c'était sa vie et celle de Tim qui étaient en jeu.

C'est pourquoi Simon était seul à parler. Et, s'agissant de parler, il était sans égal quand il se donnait à fond. Sans égal et impitoyable maintenant qu'il était en quête d'une chose à laquelle il tenait vraiment. Miss Rachel avait été bon prophète.

— C'est tout, Paddy. Tu sais ce que tu as ici et tu sais à présent ce que je te promets. A toi de faire ton choix. Si tu décides de partir avec moi, je ne crois pas que Tim et Phil s'y opposeront.

C'était un combat à mort qu'il livrait. Il avait mis toutes ses forces dans la bataille et il se sentait vidé. Et Paddy immobile, les mains crispées sur ses genoux, pâle et tendu, regardait fixement le feu.

— Regarde-moi, Paddy !

Le garçon releva la tête et regarda Simon dans les yeux. Sa bouche et son menton semblaient taillés dans la pierre. Comme si les larmes n'étaient pas loin.

— Veux-tu venir avec moi ?

Paddy ouvrit lentement la bouche. Péniblement. Il

s'humecta les lèvres d'un coup de langue et tenta de dire quelque chose, mais la voix lui fit défaut et il n'émit qu'un son grinçant. Le second essai fut nettement plus concluant. Cette fois, sa voix était remarquablement forte, égale et contrôlée.

— Je regrette, mais c'est ici que je suis chez moi. Avec mes parents. Je t'aime beaucoup et, bien sûr, tu es le meilleur ami de mon père. Mais je ne veux aller nulle part. Sauf à la pension où je retourne demain. Mais je te remercie, ajouta-t-il avec une politesse exemplaire.

Détendant violemment les doigts, il se leva brusquement. Ses gestes étaient un peu contraints et appliqués.

— Maintenant, je vais me coucher, si vous permettez. Bonne nuit, maman.

Le baiser rapide dont il effleura sa joue comme à l'accoutumée interdit à Phil de manifester ni surprise ni inquiétude.

— Bonne nuit, papa.

Il posa légèrement sa main sur l'épaule de Tim au passage. C'était une belle sortie, mais, à mi-chemin de la porte, quand il passa devant un Simon muet et pétrifié, il la gâcha lamentablement.

Pas délibérément. Il avait marqué un temps d'hésitation et jeté un regard affolé autour de lui, cherchant frénétiquement une bonne formule. Mais il n'en trouvait pas. Ce silence devenait assourdissant, il fallait absolument le rompre. On ne peut pas retrancher purement et simplement un être humain de sa vie et faire comme s'il n'existait pas, on ne peut pas l'appeler « oncle Simon » alors qu'il vient de vous rappeler qu'il n'a rien à voir avec cette appellation ; on ne peut pas davantage lui donner du « Père » alors qu'on a déjà un père et qu'on a eu toutes les peines du monde à proclamer haut et fort qu'on n'a aucune intention de l'échanger contre qui que ce soit. Il ne restait plus qu'un nom, la seule possession inaliénable, et la formulation respectueuse n'était encore qu'à moitié appropriée.

— Bonne nuit, Mr. Towne ! lâcha Paddy en pleine panique — et il comprit immédiatement et avec horreur que le silence aurait été préférable.

Simon rejeta la tête en arrière et vida péniblement ses poumons comme s'il avait reçu une gifle en pleine figure. Il allongea la main dans un geste de protestation incrédule et empoigna le bras de Paddy.

— Mon cher *enfant*...

Paddy leva vers lui un visage blême qu'enflammait une fugace lueur de rage et de désespoir, et il frappa de toutes ses forces, n'ayant plus qu'une seule idée en tête : en finir une bonne fois avec cette scène et s'enfuir.

— Là, tu as tout faux ! Je ne suis plus un enfant, je ne te suis pas tellement cher et, par-dessus tout, je ne suis *pas à toi*. Tu m'as donné, tu te rappelles ?

L'espace d'un éclair, Phil vit s'affronter leurs visages crispés, aussi ravagés l'un que l'autre. Ils ne lui avaient encore jamais paru aussi semblables. Puis Paddy arracha son bras à l'étreinte de Simon et sortit à pas comptés. Mais quelques secondes plus tard, on l'entendit grimper l'escalier à toute allure pour aller se réfugier dans la solitude de sa chambre.

Simon demeurait figé sur place, le bras toujours tendu, incapable de réaliser ce qui lui était arrivé. La décision de Paddy était définitive, il n'y avait aucun doute là-dessus, mais il lui fallut quasiment une éternité, lui semblait-il, pour admettre qu'elle était irrévocable et l'accepter comme telle. Tournant le dos à Phil et à Tim, il alla, marchant comme un aveugle, jusqu'à la table et prit une cigarette dans le coffret pour occuper ses mains qui tremblaient.

Phil, qui, instinctivement, s'était levée et avait fait deux pas en direction de la porte dans l'intention de suivre Paddy, se maîtrisa et revint lentement s'asseoir.

Elle chercha la main de Tim et la serra avec reconnaissance. Les cheveux blonds de Simon qui faisaient une tache pâle sur le fond sombre des rideaux, ses épaules rigides et ses mains qui frottaient patiemment, obstinément, allumette sur allumette, lui paraissaient soudain apparentés à la personne même de son fils chéri et avoir infiniment plus besoin de pitié que lui.

— Je devrais te casser la figure.

Tim se leva. Un pli mauvais lui durcissait les lèvres.

— Tu crois pouvoir faire mieux que Paddy ? demanda Simon d'une voix tendue.

— Tu l'as cherché.

— Je sais. Et j'ai eu ce que je méritais. Juste entre les deux yeux.

Simon avait maintenant suffisamment récupéré pour être capable de faire face au couple. Une ébauche de sourire sans joie retroussait les coins de ses lèvres.

— Ne t'en fais pas, je sais quand je suis dans les cordes. Même si je n'ai jamais eu beaucoup de pratique dans ce domaine, je peux encore reconnaître que j'ai perdu la partie quand je l'ai perdue. Pardonne-moi, Tim. Je t'ai joué un sale tour. Cela ne se reproduira plus. Plus jamais.

— J'ai essayé de te mettre en garde, murmura Phil.

— Je sais. J'aurais dû me rappeler que les femmes ne parient généralement pas quand il s'agit de choses qui ont vraiment de l'importance pour elles à moins qu'elles ne soient sûres et certaines de gagner. Je n'oublierai plus.

— Contente-toi de ce que tu peux obtenir, Simon, dit impulsivement Phil en serrant plus fort la main de Tim parce que, bien sûr, il ne comprenait pas et ne comprendrait probablement jamais. Parce que *quelque chose* te revient. Je sais que ce n'est pas ce que tu voulais, mais c'est trop magnifique pour être repoussé.

De l'autre bout de la pièce, Simon vint à elle. Il lui prit le menton dans la main et l'embrassa.

— Tu es merveilleuse, Phil. Je prendrai toutes les miettes qu'on m'offrira. Mais je ne mérite pas de cadeau et je ne réclamerai plus rien. A partir d'après-demain, je ne vous ennuierai plus.

11

LUNDI MATIN

Quand Paddy descendit, le lendemain matin, il était pâle et silencieux, mais calme et parfaitement maître de lui. Il fallait, grâce au ciel, s'occuper des derniers préparatifs pour son retour à la pension, autant de détails banals qui n'avaient rien de dramatique et qui ne lui donnaient pas l'occasion de faire dans l'introspection. La veille au soir, déjà, quand elle était montée dans sa chambre presque comme une coupable pour l'embrasser une dernière fois, Phil l'avait trouvé tranquille et prêt à s'endormir. Sa visite avait quand même fait plaisir à Paddy. Ne pas avoir besoin d'être consolé est une bonne chose, mais c'est encore mieux de savoir qu'il y a quelqu'un toujours prêt à vous réconforter si on le souhaite.

— J'espère que je n'ai pas été grossier, maman. Je ne voulais pas l'être. Mais j'étais un peu paumé. Ça m'est tombé sur le crâne alors que je ne m'y attendais pas.

— Je sais. Ne t'inquiète pas, tu n'as pas été impertinent.

Elle le serra contre elle — par pur égoïsme, d'ailleurs, car jamais Paddy n'avait eu l'air aussi adulte et aussi indépendant. Il lui sourit avec affection, mais son sourire était grave.

— Dis, m'man... ça ira pour *lui* ?

— Ne t'en fais pas. Nous ferons en sorte que tout aille bien.

Phil avait compris ce que Paddy voulait dire. Ce fut elle qui invita Simon à les accompagner à la gare, donnant ainsi à son fils l'occasion d'appuyer sa proposition.

— Oh oui ! Viens avec nous. Il y aura largement assez de place. On a déjà expédié ma malle, je n'ai qu'une petite valise à emporter.

Ils étaient quatre dans la Mini : Simon devant à côté de Tim qui conduisait, aussi taciturres l'un que l'autre ; Paddy et sa mère bien à leur aise derrière et un peu tristes tous les deux. La rentrée a toujours quelque chose d'un peu démoralisant et, en même temps, de réconfortant.

— Ces vacances ont été formidables, mon chéri. Dommage qu'elles soient finies. N'oublie pas de nous écrire une fois par semaine, sinon il y aura de la bagarre.

— On me le rappellera, t'en fais pas. Mais ce ne sera pas la peine. N'importe comment, je n'oublierai pas. Courage ! Ce sera bientôt Noël.

Ce n'était pas encore demain la veille, mais Paddy savait par expérience que le temps passerait vite. Il serra affectueusement l'épaule de Phil, mais, presque aussitôt, il se retrouva en train de penser aux perspectives de la nouvelle saison de foot.

Ils mirent pied à terre devant la palissade de bois blond de la gare et sortirent la valise avec tout le cérémonial d'usage, se demandant déjà avec inquiétude, mais en vain, si on n'avait pas eu le malheur d'oublier quelque chose.

— Eh bien, je vais te faire mes adieux, dit Simon d'un ton sinon d'un cœur léger. Il faut que je passe un coup de téléphone en ville. Au revoir, mon petit Paddy, et fais bon voyage. Je te souhaite un bon trimestre.

— Merci beaucoup.

Il s'était retenu jusqu'à maintenant pour que l'effet soit maximum. Il étreignit la main de Simon avec chaleur, mais avec encore une certaine réserve.

— Au revoir...

Il était cramoisi, mais ses yeux bleus ne cillèrent pas.

— ... *oncle Simon !*

Simon se détourna brusquement et s'éloigna d'un pas égal, l'allure dégagée, mais intérieurement déchiré par l'aumône que lui avait charitablement accordée Paddy. A l'extrémité du quai, un homme svelte, tranquillement accoudé à la barrière, regardait les bambins des petites classes se rassembler en piaillant et les grands de terminale remplis de leur importance, lâcher leurs parents pour discuter avec les copains de leur âge. Ceux qui, comme Paddy, étaient entre les deux étaient les plus à l'aise. Ils faisaient du patin à roulettes ou se bousculaient sans inhibition et sans craindre de déchoir. Certains, et Paddy était du nombre, restaient à attendre avec leurs parents, ouvertement désireux de profiter encore quelques minutes de la chaleur du cocon familial. Ceux-là n'en étaient plus à avoir le mal du pays et ne redoutaient plus de fondre en larmes. Cela appartenait à un passé révolu, mais ils n'en étaient pas encore arrivés au stade où l'on nie purement et simplement avoir eu une origine humaine et où l'on préférerait que les parents ne soient pas là de crainte que leur présence puisse porter atteinte à l'image idéale qu'on entend donner de soi.

— Somme toute, dit George Felse, un léger sourire aux lèvres, en tournant le dos au spectacle, je dois dire qu'ils me font éprouver une certaine autosatisfaction. Mais ne serait-il pas plus simple de mettre le garçon, la malle et tout le bataclan dans la Land-Rover pour déposer le tout à la pension ? Elle n'est qu'à trente kilomètres.

— Il ne saurait en être question, répondit Simon. On a toujours pris le train pour la rentrée et on le prendra toujours. Quand ils arriveront, la glace sera brisée ; ils auront plongé dans l'eau froide et surmonté le choc. Ils auront même commencé à y prendre plaisir. Trente kilomètres, c'est juste suffisant.

— Je vois, fit George en emboîtant le pas à Simon, que vous possédez les connaissances de base indispensables à un père.

— Mais pas les autres qualités requises. Cigarette ?

Ils s'arrêtèrent le temps de craquer une allumette et se remirent en marche. Simon aspira avidement une bouffée qu'il souffla lentement.

— Oui... je vous avais promis de vous apporter une solution, n'est-ce pas ?

— Vous avez promis, tout au moins, de me dire si vous pouviez ou non en apporter une. Après que vous aurez posé une ultime question.

— Elle a été posée. Et elle a reçu sa réponse.

Simon continua d'avancer, les yeux fixés au sol. Une minute s'écoula avant qu'il reprenne la parole.

— Encore qu'en vérité je n'aie rien à vous dire. Parce que vous savez déjà... n'est-ce pas ?

— Je sais depuis le début qui l'a mis dans le cercueil. Je ne savais pas qui l'avait tué avant que Miss Rachel m'ait appris que vous étiez avec elle dans le jardin et que vous aviez parlé de Paddy le mercredi après-midi. Pendant que Trethuan cueillait des prunes. Quelques heures plus tard, il était mort. Et même maintenant, ajouta Felse en détachant les mots, je ne pourrais pas le prouver.

— Inutile de vous faire de souci. Vous n'avez pas besoin de faire la preuve. Paddy m'a envoyé promener.

Simon se tut de nouveau. Les deux hommes marchaient d'un pas égal dans l'étroite rue gravillonnée menant au centre-ville. Un train siffla au loin.

Simon reprit enfin la parole :

— Si Paddy avait fait porter son choix sur moi... mais je me rends compte maintenant que penser seulement qu'il pourrait le faire était de la folie..., je l'aurais bouclée et j'aurais disparu vite fait en vous laissant le soin de l'apporter, votre preuve. Oui, je l'aurais pris sous mon bras et adieu ! Mais il m'a envoyé sur les roses. Comme personne ne l'avait encore jamais fait. Et plus brutalement encore. Et, en définitive, si vous voulez que je vous dise, je préfère ça, voyez-vous. Mes instincts sont irrémédiablement du côté de la justice, après tout.

Une rafale de vent froid venue du large lui fit enfoncer les mains dans ses poches et arrondir les épaules.

— J'ai compris hier soir que vous saviez que Paddy était mon fils.

— Il s'est trouvé que le soir où on était à sa recherche j'étais avec Phil quand Miss Rachel a finalement accepté de dire ce qu'elle avait fait. Phil lui a répondu que, n'importe comment, elle n'avait pas pu lui dire *qui* était son père parce qu'elle n'en savait rien. Mais si, lui a rétorqué la vieille dame, elle le savait parfaitement pour la bonne raison que vous le lui aviez appris vous-même pas plus tard que le mercredi après-midi quand vous lui aviez rendu visite. Mais rassurez-vous, je n'en ai parlé et n'en parlerai jamais à personne.

— Et comment avez-vous eu connaissance du reste ? Qu'est-ce qui vous a mis la puce à l'oreille ?

— Différentes petites choses. D'abord, le fait que vous m'ayez prié de venir. J'avais passé avec vous toute une soirée ou presque et une partie de la matinée du lendemain, et vous n'aviez pas jugé nécessaire de m'embaucher. Mais cinq minutes après que Paddy a lâché que j'appartenais au C.I.D., vous m'avez demandé de faire équipe avec vous. Il fallait bien qu'il y ait une raison à ça. C'était à peine si vous me connaissiez. Tout ce que vous saviez, c'était que j'étais un policier. Mais un policier en vacances, en dehors de sa juridiction et sans contact avec les autorités locales. Je n'ai compris pourquoi vous vouliez tellement que je sois des vôtres que lorsque nous nous sommes trouvés devant un cadavre. Alors, la lumière s'est faite. Vous vouliez la présence d'un témoin qui soit un observateur expérimenté et sans idées préconçues. Vous vouliez que toutes les personnes qui, autrement, auraient pu faire figure de suspects soient dégagées de tout soupçon. Parce que vous saviez qu'on allait trouver le cadavre. Pour la bonne raison que c'était vous qui l'aviez mis dans le cercueil. Ce n'était pas plus difficile que ça. Tout le reste devait coller avec ce postulat et tout — la façon dont l'affaire avait été organisée, le rendez-vous dans le caveau — collait parfaitement. La découverte du corps avait été organisée d'avance et il ne pouvait y avoir qu'un seul metteur en scène possible. Et d'autres détails touchant votre comportement personnel collaient également. Vous avez commencé à éviter Tamsin. Pardonnez-moi si je joue les éléphants dans le magasin de porcelaine en bousculant sans prendre de gants des choses dont vous préféreriez qu'elles n'entrent pas en ligne de compte, mais puisque vous voulez savoir comment je suis arrivé à cette conclusion... Depuis cinq jours, vous avez pris soin de la tenir à l'écart. Mais ce n'était pas... je vous demande encore pardon... parce qu'elle ne vous attirait plus. Et quand Paddy a disparu, c'est vous et vous seul qui avez dit qu'on le retrouverait sain et sauf. Parce que vous saviez évidemment qu'il n'avait rien à craindre de notre hypothétique meurtrier en fuite. Ça n'a été que plus tard, comme il demeurait toujours introuvable, que vous vous êtes vraiment inquiété. Vous voulez que je continue ?

Simon s'arrêta un instant pour écraser sa cigarette sous son talon.

— Oui, je vous en prie. C'est on ne peut plus intéressant.

— Toute la population de Maymouth savait qu'on allait ouvrir le caveau et vous, vous le saviez mieux que personne. Aussi, quand vous y avez déposé le corps de Trethuan, ou, tout du moins, quand vous avez décidé de l'y déposer, c'était parce que *vous vouliez qu'on le trouve*. Cela ne m'a d'ailleurs pas tellement étonné. En supposant que vous ayez été d'une manière ou d'une autre responsable de sa mort, il était peut-être préférable pour vous que cela se passe ainsi, si vous pouviez vous arranger pour que les soupçons ne tombent pas sur vous. Les choses étant ce qu'elles étaient, vous teniez à ce que ses proches ne restent pas dans l'incertitude, à se demander s'il était mort ou vivant. Mais si vous vouliez qu'on le retrouve et si, comme c'est probable, il est mort noyé, pourquoi ne pas attendre que la mer ait rejeté son cadavre sur l'Ossuaire ? Il y a aussi une réponse à cette question. Depuis que nous sommes arrivés, Paddy est la première personne qui venait tous les jours se baigner sur cette plage.

« Et vous n'auriez voulu en aucun cas que ce soit lui qui découvre le cadavre. Pas seulement parce que cela aurait été horrible pour lui. Trethuan était, en un sens, mort à cause de Paddy, et vous ne pouviez pas supporter l'idée qu'il puisse y avoir entre eux un lien plus étroit encore que celui qui existait dans votre esprit. Quand vous avez appris qu'il l'avait entrevu au large, cela a déjà été un choc assez rude, n'est-ce pas ? Vous lui avez alors promis d'avertir les gardes-côtes. Et je sais que vous ne l'avez pas fait, même après que Dominic vous l'a rappelé plus tard au bar. Mais vous n'aviez pas oublié. Vous n'oubliez pas les promesses que vous faites à Paddy.

« Seulement, il n'y avait pas l'ombre d'un mobile. Pas même quand il est apparu que Trethuan avait essayé de vous dissuader d'ouvrir le caveau, menaces à l'appui. Qu'aviez-vous à faire de ses menaces ? Il n'avait pas barre sur vous. Non, jusque-là, j'avais tendance à penser que vous saviez qui l'avait tué et que vous couvriez le coupable parce que vous ne le considériez pas comme un assassin, et que vous cherchiez en même temps à protéger les innocents de tout soupçon. Et puis Miss Rachel a révélé qu'il se trouvait dans le verger du manoir Treverra au moment où vous étiez sur la pelouse avec elle et où vous lui disiez que Paddy est votre fils. Trethuan vous avait suivi depuis le cimetière après que vous l'aviez envoyé paître une dernière fois. Il avait maintenant le dos au mur, il était affolé. Il fallait à tout prix qu'il vous empêche d'ouvrir le caveau Treverra. Aurait-il été jusqu'à tenter de vous éliminer définitivement faute d'avoir pu trouver une autre solution ? On ne peut pas l'affirmer, mais c'est une hypothèse qui mérite d'être prise en considération.

George jeta un coup d'œil à Simon. Le profil tendu de celui-ci aurait pu être taillé dans le bronze.

— Je suppose qu'il aurait effectivement pu essayer. L'idée ne m'en est pas venue. Toujours est-il que cela n'a pas été le cas.

— Non, vous n'avez pas agi en état de légitime défense, je n'en doute pas. Néanmoins, il s'attachait à vos pas, à l'affût de la moindre chose qu'il pourrait utiliser pour vous dissuader de mener votre projet à bien, voire pour vous liquider pour de bon. Et il était dans le potager. Pour y cueillir des prunes, je veux bien. Mais surtout pour vous écouter parler avec Miss Rachel, et être prêt à se remettre à votre poursuite.

« Je pense qu'une partie de votre conversation lui a échappé, mais ce qu'il en a entendu lui a ouvert des horizons. Il avait à présent un moyen efficace de faire pression sur vous.

« Quand vous avez quitté le manoir, vous avez pris le chemin de la Tête du Dragon. A cette heure-là, c'était désert. Vous aviez besoin de réfléchir à des tas de choses, des choses pas très joyeuses, et vous aviez tout votre temps avant l'heure du thé. Trethuan a pris précipitamment congé de Miss Rachel en lui promettant de venir le lendemain pour finir de cueillir les prunes et il vous a filé le train. Il pensait avoir maintenant l'arme dont il avait besoin et qu'il allait pouvoir vous imposer sa volonté. Il vous a rattrapé sur le sentier, vraisemblablement aux environs de la pointe extrême du Dragon. Un endroit isolé lui convenait parfaitement. Ce qu'il vous a dit n'est pas difficile à deviner. C'était un esprit simple. Un gredin, mais un esprit simple. Ce n'est pas à Paddy qu'il vous a menacé de tout raconter, n'est-ce pas ?

Ils étaient arrivés à l'extrémité sud du port et ils s'accoudèrent épaule contre épaule, au parapet avec, sous les yeux, les bateaux à l'amarre et, au-delà, l'eau calme agitée de reflets qui venait par intermittence lécher la maçonnerie du quai. La marée n'avait pas encore tout à fait atteint son point le plus bas. Serrant le garde-fou de toutes ses forces, Simon regardait sans les voir les festons des vagues qui clapotaient contre la pierre, et les cris des mouettes qui tournoyaient autour d'eux ne furent soudain plus qu'un fond sonore irréel. Il ferma les yeux, secoua la tête et cet instant d'éblouissement passa aussi vite qu'il était venu.

— Excusez-moi. Je n'ai pas tellement bien dormi.

Il se passa la main sur les yeux.

— Non, ce n'était pas à Paddy.

Le silence qui suivit ces derniers mots se prolongea.

— Autant que ce soit vous qui racontiez la suite, l'encouragea George. Vous êtes mieux placé que moi pour ça.

— Vous la connaissez déjà. Les choses se sont passées exactement comme vous l'avez dit. C'est cette bassesse aveugle et cette stupidité venimeuse que je n'ai pas pu supporter.

Il y avait de la rage dans la voix de Simon.

— Il m'arrive parfois d'éclater. C'est malheureusement une chose que Paddy a héritée de moi. Vous ne l'avez jamais vu dans cet état ? Non, je suppose que non. Tim, qui est la patience faite homme, fait des miracles dans ces cas-là. Mais il peut quand même nous arriver à Paddy et à moi de ne plus être maîtres de nous. Alors, cet immonde qui me narguait en me disant qu'il m'avait entendu avouer que Paddy était mon fils... Oui, vous avez parfaitement raison. Pour lui, cela ne pouvait vouloir dire qu'une chose, et c'est tout ce dont il avait besoin. Si je ne laissais pas tomber mon projet, *il mettrait Tim au courant !*

« C'était ridicule. A quoi cela l'aurait-il avancé ? Comment cela aurait-il pu menacer qui que ce soit ? J'ai éclaté de rire. C'est alors qu'il a traité Phil de... *Phil !* L'être le plus loyal qui soit... Phil, que j'ai honteusement blessée !

« Alors, *je l'ai frappé.*

« Je ne sais pas si vous pouvez comprendre, mais c'était la seule chose que je n'étais pas capable de supporter. Après tout ce que j'avais fait aux Rossall... Je les avais utilisés quand cela m'avait arrangé, et j'ai essayé de leur faucher Paddy parce que j'avais terriblement envie de le récupérer. Et, en prime, cette poignée de boue absurde, humiliante, à la tête de Phil ! Vous ne pouvez pas imaginer dans quel état de fureur cela m'a mis.

— Si, je crois que je peux. Vous êtes bien sûr qu'il n'a pas perdu la tête et ne vous a pas frappé le premier ? Ou qu'il n'a pas amorcé le geste ? Quand vous lui avez éclaté de rire au nez, par exemple ?

— Ne m'induisez pas en tentation, George. Je suis peut-être un peu machiavélique sur les bords, mais je ne suis pas un menteur. Il n'a même pas fait mine de lever la main sur moi.

— Ayez-vous eu, ne serait-ce qu'une seconde, envie de le tuer ?

— Absolument pas ! Enfin... je ne crois pas. Je ne pense pas que j'avais la moindre intention arrêtée. J'ai explosé, c'est tout. J'ai cogné de toutes mes forces, mais je ne l'ai frappé qu'une fois, je vous en donne ma parole. J'ai même essayé de le retenir au dernier moment lorsqu'il a basculé, mais il m'a échappé. Quand il a lâché cette grossière insulte à l'adresse de Phil, je me suis retourné. La Tête du Dragon était à ma droite et l'abîme à ma gauche. Quand je frappe, c'est toujours du droit. Je n'ai pas songé que l'impact le ferait pivoter. Je n'ai pas eu le temps de penser à quoi que ce soit, ça a été trop rapide. D'ailleurs, nous n'étions pas au bord extrême de la falaise. Il a fait deux ou trois pas en trébuchant, et puis le pied lui a manqué. Il a roulé sur lui-même et a dégringolé la paroi avant que je réussisse à le retenir. Et il a disparu dans les flots. Il devait être sonné parce qu'il n'a pas refait surface.

L'expression de Simon était moins crispée et ses joues commençaient à reprendre des couleurs. Il poussa un profond soupir et lâcha la rambarde.

— Nous ferions aussi bien d'y aller, maintenant, non ?

— Quand vous voudrez.

— Vous n'avez pas l'air pressé de me mettre en état d'arrestation, dit Simon en souriant pour la première fois.

— Je ne vous arrête pas. Et rien ne presse. Il n'y a jamais eu de meurtrier en cavale à mettre hors d'état de nuire. Continuez, si le cœur vous en dit. Vous vous êtes lancé à sa recherche, n'est-ce pas ?

— Comment le savez-vous ?

Simon était de nouveau capable de manifester de la surprise.

— Parce que ensuite vous avez recommencé avec Dominic. Si longtemps après qu'il n'y avait plus aucune chance de le retrouver vivant. La marée devait être haute au moment de sa chute et, passé le port, ce sont déjà les bas-fonds. Une demi-heure au moins s'était écoulée quand vous vous êtes montré sur la plage où se trouvaient Dominic et Paddy. Soit c'était seulement pour avoir l'air naturel — mais étant l'homme que vous êtes, cette hypothèse me laisse un peu dubitatif —, soit parce que vous vouliez qu'il y ait une bonne raison pour expliquer vos cheveux mouillés et vos sous-vêtements trempés. Les deux garçons ne risquaient pas de s'en apercevoir. Ils étaient bien trop occupés pour le remarquer.

— Bien vu. Mais je peux vous fournir une raison de plus. En flanquant mon poing dans la figure de Trethuan, je m'étais écorché les phalanges de la main droite et, quand j'ai plongé et nagé au milieu des récifs, je me suis arrangé pour amocher l'autre main. La première fois, je n'y avais pas pensé. On peut sérieusement s'esquinter si on ne fait pas attention. Quand nous nous sommes nettoyés, après, Paddy s'est inquiété de ces écorchures.

Simon considéra avec un sourire lointain les petites croûtes qui marquaient ses jointures.

— Oui, reprit-il, je me suis précipité pour le repêcher. J'ai dégringolé le sentier, j'ai ôté mes vêtements et j'ai plongé et replongé jusqu'à épuisement. N'importe comment, cela n'aurait plus servi à rien. Je me suis donné un mal fou, mais je suis bon nageur. Après, quand j'ai vraiment pris conscience de ce que j'avais fait, je me suis dit qu'il fallait que je file en vitesse. Mais pas question de passer par le Trou du Dragon, qui était complètement immergé à ce moment-là. Il ne restait qu'une chose à faire : me rhabiller, remonter en haut de la falaise et rejoindre la route en contournant Maymouth. Mais après avoir tourné pour prendre le chemin de la maison, j'ai vu votre fils qui ramenait Paddy sur la plage. La mer était houleuse. Je suis allé à la rencontre des deux garçons. Vous savez le reste. J'ai plongé à mon tour pour expliquer mes cheveux mouillés et mes égratignures. En espérant que nous ne retrouverions pas Trethuan. Qu'on ne le retrouverait jamais.

« Voilà. C'est tout. Sauf que Sam a dit ce soir-là que le noyé viendrait sûrement s'échouer sur l'Ossuaire avec la marée haute. Cela m'a fait un choc. Je ne suis pas du pays et j'ignorais tout de cette histoire d'Ossuaire.

— Et vous avez immédiatement pensé que sur le coup de sept heures du matin Paddy irait se baigner et le trouverait.

— Est-ce que cela n'aurait pas été la première chose qui vous serait venue à l'esprit ? Si le corps devait s'échouer sur la plage, je voulais que ce soit moi qui le découvre, pas Paddy. J'ai passé une nuit blanche à me ronger les sangs. Avant même que le jour se lève, je me suis habillé et je suis sorti furtivement pendant que les autres dormaient. La mer était haute vers quatre heures et quart, ce matin-là. Il ne devait pas encore être cinq heures quand je suis arrivé à la plage.

« Et le corps de Trethuan était bien là ! Je n'avais pas vraiment cru que ce serait le cas, mais si. Il était là ! Du sable, rien que du sable à perte de vue. Et Trethuan était un costaud. Il pesait lourd. Le seul endroit pas trop éloigné qui puisse servir de cachette puisque la mer ne voulait pas de lui était l'église. J'avais la clef du caveau dans ma poche. Alors, je l'ai emmené jusque-là. Il y avait sur place des pieds-de-biche et tout le matériel qu'on avait apporté en vue de l'exhumation de Treverra. Je pensais sans doute que je pourrais revenir le chercher la nuit suivante pour le faire disparaître. Mais peut-être que je n'ai pensé à rien, que je me suis contenté de le mettre à l'abri des regards. Il commençait à faire jour et je ne pensais à rien d'autre qu'à Paddy. Ça a été un foutu boulot, mais on arrive à tout si on est réellement motivé.

— Ainsi, vous étiez sincère quand je vous ai posé la question hier.

— C'est que la franchise est dans ma nature, que voulez-vous ? Je n'avais jamais eu de raison jusqu'ici de ne pas être honnête. Mais tout s'embrouille et ça coince quand on a le feu aux fesses. Bref, je l'ai mis dans le cercueil. J'étais persuadé que je donnais de la compagnie à Treverra. Et c'était avec l'homme qu'il avait tué deux ans plus tôt que je le fourrais ! Qui a prétendu que la providence n'a pas le sens de l'humour ? Pourtant, savoir que Trethuan ait été un assassin ne me console pas. Cela ne change rien.

« Et après, quand j'ai commencé à me poser la question de ce que j'allais faire de lui, je me suis dit : A quoi bon ? Pourquoi le changer de place ? Je n'avais aucune raison de penser qu'il n'était pas aimé. Je n'avais pas songé un instant à priver sa famille de son affection, et l'idée qu'ils l'attendraient en se faisant du mauvais sang, qu'ils feraient des recherches, qu'ils ne sauraient pas — qu'ils ne sauraient *jamais* — s'il était mort ou vif, ne me plaisait pas du tout. Je l'avais tué, c'était déjà assez terrible comme ça. Mais ma conscience me torturerait deux fois plus si j'essayais de me défiler en les laissant se tourmenter. Mais surtout, la seule pensée de devoir le prendre de nouveau à bras-le-corps et de continuer cette épouvantable partie de cache-cache m'horrifiait. Oh ! je ne demandais pas mieux que de m'en tirer indemne si je pouvais. Enfin, une partie de moi-même le souhaitait, mais pas dans ces conditions. J'ai alors décidé de laisser les choses suivre leur cours. Il était prévu d'ouvrir le tombeau ?

Eh bien, soit ! On l'ouvrirait. On découvrirait le cadavre, mais ce serait tranquille, décent. Il n'y aurait pas de gosses ni de femmes qui risqueraient de tomber dessus par hasard, personne pour donner des indices fallacieux où se fourvoieraient les enquêteurs et qui risqueraient de causer des ennuis à des innocents. Voilà pourquoi je vous ai demandé d'être présent.

Ils étaient arrivés au bout d'une petite rue commerçante qu'ils remontaient depuis le port et qui aboutissait à la place. Tout naturellement et sans se consulter, ils traversèrent l'aire de stationnement en direction du commissariat.

— Et je suis content de vous l'avoir demandé, acheva Simon avec, malgré son abattement, ce sourire qui séduisait tout le monde.

— Vous n'aviez pas besoin de moi, dit George. C'est vous qui avez écrit le scénario de A à Z.

D'un commun accord, ils firent halte au pied des marches pour reprendre leur souffle. Ni l'un ni l'autre n'entendit les cailloux crisser sous les pieds légers de quelqu'un qui se précipitait vers eux en courant.

— Absolument. Un scénario qui n'avait aucune raison d'être. Personne n'a jamais voulu que cela arrive. Mais est arrivé et c'est à moi que la responsabilité en incombe.

Simon remplit à fond ses poumons comme si l'air allait manquer à l'intérieur.

— A quelle peine serai-je condamné, à votre avis ?

Le rythme des pieds qui couraient, tout proches maintenant, se brisa brusquement et il y eut une sorte d'éructation comme si quelqu'un qui se préparait à dire joyeusement quelque chose à haute et intelligible voix ravalait sa salive. George pivota et se trouva face à face avec son fils.

— Papa, je... je voulais seulement...

La voix de Dominic vacilla. Il se tut, dévisagea avec gêne les deux hommes et fit un pas en arrière.

— Je te demande pardon, je ne voulais pas te déranger. On verra plus tard. C'était sans importance.

— Entendu, Dom, dit calmement George. Pour le moment, nous n'avons pas le temps. Retourne auprès de ta mère. On se retrouvera au déjeuner.

— Oui, d'accord. Je ne m'étais pas rendu compte que tu étais occupé. Excuse-moi.

Dominic s'en alla précipitamment, mais la surprise qu'on avait pu lire dans ses yeux n'était déjà plus qu'un souvenir quand il fit demi-tour et s'éloigna à grands pas. A présent, son imagination était frénétiquement à l'œuvre pour essayer de donner un sens à ce qu'il avait certainement entendu : « C'est arrivé et c'est à moi que la responsabilité en incombe. A quelle peine serai-je condamné, à votre avis ? » Il n'aurait pas pu mieux calculer son temps pour tout apprendre en deux petites phrases. Et Dominic était loin d'avoir la comprenette lente.

— Je suis désolé, dit Simon en suivant des yeux la silhouette du jeune homme qui s'éloignait, mais je suppose qu'il l'aurait su avant longtemps. Alors ? Que croyez-vous que j'écoperai ?

— Avec un peu de chance, ce sera le non-lieu et, dans le pire des cas, trois ans au maximum pour homicide involontaire si vous répétez tout ce que vous m'avez dit devant le tribunal.

— Mais je n'en ferai rien. Et vous non plus, George. Pas exactement. Si on retient contre moi l'accusation d'homicide involontaire, je plaiderai coupable. Alors, il ne sera pas nécessaire d'entendre des témoins, non ? Comme ça, personne ne sera inquiété.

— Vous n'en ferez rien, rétorqua George avec autant de fermeté. Vous ferez appel à un bon avocat dont vous suivrez les conseils. Vous n'aurez qu'à dire la vérité. Pour ce qui est de l'aspect purement juridique du problème, ce sera lui qui s'en chargera.

L'expression de Simon avait recouvré un peu de son animation et de son audace. Et toute son obstination.

— Je dirai la vérité et rien que la vérité, mais pas tout entière. Qu'il me harcelait d'injures et de menaces. Et quand on parlera de ce qui est arrivé à Ruiz, le jury me croira et comprendra sans aucune difficulté. Mais je ne parlerai ni de Paddy, ni de Tim, ni de Phil. Pour eux, la vie a repris son cours normal et je ne ferai rien qui serait susceptible de la bouleverser à nouveau. Et vous non plus. Je préférerais encore dix fois plaider coupable. Je ne suis pas un modèle de vertu, George, mais je ne ferai pas une chose pareille et je ne vous laisserai pas faire. Si vous ne me promettez pas de les laisser en paix, ce sera votre parole contre la mienne. Je ne coopérerai pas. Je nierai tout, je vous laisserai suer sang et eau pour apporter vos preuves. Et je doute fort que vous parveniez à rendre votre déposition convaincante.

— Cela ne fera pas de vous un homme heureux, dit George en souriant.

— Non, sûrement pas. Je préférerais, et de beaucoup, tout raconter et ne plus avoir ce poids sur la poitrine. Mais pas à ce prix.

— Il n'était pas dans mes intentions de vous livrer à la justice, je vous l'ai dit. C'est de votre propre gré que vous êtes venu. C'est vous le chef d'orchestre.

— Donc Paddy et les Rossall resteront hors du coup ? Bon. Je considère que j'ai votre promesse, George. Mais... cela vous ennuierait-il de m'accompagner ? Et, après, auriez-vous la gentillesse de mettre Tim au courant ? Phil et lui sauront mieux que personne expliquer les choses à Paddy. Ce n'était pas que je voulais le laisser dans l'ignorance, ajouta Simon tandis que les deux hommes montaient les marches d'un même pas. Je voulais seulement qu'il reste en dehors de tout cela jusqu'à ce que le pire soit passé.

L'ombre de la porte tomba sur lui, émoussa quelque

peu son masque crispé tandis qu'il s'armait de tout son courage pour affronter l'épreuve du feu.

— Bah ! fit-il avec un petit rire creux. Je n'ai encore jamais été en prison. Cela devrait être une cure de repos.

Dissimulé au coin d'un passage à l'extrémité opposée de la place, Dominic vit Simon et George entrer dans le commissariat. Quand la porte se fut refermée sur eux, il sortit de sa cachette et se lança, coudes au corps, à l'assaut des rues escarpées de la ville. Son objectif était le manoir Treverra. Non, ce n'est pas possible, clamait au fond de lui, mais de plus en plus faible, la voix du scepticisme. Il se conduisait comme un imbécile. L'interprétation qu'il avait donnée aux mots qu'il avait entendus était à l'évidence fallacieuse, il y en avait des douzaines d'autres. Mais il continuait de grimper en soufflant et jamais ses enjambées n'avaient été aussi longues.

Personne n'a jamais voulu que cela arrive. Mais c'est arrivé et c'est à moi que la responsabilité en incombe. Et la même voix douce avait ajouté : *A quelle peine serai-je condamné, à votre avis* ?

Cela voulait dire ce qu'il pensait que ça voulait dire, cela ne pouvait rien vouloir dire d'autre. Mais ces mots pouvaient signifier davantage si on les analysait avec assez d'attention.

Personne n'a jamais voulu que cela arrive. Autrement dit, *cela* n'avait pas été délibéré. Pas intentionnel. Donc, il n'y avait pas eu assassinat. *Mais c'est arrivé et c'est à moi que...* Bon. Ça n'avait pas été un assassinat, mais quelque chose était arrivé à cause de ce qu'avait fait Simon. Et peut-être par sa faute. Mais il ne s'était pas agi d'un acte délibéré. Un meurtre, un homicide sur lequel la justice devait se prononcer, mais *pas* un assassinat. Et Simon ne s'attendait pas à se voir infliger la peine maximale. *A quelle peine serai-je condamné, à votre avis* ?

Ah ! Si seulement Dominic était arrivé deux ou trois secondes plus tard ! Alors, il aurait entendu la réponse. Ce qui aurait rendu les choses plus faciles à dire, et aurait apporté une réponse à quelques-unes des questions angoissantes qui surgiraient avant même qu'elles puissent être exprimées. Parce qu'il y avait encore une chose — une seule — qu'un ami informé pouvait faire pour Simon réduit aux abois. Et Dominic était le seul qui savait exactement ce qu'il fallait faire.

Les poumons en feu, il était hors d'haleine quand il arriva devant les absurdes grilles surchargées du manoir. Dans l'allée, il ralentit un peu le pas pour recouvrer son souffle.

Dans la bibliothèque, Tamsin était en train de taper des notes en se mordant la lèvre. Dominic fonça droit sur le bureau et, posant la main à côté de la machine à écrire, regarda le visage surpris de la jeune fille qui s'éclaira immédiatement d'un sourire. Pourquoi, se demanda-t-il, pourquoi se sentait-il dans la peau d'un porteur de bonnes nouvelles alors qu'il était le messager du désastre ? Mais autant récupérer les morceaux encore entiers d'une catastrophe pour voir ce qu'ils donneront une fois recollés.

— Tamsin, j'ai quelque chose de très urgent à vous dire. Je viens de tomber sur papa et Simon devant le commissariat et d'après ce que j'ai entendu, Simon vient de se livrer à la police pour le meurtre de Trethuan.

C'est comme ça qu'on doit annoncer une mauvaise nouvelle si l'on veut savoir ce que les gens éprouvent vraiment en l'apprenant.

— *Simon ?* s'exclama Tamsin en se levant. Lui, assassiner quelqu'un ? Vous délirez ou quoi ?

— Je n'ai pas dit assassinat, j'ai dit meurtre.

Ils étaient tous les deux calmes, mais terriblement sérieux.

— D'après ce que j'ai entendu, j'ai l'impression qu'il s'agit d'un homicide involontaire. Mais le problème, c'est que c'est Simon le meurtrier. Il l'a dit clairement. « Personne n'a voulu que cela arrive. Mais c'est arrivé et c'est à moi que la responsabilité en incombe. » Et puis, il a demandé à papa à quelle peine il serait condamné, à son avis. Voilà, maintenant vous en savez autant que moi. Alors, qu'est-ce que vous allez faire ?

Tamsin était une fille remarquable, Dominic n'en avait jamais douté. Elle avait poussé une exclamation, et ce fut tout. Puis elle le prit par les épaules et, le tenant à bout de bras en le serrant si fort que les marques de ses doigts restèrent imprimées sur les bras du jeune homme, elle darda sauvagement sur lui des yeux qui, quelques instants plus tôt, ressemblaient à des bleuets et qui étaient maintenant deux pointes de flèches acérées.

— C'était donc *ça* ! lâcha-t-elle dans un soupir impétueux. Cela fait cinq jours qu'il ne m'a pas touchée, ni même regardée. A croire que j'avais la peste ! Depuis que cette histoire... Et moi qui pensais qu'il se payait ma tête ! Mais pour qui me prend-il ?

— Il ne voulait pas vous entraîner dans cette histoire. Et est-ce que vous ne disiez pas que c'était un crâneur qui aurait le plus grand besoin de se casser la figure ?

— Quoi ? M'entraîner ? Qu'il essaie donc de m'empêcher de mettre mon nez là-dedans ! Comment cette espèce d'idiot et d'incapable s'est-il flanqué dans un pareil pétrin ?

— N'importe comment, vous vous fichez bien de lui, lui fit observer Dominic qui sentait monter en lui quelque chose qui ressemblait à de la joie, même si elle avait un léger arrière-goût amer. Vous n'auriez jamais voulu de lui. Vous ne l'aimez même pas.

— Pour ça, il peut toujours attendre ! Je lui tordrais le cou avec plaisir. D'ailleurs, qu'est-ce que vous en savez, Dominic Felse ? La dernière fois qu'il m'a demandé ma main, je n'ai répondu ni oui ni non, j'ai pris la porte, c'est tout.

Elle n'avait cessé d'aller et venir dans la pièce, refermant brutalement le couvercle de la machine, sortant son manteau du placard, fourrant dans un tiroir les papiers étalés sur la table...

— Et maintenant, je la repasse dans l'autre sens, gronda-t-elle, tournant sa fureur contre Dominic comme s'il avait eu la témérité de la provoquer. Que ça lui plaise ou non ! Je parie qu'il n'a même pas d'avocat. Est-ce qu'il est possible de le faire mettre en liberté sous caution dans un cas comme celui-là ?

— Je n'en sais rien, je ne suis que le garçon de courses.

Le prenant par la main, elle l'entraîna jusqu'à la porte. Quand ils l'eurent franchie, ils se tournèrent l'un vers l'autre pour échanger un bref regard. Leurs visages n'étaient séparés que par quelques centimètres. Tamsin avança la tête et embrassa Dominic sur la bouche.

— Si vous savez conduire, je vous embauche comme chauffeur. Moi, je commence tout juste mes premières leçons. C'est possible ?

— Oui, j'ai mon permis. Mais on ne peut pas prendre...

— Mais bien sûr que si ! Il n'y a pas de temps à perdre. Elle a pris la Morris pour aller en ville avec Benson, mais la Rolls est au garage.

— *Une Rolls ?* Oh ! ça, jamais ! s'exclama Dominic avec épouvante. Supposez que j'érafle la peinture...

— Vous ne l'éraflerez pas.

C'était un ordre. Dominic n'était pas plus rassuré pour autant.

Et le plus fort est qu'il ne fit pas la moindre égratignure à la carrosserie. Peut-être était-ce la cerise sur le gâteau, le couronnement de ces inimaginables vacances, leur délirant point d'orgue : lui, Dominic, sortant avec maestria ce monstre impérial et ronronnant du garage, se faufilant dans les étroites rues à pic de Maymouth jusqu'à la place, Tamsin, amazone en furie dans toute sa gloire à son côté, et le rangeant d'un coup et d'un seul sur l'emplacement de stationnement matérialisé par un rectangle qui semblait être fait sur mesure.

Tamsin lui tapota l'épaule en disant quelque chose de flatteur que, dans sa terreur rétrospective, il n'entendit même pas, et fila comme une flèche.

Dominic resta à étreindre le volant. Il tremblait de la tête aux pieds — c'était la réaction. Il n'était même pas sûr de pouvoir tenir sur ses jambes s'il descendait et essayait de marcher. Mais non, ses genoux restèrent fidèles au poste. Il mit pied à terre, referma la portière avec toute la douceur et tout le respect qui lui étaient dus, fit quelques pas en se retenant de prendre ses jambes à son cou. Une chose en tout cas était sûre, songea-t-il lorsqu'il se retourna pour jeter un dernier regard au carrosse régalien sur lequel il avait commis le sacrilège de poser ses mains novices : il faudrait que le chauffeur vienne chercher la Rolls. Rien au monde n'aurait pu le convaincre de tenter le sort une seconde fois.

Dans le bureau de Hewitt, George, planté devant la fenêtre qui avait vue sur la place, vit l'éblouissante voiture s'insérer avec la délicatesse du désespoir dans l'étroit rectangle blanc, vit la vaillante chevelure fauve en jaillir telle une torche et foncer droit sur le commissariat. Et une minute plus tard, il vit la portière côté conducteur s'ouvrir, et son fils en émergea. Il haussa les sourcils et se permit un petit sourire élogieux. Comme ça, Dom conduisait des voitures sans l'autorisation de leur propriétaire ! Inutile de demander s'il avait préalablement demandé son avis à Miss Rachel ! Mais pousser des hauts cris n'était pas dans la nature de George. Et les personnes auxquelles il tournait le dos, celle qui parlait et celles qui écoutaient, demeurèrent dans l'ignorance de la tempête qui s'approchait à grands pas.

Simon, qui était arrivé en même temps à la fin de sa cigarette et à la fin de son récit, se sentait plus léger. Mais cette légèreté était celle du vide. Si l'on peut revoir en un éclair toute sa vie quand on se noie, il en va de même lorsque les événements s'abattent sur vous comme une lame de fond et noient bel et bien la personne que vous aviez été jusque-là.

Il revoyait ce qu'avait été sa vie. Une chambre poussiéreuse dont le locataire était toujours à tel point par monts et par vaux qu'il n'avait jamais eu le temps de la faire sienne. Tout ce temps perdu passé à traquer l'éphémère ! Et il était trop tard quand il avait compris la richesse qu'aurait été un fils. Et il était encore trop tard quand il avait fini par tomber amoureux d'une fille qui avait douze ans de moins que lui.

« Je suis un veuf de trente-sept ans, songeait-il en regardant s'effilocher les ultimes nuages de fumée de son mégot comme s'il se contemplait dans un miroir — un miroir qui ne le flattait pas. Je vais avoir droit à un genre de publicité dont je me serais fort bien passé. Il va falloir apprendre à faire avec. Ça va faire mal, mais je survivrai. Je vais perdre tous mes privilèges et je vais devoir me battre du mieux que je pourrai dans un monde où personne ne fait de cadeau à personne. Enfin... la souffrance des autres sera minime. »

Une réflexion censée être une pensée réconfortante, mais qui ne fit que le démoraliser encore un peu plus. « Je ne peux pas changer, c'est trop tard, se dit-il avec découragement. Il y a trop longtemps que je passe mon temps à me regarder dans la glace. Solitaire je suis, solitaire je dois rester, c'est encore le mieux. Quoi d'étonnant si je n'ai jamais trouvé le ton juste avec Tamsin ? Quand je lui dis quelque chose, j'ai toujours l'air de l'insulter. Je suppose que, en un sens, j'essayais de la protéger de moi-même. Et Paddy ? Que représentait-il pour moi ? Un lot de consolation ? Heureusement qu'ils ont tous les deux un instinct qui ne les trompe pas. Les tordus, ils les voient venir. »

Brusquement, des vociférations brisèrent le silence qui régnait dans le bureau. Cela venait d'en bas. Et la plus sonore était indiscutablement féminine. Tout le monde, et Simon en particulier, tendit l'oreille. Non, impossible que ce soit elle ! Elle ne pouvait pas déjà être au courant. Et même si elle l'était, pourquoi interviendrait-elle ?

George se retourna tandis que Hewitt, à la fois agacé et curieux, se levait et allait ouvrir la porte.

— Qui est-ce ? cria-t-il dans l'escalier. Qu'est-ce qui se passe en bas ?

La voix vociférante qui avait eu raison du calme du brigadier de garde retentit comme un coup de clairon :

— Oh ! Mr. Hewitt ! J'arrive !

Suivit un cliquètement de hauts talons dans l'escalier — on aurait dit une averse de grêle.

— Est-ce que Simon est avec vous ?

Ce dernier avait sauté sur ses pieds. Partagé entre l'exultation et la consternation, espérant à moitié, tout en sachant que c'était là un vain espoir, que Hewitt réussirait à lui faire rebrousser chemin, et souriant malgré tout parce qu'il savait que la totalité des effectifs de la police de Maymouth et de la gendarmerie du comté n'aurait pas pu barrer le chemin à la visiteuse.

— Non, Miss Holt, je ne peux pas vous recevoir maintenant, je suis occupé, dit Hewitt, planté dans l'embrasure de la porte en étendant le bras.

Mais elle était déjà sur le palier.

— Il est là, n'est-ce pas ? Qu'est-ce qu'il vous a dit ? De quoi l'avez-vous inculpé ?

— Il n'a encore été inculpé de rien, répondit Hewitt d'une voix sèche. Il a fait une déposition que l'on est en train de taper. Et permettez-moi de vous dire que vous n'avez rien à faire ici, mon petit.

Il la connaissait depuis l'époque où elle avait des nattes et faisait de l'acrobatie sur les balançoires du parc public. S'il était incapable de lui imposer son autorité, il pouvait encore faire la grosse voix, c'était toujours ça.

— Oh, mais si ! Je parie qu'il n'a même pas encore fait appel à un avocat. Je veux lui parler. Laissez-moi passer, je veux entrer !

Ce n'était pas une requête, c'était un ordre.

Simon voyait derrière l'épaule massive de Hewitt son visage enflammé de fureur, les mèches auburn en bataille qui tombaient sur ses joues, son front barré de plis menaçants. Ses yeux braqués sur lui étaient deux lances qui lui transperçaient le cœur de part en part. Un peu de couleur était revenu aux joues de Simon et une impénitente étincelle narquoise scintilla dans ses yeux jusque-là éteints. Ce n'était que l'ombre, voilée par la détresse, de l'ironie qui lui était coutumière, mais qui avait le mérite d'être bien vivante. Leurs regards enflammés soudés l'un à l'autre préfaçaient un duel — ou une étreinte.

Les premiers mots d'amour qu'ils échangèrent sonnèrent comme le cliquetis de deux lames.

— Pour avoir bonne mine, on peut dire que vous avez bonne mine ! s'exclama Tamsin avec emportement. Qu'est-ce que vous avez bien pu faire pour vous retrouver dans un pareil pétrin ?

— C'est peut-être un pétrin, mais c'est *mon* pétrin, répliqua Simon d'une voix d'autant plus retentissante et courroucée qu'il savait qu'il ne lui fallait à aucun prix céder à l'ineffable, à l'incroyable joie qui l'inondait, au désir impétueux de saisir au vol le bonheur qui s'offrait à lui. Qu'est-ce que vous venez fiche ici ? Rentrez plutôt chez vous et ayez un peu de tenue, que diable !

— « Rentrez chez vous et ayez un peu de tenue ! »

Tamsin leva les yeux au ciel.

— Non, mais écoutez-le ! Lui qu'on ne peut même pas laisser sortir seul !

— Je doute qu'on « le » laissera sortir avant un an ou deux, fit sur un ton cassant Simon, à nouveau lui-même et heureux de se retrouver dans un univers familier, plein d'épines, mais bien vivant. Aussi, inutile de vous faire du souci : on n'aura pas besoin de *vous* pour me surveiller. Alors, bon vent ! Filez et laissez-moi tranquille.

Peut-être y avait-il eu dans sa voix une note d'imploration qu'il n'avait pas réussi à étouffer. Peut-être l'intuition de Tamsin n'avait-elle même pas besoin d'un tel signal pour se manifester. Toujours est-il qu'elle sut que son heure avait sonné. Le bleu de ses yeux s'adoucit et retrouva sa sérénité.

— C'est pour les quarante et quelques années à venir que je m'inquiète, dit-elle sévèrement.

Elle regarda Hewitt et sourit.

— Vous feriez mieux de me laisser entrer. Accordez-nous dix minutes de tête-à-tête. Après tout, j'en ai le droit. C'est mon fiancé.

Elle avait mis pavillon haut et personne ne pourrait jamais, ni par la ruse, ni par la force, ni par la persuasion, la contraindre de le baisser. Tous semblaient l'avoir compris. De la poitrine, elle repoussa le bras de Hewitt qui s'effaça devant elle. Rien n'aurait pu l'empêcher d'avancer : l'élan qui la poussait vers Simon était irrésistible.

— Dix minutes ! dit Hewitt.

Il poussa George dans le couloir et referma la porte du bureau derrière eux.

[illegible]

[illegible]

[illegible]

[illegible]

[illegible]

[illegible]

[illegible]

[illegible]

[illegible]

[illegible]

ACHEVÉ D'IMPRIMER SUR LES PRESSES
DE COX & WYMAN LTD. (ANGLETERRE)

N° d'édition : 2622
Dépôt légal : février 1996
Imprimé en Angleterre